Thomas Hoeth
Herbstbotin

Thomas Hoeth

Herbstbotin

Ein Stuttgart-Krimi

Silberburg-Verlag

Thomas Hoeth ist 1962 in Berlin geboren und am Bodensee aufgewachsen. Er hat Politik, Wirtschaftswissenschaften und Philosophie studiert. Nach einem Zeitungsvolontariat und einer Ausbildung zum Drehbuchautor arbeitet er heute als freier Journalist. Außerdem lehrt Thomas Hoeth an der Hochschule Neu-Ulm Journalismus und kreatives Schreiben. Bisher sind von ihm Kurzgeschichten und Erzählungen erschienen. Der mehrfach ausgezeichnete Autor und Journalist lebt in Stuttgart.

Der vorliegende Roman wurde mit dem Stuttgarter Krimipreis 2010 in der Kategorie »Bester deutschsprachiger Debütkriminalroman« ausgezeichnet. Das Buch wurde außerdem nominiert für den Friedrich-Glauser-Preis 2010, Sparte Debüt.

Für Sabine

2. Auflage 2010

© 2009/2010 by Silberburg-Verlag GmbH,
Schönbuchstraße 48, D-72074 Tübingen.
Alle Rechte vorbehalten.
Umschlaggestaltung: Wager ! Kommunikation, Altenriet.
Druck: CPI books, Leck.
Printed in Germany.

ISBN 978-3-87407-852-8

Besuchen Sie uns im Internet
und entdecken Sie die Vielfalt unseres Verlagsprogramms:
www.silberburg.de

DAVOR

»Verlangen Sie nicht zu viel. Sie können wieder arbeiten, brauchen kaum Hilfe. Das ist doch was.«

»Ja.«

»Und nehmen Sie hin und wieder eine Auszeit.«

»Auszeit, wovon?«

»Na von, von dem, was Sie arbeiten ...«

»Auszeit vom Überwachen, von der Kontrolle?«

»Wenn Sie so wollen.«

»Aber genau das muss ich doch wieder lernen, Kontrolle.«

»Trester, so lange Sie mich nicht verstehen oder verstehen wollen, kommen wir nicht weiter.«

»Wir ... weiter? Ich meine – ich möchte mich verstehen.«

»Trester, ich verstehe Sie ...«

»Nein, das nicht.«

»Gut, was zum Beispiel würden Sie jetzt am liebsten tun?«

»Ich? Einkaufen gehen.«

»Dann tun Sie es, lassen Sie sich's gutgehen.«

»Ja, das.«

»Wir sehen uns nächsten ... Dienstag, ja?«

Eins

Der Himmel über der Königstraße sah aus wie eine brodelnde Backmischung. Ein aufgeblähter Marmorkuchen, braun und klebrig. Schon längst hätte sich diese wabernde Masse über der Einkaufsstraße entleert, wenn da nicht dieser Regenbogen gewesen wäre. Wie in einem Säulengang schulterte er den zitternden Klumpen. Amon Trester sah die Farben zuerst auf den gebleichten Zähnen einer jungen Frau. Zartes Blau, leuchtendes Grün und warmes Rot.

Der Rest der Menschheit deutete nach oben, klimperte mit den Lippen, still, beseelt, formend: »Da, ein Regenbogen«.

In diesem Moment dachte Trester darüber nach. Warum hatte er gerade in Stuttgart, im größten Hexenkessel des Landes, die Arbeit aufgenommen? Da, wo die große Backmischung so gerne über dem Volk zerplatzt.

In dem Augenblick aber, als dieses farbige Leuchten sich durchsetzte, sich diese sakrale Stimmung ausbreitete, die Menschen aus ihrer Einkaufswut gerissen einfach stehenblieben, klarte es in ihm auf: »Nur wer sich ganz unten am Boden des Kessels herumtreibt, kann so gut hinaufschauen, dahin, wo das Licht wohnt.« Trester flüsterte das. Er ging langsam, fast andächtig.

Er begann sich zu sammeln. Hellblaue Augen mit grünen Funken sahen die Welt. Was wollte er? Hier? Ja: Er wollte kaufen, Bänder für seine Videokamera! Aber das war nur ein Dings, ein Vorwand, eine Legitimation. Trester wollte bloß eintauchen in Menschen und Geschäfte, hier im Marianengraben der Innenstadt, in der Königstraße. Mittendrin, wo der Strom am mächtigsten war, wo die Strudel an einem rissen, fand er eine Ruhe, die er mit sich allein nicht mehr hatte. »Artgenossen?« Zu schade doch, dass es das nicht noch einmal gab, einen seiner Art. Manchmal dachte Trester, sie hätten ihn hier einfach ausgesetzt, vielleicht ein Experiment.

Kurz bevor er auf der Höhe des Schlossplatzes war, klopfte plötzlich ein kleiner Zwang an: »Hallo?«

Nur schnell nach links schauen, nur ganz kurz – ja, so. War er noch da, der goldene Hirsch auf dem Gebäude des Kunstvereins?

»Mann, wie idiotisch, Trester, als ob jemand dieses klobige goldene Ding einfach runterholen würde. Aber kann doch sein, nicht?« Er spannte die Lippen, sprach nach innen, wie ein Bauchredner. Noch schnell rechts zu den Läden im Gebäude der alten Börse. Alle waren sie noch da. Und auch in der richtigen Reihenfolge. Gut, genauso wie ...? Vorgestern? Trester konnte Veränderung nicht haben. Nicht bei Gegenständen. Denn je mehr er sich veränderte, um so nötiger brauchte er beständige Formen, dort draußen, die Ordnung der Dinge.

»238 Schritte vom Beginn des Königsbaus bis zur Buchhandlung Wittwer. Gut! Kontrolle – ist gut – immer.« Wenn es eine gerade Zahl war, lief der Rest des Tages meistens prima. »An so etwas kann man glauben«, redete Trester in seinen Bauch. Er war gefestigt, ja, das war er wieder, aber wenn er daran dachte, an die Festigkeit, dann ...

Der Kreislauf! Trester war in die Hocke gegangen und betrachtete sein Spiegelbild in einer Pfütze, so lange, bis die weißen Flecken weiterzogen, sein Abbild wieder klar war.

Das Handy rief nach ihm. »Is there everybody in? ...« Jim Morrison stellte den Klingelton, und weil Trester das Ding nicht ans Ohr halten wollte, schaltete er auf laut. »Amon Trester, private Ermittlungen.«

Noch immer in der Hocke, spürte er einen Druck, etwas riss ihn um. War er für ein paar Sekunden weg, ohne Kopf, wo war ...?

Trester schaute nach oben in das Gesicht eines Fahrradkuriers. »Tschuldigung, hab Sie echt nicht gesehen da unten, alles in Ordnung?« Trester nickte gegen eine Blockade im Nacken. Sein Handy wartete vor ihm in der Pfütze.

Es sagte: »Hallooo?«

Das kleine Mobile lag quer in seinem Spiegelbildgesicht und sagte wieder »Hallooo?«

Trester rieb sich den schmerzenden Hinterkopf, fischte das Telefon aus der Lache und presste heraus: »Ich höre, ja?« Seine Stimme schmerzte.

»Ich brauche Sie«, sagte die Frau.

»Ah, ja.« Es war dieser eine kurze Satz, diese leicht raue Stimme, diese Bestimmtheit, die ihn hellwach werden ließ: »Ich brauche Sie.«

Am liebsten hätte Trester gesagt: »Ich Sie auch.« Weil das, weil sie so wohl tat. Weil diese Stimme in ihm wühlte. »Wir können einen Termin machen, gerne«, ließ Trester seine Stimme gegen ihre anlaufen.

»Gut«, hauchte sie.

Er schnaufte einen Moment, bis er verstanden hatte: dass das Gespräch damit beendet war. Dass er der Selbstverständlichkeit dieses Klanges erlegen war. Dass er nichts gefragt hatte. Da bemerkte er, dass er immer noch vor seinem Spiegelbild, vor seiner persönlichen Pfütze kniete.

Die himmlische Backmischung war inzwischen prächtig aufgegangen. Wie ein zerfetzter Elefantenrüssel, schlaff und durchlöchert, flatterte der ergraute Regenbogen in der Luft, spie feine kühle Schnüre aufs Pflaster.

Trester fühlte ihrer Stimme nach: Rot, sie muss rote Haare haben und Sommersprossen auf ihrer schmalen Nase. Das konnte er.

»Nein, das ist nicht möglich, Trester, Ihre Fantasie ...«, sagte sein Arzt.

Er konnte allein anhand der Stimme beschreiben, wie Menschen aussahen. Manchmal, gewissermaßen aus ihrem Klang, baute er sich ein Bild, baute Menschen zusammen. Töne brauchen Körper, und er kannte diese Klanggefäße. Das Ergebnis war nicht ganz genau, eher so wie bei einem Phantombild.

»Sehen Sie, die Medikamente wirken nach, aber nach einer Weile ...«, sagte der Arzt.

Trester hörte das Rot in ihrer Stimme. Er hörte ihren Körper, ihr Volumen, ihre Figur, ihre Hände, die Form ihrer Knochen, das Licht ihrer Augen. Und die Sommersprossen!

»Ja, Trester, mag sein, dass Sie das glauben, sogar sehen, es ist aber nicht real, verstehen Sie?«

»Ja«, hatte er geantwortet, »weil keiner richtig hinhört.«

»Ja, Trester, es braucht Zeit.«

»Ja«, sagte Trester und stieß sich ab von seinem Spiegelbild.

Als er sich erhob, war ein rotes Flammenmeer über ihm.

»Katja Gütle.« Sie wartete, für einen langen Lidschlag lang. »Wie gesagt, ich brauche Sie.« Sie hielt ihm ihre Hand hin. Auf ihren Fingern waren die Sommersprossen angeordnet wie kleine Blitze. Dann nahm sie seine Hand. Schnell und fest ihr Griff.

Amon Trester schaute und sagte »Wie ...?« Nur das.

Und sie: »Ich folge Ihnen seit zwei Stunden, Sie sind im Kreis gelaufen, haben Sie mich nicht bemerkt?«

»Nein«, erwiderte Amon Trester, »nein. Ich habe nicht ...«

Katja Gütle kämpfte mit dem Wind in ihren Haaren, das leuchtende Rot hob sich immer stärker vom schwarzen Himmel ab. Nach einem Windstoß platzten die Wolken ganz, schütteten ihre Ladung in den Stuttgarter Kessel. Irgendwo am Rande kämpfte die Sonne. Es dampfte.

ZWEI

Das Nächste dann, was Amon Trester von sich wahrnahm, war, dass er rannte, seine Lungen brannten und seine Oberschenkel hart waren wie junge Wassermelonen. Ja, er joggte quer durch die Waldebene Ost, rannte, so schnell er konnte, und sie neben ihm oder einen halben Schritt voraus. Katja Gütle lachte und rannte. Vielleicht dreißig Jahre alt und durchtrainiert, sehr. Durch die enge Laufkleidung zeichnete sich ihr Körper ab, Beine, Po, ihre Linie. Trester suchte nach Fehlern, einem Makel, das war immer gut, das half der Orientierung und dem eigenen Selbstbewusstsein. Aber der beglückende Sauerstoff ließ das nicht zu.

Er musste sich vergegenwärtigen, wie er hierhergekommen war. Diese Lücken! Klar, sie waren zu Tresters Büro im Stuttgarter Osten gefahren. Trester hatte mit seinem Standardsatz eröffnet: »Erzählen Sie mir Ihre Geschichte.« Das fand er irgendwie in Ordnung, weil es alles zuließ und so einfach war.

Und sie: »Haben Sie Lust auf Joggen, da kann ich besser ...« – sie hatte diese Kunstpause eingebaut – » ... denken.«

»Ja, das ist gut«, hatte der Privatdetektiv geantwortet. Jetzt rannten sie. Den Wald hatten sie bereits hinter sich, Schrebergärten blieben links und rechts liegen, dann brach der Weg ins Nichts. Sie blieben einen Moment stehen und lauschten dem Konzert ihrer Lungen. Gegenüber, auf der anderen Seite des Neckars, fing die Kuppel der Grabkapelle ein wenig Feuer. Während die beiden der Sonne bei ihrem Geschäft zuschauten, warf sie gehackte Töne aus: »Sie-werden-meine-Mutter-finden!« Sie sagte nicht: »Helfen Sie mir bitte, finden Sie meine Mutter«, oder: »Ich möchte, dass Sie meine Mutter suchen.« Das hier klang anders: »Sie-werden-meine-Mutter-finden!«

Weil Trester darauf nichts sagen wollte, schickte er ihr ein »Aha« hinüber und wartete.

Katja Gütle schob die selbstgebrannte DVD in den Player. Der Beamer warf das Bild an die weißgekachelte Wand in Tresters Detektei, dahin, wo früher einmal totes Fleisch hing. Sie schlüpfte in das wandfüllende Bild und zeigte auf eine Frau. »Das, das ist meine Mutter: Monika Gütle.« Stolz und Erregung hörte Trester in dieser Stimme. Katja verlor die Kontrolle, Tränen schossen aus ihren Augen: »Und sie lebt!«

Trester nickte verständnisvoll. Der Film war etwa sieben Sekunden lang zu sehen, und dann begann er von vorne, eine Endlosschleife. Amon stoppte, fror Monika Gütle als Standbild ein. Das leicht zitternde Bild zeigte eine Frau, die Trester auf Mitte fünfzig schätzte. Um sie herum standen Menschen, die Plakate trugen: Frieden in Irak und Afghanistan. »Aufnahmen vom Stuttgarter Ostermarsch vor einem Jahr«, erklärte Katja. Und Trester nickte wieder.

Eine Stunde nach dem berauschenden Lauferlebnis hatten sie sich wieder in Tresters Büro getroffen. Hier in den Räumen der ehemaligen Metzgerei Föhrer, wo sich Trester vor zwei Jahren eingerichtet und die weißen Kacheln vom Blut und vom Fett befreit hatte.

»Ich kenne diesen Geruch«, hatte Katja Gütle geflüstert.

Und jetzt erzählte sie ihre Geschichte. »Ich bin die Tochter der RAF-Terroristin Monika Gütle. Meine Mutter ist seit 1978 tot ...« – sie korrigierte sich – »gilt als tot.« Katja zog die Nase hoch: »Meine ... also Monika Gütle soll im Nahen Osten bei einem Anschlag in einem militärischen Trainingslager umgekommen sein ...«

Trester erinnerte sich an den Fall. Als er noch in der Ausbildung war, in der Polizeihochschule in Villingen-Schwenningen, wurde über diese Geschichte gesprochen.

1977, mitten im »Deutschen Herbst«: Die Terroristin Monika Gütle war mit Christoph Mohr, einem führenden Mitglied der RAF, in eine Polizeikontrolle geraten. Gütle, so der Polizeibericht damals, habe einen der beiden Polizeibeamten mit einem Kopfschuss aus nächster Nähe getötet. Später sprachen die Medien von »Hinrichtung auf offener Straße«. Der junge Polizeibeamte, der die Schießerei überlebt hatte, wurde in den Kofferraum des Streifenwagens gesperrt, Gütle und Mohr flüchteten. Der RAF-Terrorist Christoph Mohr wurde wenige Monate später in einer Konstanzer Wohnung bei einer Razzia verhaftet und saß seit dreißig Jahren in der Justizvollzugsanstalt Bruchsal.

»Meine Mutter konnte untertauchen und galt damals als eine der meistgesuchten RAF-Terroristen.« Katja schnaubte zwei Taschentücher voll und betrachtete Trester aufmerksam. »Wissen Sie, ich saß damals mit im Wagen.«

Trester riss die Augen auf und starrte die junge Frau an, schüttelte schließlich langsam den Kopf.

Katja schaute jetzt wieder zum Beamer, zu der Frau, die da eingerahmt von Plakaten und Ostermarschierern stand. Katja öffnete den Mund und deutete auf den Leib der Frau: »Ich war in ihrem Bauch, sie war im fünften Monat schwanger.« Sie machte eine Pause. »Da drin.« Sie sagte das, als ob sie immer noch gefangen wäre, ihr Leben lang, in diesem Bauch, warm und blind, ohne Ausweg.

Trester schloss die Augen, schüttelte sich, dachte an etwas, von dem sein Arzt nicht wollte, dass er daran dachte.

»Der Wunsch nach Übersinnlichem ist verständlich, gerade bei Ihnen, Trester, mit diesen Erlebnissen, aber glauben Sie mir, es waren die Medikamente. Und die brauchen Sie jetzt nicht mehr«, hatte Dr. Brandt gesagt.

Und Trester hatte gesagt: »Nur Medikamente? So also. Muss ich dann noch kommen, wenn ich nicht mehr muss?« Er hatte sich noch einmal umgedreht zu seinem Arzt, schenkte ihm ein Danke, ein Lächeln und noch diesen Satz: »Es geht mir nicht um Messbarkeit, es geht um Ergebnisse, verstehen Sie? Das Übersinnliche ist nicht berechenbar, aber spürbar.«

»Ja, also gut, bis nächste Woche.«

Trester hatte Katja Gütles Hand genommen, diese warme feste, und dachte schon wieder so unvernünftig: »Dann hat sie die Stimme ihrer Mutter gehört, durch den Bauch, sie kennt ihren Klang.«

DREI

Die Schüsse, die Schreie, die Rauchbomben ... ein Schwerverletzter trieb am Boden, den Kopf in Blut getaucht. Trester fühlte die Angst, die Hilflosigkeit, das Ausgeliefertsein und die gierige Einsamkeit. Nervenenden kokelten, andere schossen flackernd letzte Bilder ab oder gebaren Töne. Trester rang nach Luft. Wie ein Anfall kam es über ihn, immer wieder, und jetzt wehte es ihn um. Jemand träufelte da Brandbeschleuniger in sein Gehirn und warf gleich das Streichholz hinterher.

Dann bot ein neues Bild, gerade eben, wieder das gewohnte Theater der Welt.

»Nein, das ist politisch.«

Seine Stimme klang, als ob er Glassplitter im Hals hätte.

»Ich mache so was nicht, nicht mehr, keine politischen Fälle.«

Katja Gütle knallte ihren Alukoffer auf Tresters Schreibtisch, zog einen Baseballschläger heraus und brüllte: »T-R-E-S-T-E-R, DU MACHST DAS!«

Heißa, er war überrascht, mehr als überrascht. Hatte er jemals eine Frau so schreien hören?

Ja, dachte er: Damals, als seine Frau sich von ihm trennte.

»Nie wieder, du Arschloch«, hatte sie gebrüllt, hatte mit der Marmorbüste nach ihm geworfen – ausgerechnet mit Aristoteles, dem Gerechten –, »nie wieder, T-R-E-S-T-E-R!«

Und sie hatte Leander an die Hand genommen und war für immer verschwunden.

Seither hatte niemand mehr so gebrüllt mit ihm. Und jetzt? Ein Sturm. Eine Frau! Katja Gütle randalierte mit dem Baseballschläger auf seinem Schreibtisch. Sechs, sieben, acht – eine gerade Zahl, stopp. Mit einem blitzschnellen Griff fing Trester den Baseballschläger ab. Katja schnaufte und strich sich die verklebten Haare aus dem Gesicht. Sie leuchteten immer noch.

»Trester, ich weiß, dass Sie Probleme damit haben. Ich weiß ... ich kenne Sie, verstehen Sie, gerade deshalb ...« Katja schluckte den Rest Wut, zog ein Bündel kopierter Zeitungsartikel aus dem Koffer.

Amon Trester kannte die Schlagzeilen auswendig. »LKA provoziert zweiten heißen Herbst«, »LKA-Rollkommando überfällt Tübinger Studenten-WG«, »Wo gehobelt wird, fallen Späne? – Die skrupellosen Revolverhelden vom Stuttgarter Landeskriminalamt.« Und das Foto des Studenten im Rollstuhl: »Peter S.: Dieser Polizist hat mich zum Krüppel geschossen.«

Trester hatte diese Situation tausendfach durchlebt. Verhöre, später auch Pressekonferenzen, Kollegen von der Innenrevision, mit Psychologen, ohne Psychologen, die Klinik, die Ich-Sanierung, dann die freiwillige Quittierung des Dienstes. Ab in die Quarantäne für den jetzt so berühmt-berüchtigten LKA-Zielfahnder. Aber das Stück wollte nicht aufhören, der Vorhang nicht fallen. Jemand musste weiter die Schuld durchhecheln, eine aufrichtige und tiefe, eine grundsätzliche Schuld, Sündenfall der Polizei, Opfer im Namen der Gerechtigkeit.

Und dann musste auch die Ordnung endlich wieder her. »Rechts und links, gut und böse, nicht wahr, Trester?« Wie hatte sein Chef, Felix Kiefer, dann zum Abschied gesagt? »Ein Zielfahnder kennt zwar sein Ziel, nicht aber den Weg dahin. Trester, alle waren sehr überrascht, auch ich.«

Immer noch zitterte das Bild der Frau an der Wand. Das Bild, von dem Katja Gütle glaubte, dass es ihre Mutter zeige. Nur ein Bild, begleitet vom aufgeregten Schnaufen des Beamers. Trester hatte sich offenbar recht lange mit sich selbst beschäftigt. Als er sich neu orientierte, sich in seinem Büro umsah, sah er sie schlafend auf dem Sofa liegen. »Schön und wild«, dachte er. Ihre roten Haare umschlangen das Gesicht. Ihre zwei großen geschlossenen Augen wölbten sich, pochten unruhig gegen die darübergespannten Lider. »Zwei Eier in einem Nest«, sagte Trester ganz leise. »Die B-R-U-T!« Er wusste, dass jetzt gleich sonderbare Gedanken schlüpfen würden. Nur manchmal konnte er verhindern, dass die Gedanken-Polka es so munter trieb, Bilder sich zum Kopfkino trafen. Jetzt nicht.

Schock und Drogen, und Medikamente und Alkohol, und irgendwann kam diese Bewusstseinserweiterung da oben im Chemiebaukasten. Die, die der Arzt nicht wahrhaben wollte. Assoziation und Bild und hopp, neuer Gedanke und hopp, neues Bild und umgekehrt vernetzt. Seit langem verzichtete er auf Psychopharmaka, auch auf solche, die Beruhigung bringen sollten. Auf alles, das unmittelbar auf ihn hätte einwirken können. Doch sein Bewusstsein brauchte kein Elixier mehr, es war wie bei einem, der in den Zaubertrank gefallen war und nun für immer ...

Gefühle übersetzte er manchmal in eigenwillige Bilder, nicht in Worte, surreal, so dass er sie besser verstehen konnte. Irgendwann hatten ein paar Wirkstoffe in Tresters Schädel beschlossen, etwas Neues auszuprobieren. So war das auch mit dem Klang der Stimmen, die er in seinem Kopf zu Körpern formen konnte. Nach dem Zusammenbruch, nach der Klinik, nach dem Entzug. Danach blieb und wuchs die Fähigkeit, Dinge anders wahrzunehmen, als sie gelehrt werden, genormt werden, anders als die Sinne sonst berichten – eindringlicher, oft schmerzhafter.

»Ich darf nicht an Eier denken«, dachte er und lächelte über dieses Bild. Trester blickte zu Katja Gütle hinüber, sah die geschlossenen Augen, sah, wie sie sich zu blassen, besprenkelten Eiern wandelten. Sah sich, wie er, nach Luft ringend, gegen das Innere eines gewaltigen Eis hämmerte und dabei wie ein Säugling schrie. Und nebenan schlummerte Katja friedlich in ihrem Ei. Sie sah die Gefahr überhaupt nicht. »Wie schnell kann das Gelege zur Beute werden, dann, wenn die B-R-U-T verlassen ist.« Dachte Trester, und ihm wurde kalt.

Trester hielt in der Linken einen Fetzen Pizza Margherita. Was für eine Hitze. Das gute Stück war in der Mikrowelle explodiert. Mit der Rechten blätterte er in einem Ordner, einer dicken Mappe, auf der mit schwarzem Filzstift »Monika Gütle« stand. Wie bei einem Daumenkino ließ er den Papierstapel an sich vorbeiziehen. Fotos einer auffällig hübschen jungen Frau. Fotos einer Frau mit einer zierlichen, fein gebogenen Nase. Sommersprossen, rotblonde Haare. Wochenlang hatten die Medien damals über den Fall berichtet. Und alle hatten sie diesen Satz von Christoph Mohr wiedergegeben, die Worte, die er auf dem Weg zur Verhandlung in diesen »kapitalistisch-faschistischen Scheißhaufen namens BRD« hineinschrie: »Wer mit dem Schweinesystem fickt, wird zurückgefickt.« Trester erinnerte sich, wie Mohr diesen Satz in die Kameras brüllte, bis ihn die Beamten wegrissen. Eine Mahnung sollte das wohl sein. Aber für wen?

Ein Telefonklingeln riss ihn aus seinen Gedanken, im Augenwinkel sah er, wie Katja sich auf dem Sofa wandte. »Amon Trester, private Ermittlungen.« Trester senkte die Stimme. »Ja, alles gut. Ich sage doch, passt schon. Bitte, lass uns später, ja, ich arbeite.« Trester legte auf, als Katja plötzlich hinter ihm stand.

»Ihre Freundin?«

»Ja, kann man so sagen, vielleicht die älteste, die ich habe.« Trester lächelte, hob die Mundwinkel. »Meine Mutter.«

Katja lächelte ebenfalls und verhärtete fast gleichzeitig ihren Blick.

»Schauen Sie, Trester, das ist meine Mutter.« Sie hielt ihm ein abgegriffenes Foto von Monika Gütle hin. Deutlich war die Ähnlichkeit zu sehen. Das Foto zeigte eine Frau, die 25 Jahre alt war. Jünger als Katja heute. »Diese Aufnahme ist die letzte, die ich von ihr habe.« Katja fuhr mit dem Zeigefinger über das verblichene Farbfoto. »Ich habe immer mit diesem Bild gesprochen. Ich wurde älter, sie blieb gleich alt, immer 25 Jahre. In der letzten Zeit haben wir dann wie zwei Freundinnen miteinander geredet.« Katja atmete tief. »Wir waren ja fast Altersgenossinnen.« Sie schaute Trester tief in die Augen. »Sie redet mit mir, immer wieder, wirklich!«

Trester nahm das Foto in die Hand. »Sie war sehr schön.«

Er dachte unweigerlich an die Obermaier, die Kommunardin, deren Bilder um die Welt gingen, Bilder, die Kultcharakter hatten, bestechende nackte Schönheit. War Monika

Gütle womöglich in der Szene herumgereicht worden, war sie benutzt worden, Opfer ihrer Schönheit?

Was war das jetzt? Nein, das war billig.

»Nicht jede schöne Frau wird zum Opfer, im Gegenteil«, sagte Trester.

»Was?«

»Nichts, nein.«

Mit einem Ruck riss Katja ihm das Foto wieder aus der Hand. »Mama und Papa, beim kleinen Amon war doch alles da. Prima. Und dann wurde der Superboy, der Karrierebulle aus der Bahn geworfen.« Katja grinste: »Aber selbst da, Trester, hatten Sie immer Leute, die Ihnen geholfen haben, selbst da.« Sie machte ein Würgegeräusch. »Am Ende hat man immer noch seine Eltern, nicht wahr?«

Trester hörte zu, formte seine Bilder und hörte anders zu.

»Ich habe keine Eltern, ich bin ohne Unterbau, Trester, ich weiß nicht, wo ich herkomme. Vielleicht hat sie mit einer Handvoll Terroristen gefickt, wer weiß, in welcher Kommune, wer weiß, welcher Guerilla-Samen sich da durchgesetzt hat. Vielleicht habe ich ja das Terrorgen von Mohr, was meinen Sie, Trester?«

Trester zog hilflos die Schultern hoch: »Warum ich?«

»Weil Sie es können, weil Sie die Kontakte haben, das Wissen, weil es Ihr Job war und ist, Menschen zu finden.« Und jetzt schürften Katjas grüne Augen in seinem Gesicht, er spürte heiße Linien auf seiner Haut. »Weil Sie etwas gutzumachen haben, etwas richten müssen. Trester, Sie gehen da durch!«

Trester kreiste widerwillig mit dem Kopf. Das war komisch. Wie sie da auf ihn einredete. Es stimmt da was nicht, dachte er und packte sie. Katja Gütle spürte seinen festen Griff und wurde ruhig. Trester riss ihr die Jacke vom Leib. Verdammt, die wollten ihn wieder verarschen. Die waren immer noch nicht fertig mit ihm, Scheiße noch mal. Trester durchsuchte Katjas Jacke, als sie weglaufen wollte, schlug er nach ihr. »Ich warne Sie, bleiben Sie da!« Zitternd griff er nach ihrem Geldbeutel. Ein Ausweis. Katja Gütle stand da, also eine Wahrheit, gut so.

Amon Trester ging schnaufend in die Hocke, das Schwindelgefühl. Falls er fallen würde, hätte er es dann nicht so weit. »Wenn ich diese Frau finde, wenn es Ihre Mutter ist, dann kommt sie für den Rest ihres Lebens in den Knast, sie ist eine Mörderin.« Ganz langsam erhob er sich wieder und atmete ruhig und gleichmäßig, gegen die weißen Wölkchen. »Wollen Sie das?«

Katjas Stimme bebte: »Bring sie mir, verdammt!«

VIER

»Es wird Probleme geben, große Schwierigkeiten.«

Trester lächelte und bekundete durch sein offenes Gesicht, dass er dennoch interessiert war. Rechtsanwalt Schneidmann zupfte sich an der rechten Augenbraue und stöhnte ganz leise. »Für uns alle!«

Das Büro von Franz Schneidmann lag zu Füßen der Uhlandshöhe im Stuttgarter Osten. Direkt unter dem großen Fenster schlug die Stadt ihre Wellen, ganz entfernt war die Brandung noch zu hören. Über allem lag ein dunstiger Schleier, die Stadt hielt sich auch heute bedeckt.

Einen Moment lang überlegte Trester, ob er einem aggressiven Schub nachgeben sollte, ob er dieses Gespräch beschleunigen sollte. Draußen vor dem Fenster jagten drei Krähen einen Greifvogel, der zu fliehen versuchte. Trester drehte sich um und grinste den Rechtsanwalt an. »Sie haben immer noch Angst. Schlimm, wenn sie so unkonkret ist, nicht? So gruselig, nicht?« Trester versuchte möglichst gemein auszusehen, was ihm aber nicht gelang. Das war nicht seine Rolle, war es nie gewesen. »Ein bisschen RAF-Verteidiger in den 70ern spielen und dann später bürgerliche Bühne, was soll's, waren halt andere Zeiten damals, gell, Herr Dr. Schneidmann?«

Die restlichen schwarzgrauen Haare klebten wie ein plattgerittenes Hufeisen am Kopf des Rechtsanwalts. Trester schaute dem Mann in den Sechzigern grundtief in die Augen. »Ich sage Ihnen jetzt, was ich denke.«

Der Anwalt nickte und schien angespannt zu warten.

»Sie müssen wissen, ich war sehr krank, bin sehr ... ja, das trifft es, nervös. Deshalb habe ich jetzt diese zwei Möglichkeiten im Kopf.« Trester lehnte sich auf Schneidmanns Schreibtisch. »Sie erzählen mir gleich, was ich wissen möchte oder ...«, Trester zog ein paar Einweghandschuhe aus seiner Tasche und streifte sie sich über, wie ein Chirurg, der gleich nach seinem Messer greift, »oder eben etwas später.«

Schneidmann begann stark zu schwitzen, das Hufeisen rutschte ihm weiter in den Nacken. »Trester, der Name, Sie sind dieser ... der Terroristen-Jäger, der ...«

Trester lächelte, »Jäger, ja, Großwild.« Dann zog er einen dicken schwarzen Filzschreiber aus der Tasche.

»Was wollen Sie denn damit?«

Trester zog die Kappe ab. »Ich weiß noch nicht. Vielleicht schreibe ich ›RAF-Verräter‹ auf Ihre Stirn, vielleicht auch nur meine Mobilnummer. Falls mir sonst jemand helfen möchte.« Trester roch genüsslich am Filzstift. »Die sind gut, halten mindestens drei Wochen auf der Haut, und dann kann ich ja noch mal kommen, gell?«

Schneidmanns Gesicht sah jetzt aus wie ein Vanillepudding, der drei Wochen im Kühlschrank gestanden hatte. Er sprang auf. »Was wollen Sie wissen?«

Trester drückte die Kappe wieder auf den Filzschreiber, als ob er einen Colt entschärfen würde. »Eben was Sie so wissen über Monika Gütle.«

Es war viele Wochen her, ja, vielleicht sogar Monate, dass Katja hier gewesen war. Dieser Geruch! Ein Gemisch aus Medikamenten, vollen Windeln und schleichendem Tod. Jedes Mal hatte Katja ein schlechtes Gewissen, wenn sie die Treppen zum Wohnstift Weitblick hinaufging. Irgendwann würde sie die Tür öffnen und Oma würde mit glasigen Augen sagen, »Wer sind Sie?« Davor hatte sie Angst. 85 Jahre! Sie nahm sich vor, ihre Großmutter wieder öfter zu besuchen.

Ilse Gütle saß am Wohnzimmertisch und bearbeitete gerade ein doppelseitiges Rätsel. Daneben stand das Mittagessen noch unberührt.

»Hallo Oma.«

Ilse Gütle drehte ganz langsam den Kopf und starrte die junge Frau an. «Wer, wer ... sind Sie?"

Katja blies sich die wilden Flammen aus dem Gesicht und ging vorsichtig auf die alte Frau zu. »Mein Gott, Oma!« Katja setzte sich neben sie auf das Sofa. Ilse Gütle hatte vor zwanzig Jahren einen Schlaganfall erlitten, seither war ihre rechte Körperhälfte gelähmt. Sie hatte ihre Wohnung aufgeben müssen, war auf Pflege angewiesen. Heute machte sich Katja heftige Vorwürfe. Wie konnte sie ihre Oma nur so alleinelassen? Die alte Frau mit den kleinen quadratischen Händen arbeitete jetzt wieder konzentriert an ihrem Rätsel. Katja streichelte ihr über den Rücken.

»Hallo Katja.«

Katja erschrak, musste dann aber gleich grinsen.

»Hast du wirklich geglaubt, dass ich mein eigenes Enkelkind nicht erkenne?« Dann bemühte sich Ilse Gütle, noch einmal diesen leeren, tumben Blick herbeizuzaubern. »Wer sind Sie? Irre, nicht?« Ilse Gütles wasserblaue Augen schwammen jetzt in Tränenflüssigkeit. »Schön, dass du da bist. Können wir ein bisschen spazieren gehen? Ich komme hier kaum noch raus.«

Katja mochte den Stuttgarter Westen, auch, wenn da Parkplätze wie Goldbarren gehandelt wurden und die Leute hier so dicht aufeinander lebten wie in einem asiatischen Stadtstaat. Ganz in der Nähe, in der Forststraße, hatte sie die ersten Jahre mit der Großmutter gewohnt. Eine Zweizimmerwohnung, direkt über einer Metzgerei. Zusammen mit den Erinnerungen stieg der Geruch von gekochtem Fleisch auf. Immer sonntags, zur Kaffeezeit, roch es so, wenn sich der Metzger an seinen Kesseln zu schaffen machte. Noch jahrelang hatte Katja diesen Geruch bei Kaffee und Kuchen in der Nase.

Langsam, das rechte Bein nach sich ziehend, bog Ilse Gütle mit ihrer Enkeltochter in die Forststraße ein.

»Laufen wir vorbei?« Ilse Gütle wollte wissen, wie ihr ehemaliger Balkon in Schuss war. Ein Ritual, seit Jahren. Die Straße war grau, schmal und hallig, wie der Gang einer Behörde. Die einzigen Farbtupfer boten die kleinen Balkone, die wie zufällig in die Straße ragten. »Geranien in drei verschiedenen Farben und dazwischen Rosen, ich weiß nicht.« Sie standen da und schauten zu den vier Quadratmetern hinauf. Und dann sagte Katja Gütle ganz ruhig und ernst: »Oma, ich habe Mama gesehen.« Die alte Frau lächelte sanft. »Ja, ich sehe sie auch oft, manchmal spreche ich sogar mit ihr.«

Trester kippte das Fenster und setzte sich direkt vor Schneidmann auf den Schreibtisch. Der Rechtsanwalt sah aus, als ob er immer kleiner werden würde, er schmolz wie ein Schneemann, dem die Sonne zusetzt. Trester fühlte, dass ihm nicht mehr viel Zeit blieb, er hob die Hand und nickte dem Anwalt zu.

»Monika Gütle wurde als Kurierin eingesetzt. Sie war für ein paar Wochen die Kontaktperson zwischen den Stammheimern, unserer Kanzlei und den RAF-Mitgliedern draußen.« Schneidmann schnaufte, als ob er gerade einen Halbmarathon gelaufen wäre. Trester zog ein kleines Aufnahmegerät aus der Tasche und drückte darauf herum.

»Die Anweisungen an die da draußen kamen direkt von Baader, manchmal auch von Ensslin. Als Verteidiger nahm ich die Kassiber in Stammheim direkt von Baader entgegen. Die Aktentauschnummer ... Monika Gütle holte sie dann bei mir ab, brachte sie zu den freien RAF-Mitgliedern.«

Plötzlich schlug Trester das Aufnahmegerät auf den Tisch: »Das kenne ich alles, Schneidmann, bring es auf den Punkt.«

Schneidmann krampfte sich in seinen Sessel. »Baader hatte die Richter und den Staatsanwalt, der die Stammheimprozesse bearbeiten sollte, beschatten lassen. Er wollte den Prozess kippen, wollte zeigen, dass das System korrupt ist, sich selbst frisst, dass Vertreter des Schweinesystems nicht mal über ihr eigenes Recht, ihre eigene Ordnung richten dürfen.«

Trester zog ein Notizbuch raus und öffnete den Permanent-Marker. »Und Baaders Spitzel haben etwas gefunden?«

Schneidmanns Gesicht war jetzt ganz weiß, nur die Nase hatte die Farbe einer Karotte. »Wirklich wie ein Schneemann, der Ade sagt«, murmelte Trester.

Langsam, als ob er jedes Wort zuerst noch einmal prüfen wollte, sprach Schneidmann weiter. »Staatsanwalt Dr. Hagen Herber trieb es mit minderjährigen Strichern, es gab Fotos und Tonbandaufnahmen aus einem Hotel. Eindeutige Bilder mit einem 15jährigen.«

»Über Herber lässt sich viel erzählen, der spielt nicht mehr mit, ist schon seit Jahren tot. Chefankläger, Terroristen-Hasser, Bundesverdienstkreuz, Autounfall, nicht?« Trester schaute jetzt wieder zum Fenster hinaus, wo die drei Krähen nun ein Eichhörnchen den Baum hinaufjagten. »Die wollen keinen Frieden«, sagte er leise.

»Baader wollte sein eigenes Recht schaffen, seine Revolution«, antwortete Schneidmann, dem jetzt Schweißtropfen an der Nase hingen. »Monika Gütle sollte in dieser Nacht das brisante Material in meine Kanzlei bringen.« Trester ging um den Tisch rum und hockte sich genau neben den Stuhl des triefenden Rechtsanwalts. Er sagte nur ein Wort, doch das klang so, als ob er Schneidmann damit die Kehle durchtrennen wollte: »Wo?«

»Das Material ist nie bei mir angekommen.« Schneidmann schien auf eine Reaktion zu warten, die aber nicht kam. »Weg, verstehen Sie? Mann, diese Polizeikontrolle in der Nacht war von der RAF bestellt. Baader wollte, dass das Material von den Bullen gefunden wird, Monika Gütle war das Bauernopfer.«

Das heftige Gezeter der Krähen lockte Trester wieder ans Fenster. Das Eichhörnchen lag jetzt wie hypnotisiert am Boden. Die Rabenvögel rammten ihre Dolche in den zitternden Leib. Trester sah Blut. Er wandte sich ab, schaute wieder Richtung Schneidmann.

»Monika Gütle muss etwas gemerkt haben, sie hat das Material mitgehen lassen, eine Art Lebensversicherung?«

Trester versuchte das Gewitter in seinem Kopf zu ordnen, die Bilder von der Polizeikontrolle, der Ablauf dieser wenigen Minuten, die Schießerei, er musste alles neu ordnen. Der Privatdetektiv stand jetzt ganz dicht hinter Schneidmann und sah, wie dessen Haarkranz langsam mit dem Hemdkragen verschmolz. Trester roch seine Angst. Erst als das Telefon mehrfach geklingelt hatte, nahm er das Geräusch wahr.

»Ja doch, nein, später«, zischte Schneidmann. Schuldbewusst klang das, aber vielleicht klang er auch immer so. Das Telefongespräch war beendet. Trester starrte immer noch auf das Telefondisplay. Er kannte die Nummer. Eine nicht unterdrückte LKA-Nummer, die Pressestelle des Landeskriminalamts.

Ilse Gütle musterte das Bild auf dem Laptop und schüttelte fast unmerklich den Kopf. Sie spürte, wie ihr linkes Augenlid unrhythmisch zuckte. Scherzhaft nannte sie es ihr kleines Morsealphabet. Um das Auge zu beruhigen, strich sie immer wieder mit der Linken darüber. Sie wollte klarer sehen, aber das Morsen wollte nicht aufhören.

Rechts vom Fenster schickte das Licht seine grellen Strahlen durch das Rollo. Glühende Stangen, die Ilse Gütles Wohnzimmer in eine Zelle verwandelten. Katja legte den Arm um ihre Großmutter. Noch immer starrte Ilse Gütle auf den Bildschirm. Keine Frage, das war ihre Tochter Monika. »Wo ist sie?«

Katja kuschelte sich an ihre Oma. »Ich weiß es nicht. Aber ich werde sie finden.«

»Und diese Bilder?«

Katja klappte den Laptop zu. »Ich arbeite für den SWR an einer Dokumentation – ›Von der APO in den Bundestag‹. Ich möchte den Weg einiger Politiker nachzeichnen ... und beim Sichten des Archivmaterials bin ich auch auf diese Bilder gestoßen.«

Ilse Gütle weinte. »Ich würde sie gerne noch einmal sehen, bevor ...«

Katja sprang auf. »Das wirst du, Oma! Die Bilder sind vom vergangenen Jahr, vom Ostermarsch.«

Der Kaffee im Restaurant des Seniorenstifts schmeckte wohlbehütet. Katja nippte kurz an ihrer Tasse und zog einen Block heraus. »Oma, mit wem hat Mama in dieser Zeit zu tun gehabt, ich meine, kurz vor der Polizeikontrolle. Ich meine, in der Studienzeit, die letzten Jahre und so?«

Ilse Gütle stieß ihre Gabel in den Käsekuchen. »Weißt du, dieser Mohr ...«

»Oma, den meine ich nicht. Ich meine Freunde, Freundinnen, mit wem zog sie an der Uni rum?«

»Kind, das ist lange her, und weißt du, der Schlaganfall ... Hätte ich damals die Kraft gehabt, wärst du sicher nicht in dieses Heim gekommen.«

Katja spürte, wie sie ungeduldig wurde, wie Wut aufstieg.

»Das ist mir jetzt scheißegal!« Sie stieß ruckartig ihren Stuhl nach hinten, so dass mehrere Bewohner zu ihr herüberschauten. »Hat sie vielleicht eine gute Freundin gehabt? Bitte denk nach!«

Ilse Gütle starrte ins Leere und schob sich dabei ein Stück Kuchen in den Mund.

»Oh Mann, Oma, ich halte das nicht aus.« Katja war aufgesprungen und versuchte mit hektischen Bewegungen, ihre Jacke anzuziehen. Dann trafen sich ihre Augen. Katja sah diese müden Augen, die sagten: »Ich fühle mich verraten«.

Sie gab ihrer Oma einen Kuss auf die Stirn, lächelte sie zärtlich an und drehte sich in Richtung Ausgang.

»Patientenkollektiv.« Ilse Gütle hatte eher laut nachgedacht als wirklich gesprochen.

Katja drehte sich um. »Das Sozialistische Patientenkollektiv?«

»Ja, das war doch in Heidelberg, oder?«

Katja nickte.

»Davon hat Monika manchmal erzählt.«

FÜNF

Nuntius Müller saß in einem Stuhlkreis. Der Mann war gut sechzig Jahre alt und hatte langes, lockiges Haar, das nur noch mit wenigen schwarzen Fäden durchzogen war. Der Rest der Haarpracht leuchtete fast weiß.

Nuntius Müller hörte zu, und seine Mähne wippte dabei klug und freundlich. Sein Interesse am Gespräch unterstrich er, indem er seine schwarzen Augen über den Rand der Lesebrille tanzen ließ und dabei verständnisvoll »Hm« machte. Dieses Hm kam mantraartig alle dreißig Sekunden und animierte offenbar die sieben Diskutanten des Stuhlkreises. Müller trug eine lilafarbene Tunika, die ihn wie ein Bischof aus einem Historienschinken aussehen ließ.

Eine nervös dreinblickende Frau mit kurzen wilden Haaren hatte das Wort. »Ich gebe die ganze autoritäre Scheiße meines Vaters an meine Kinder weiter. Diese Schweine-Aggression, wenn man so aufgewachsen ist, dann ...« Die Frau war knapp dreißig und rieb sich ihren hochschwangeren Bauch.

»Da kannst du doch nichts dafür«, sagte ein Typ mit kurzgeschorenem Haar und Vollbart.

Die Frau zeigte ihm einen Stinkefinger und fing an zu weinen. Ein junger Mann mit schwarzen langen Haaren sprang auf und kniete sich vor der Schluchzenden nieder. Nuntius Müller erhob sich langsam und ging auf die Schwangere zu. Noch immer kniete der junge Mann vor ihr. Der Psychiater ließ wieder sein verständnisvolles »Hm« hören. »Willst du ihn schlagen?«

Die Frau schaute erschrocken zu Nuntius.

»Ja!« Sie hob die Hand.

»Wenn du das jetzt tust, folgst du deinem Vater.« Die Frau ließ zitternd ihre Hand sinken, worauf der junge Mann seinen Kopf in ihren Schoß legte.

»Hm.« Nuntius Müller stellte sich in die Mitte des Stuhlkreises. »Ich glaube, wir müssen uns ein bisschen befreien gehen.«

Kurz danach fingen alle in der Runde an zu lachen. Die sieben Mitglieder des Kollektivs folgten dem Psychiater in den Garten der großzügigen Jugendstilvilla.

Der schwarze Alfa röhrte durch die Silberburgstraße im Stuttgarter Westen. Blubbernd kam er vor dem Seniorenstift Weitblick zum Stehen. Trester hatte das Gefühl, dass es vielleicht nicht regnen würde. Voller Optimismus hatte er das Verdeck seines Alfa Spider zurückgeklappt und starrte nun auf Katjas lange, schlanke Beine. Er wollte das nicht oder wollte »so« auf keinen Fall sein. Freundlich distanziert sagte er Hallo und hatte dabei sein Bild von sich wieder bestätigt.

Katja Gütle sagte: »Heidelberg, gegenüber der Altstadt, gleich unten am Fluss«. Und mit einem Blick, der sich anfühlte, als ob jemand mit Schmirgelpapier ganz zart an seiner rechten Herzwand reiben würde, fügte sie hinzu: »Schaffen Sie das in eins dreißig?«

Trester war ein schlechter Autofahrer, was noch deutlicher wurde, wenn er versuchte, schnell zu fahren. Den Alfa fuhr er nur ganz selten, meistens reichten für seine Ermittlungen die öffentlichen Verkehrsmittel, er fuhr gern Bahn.

Diese kleine schwarze Machokiste hatte er nur gekauft, um auch mal etwas Unvernünftiges zu tun, und zwar bewusst. Gleich als er das Kloster verlassen, sich von Erzabt Raphael Bränder verabschiedet hatte, war er in ein Autohaus gegangen und hatte sich diesen Wagen gekauft.

»Sie fahren wie ein pensionierter katholischer Pfarrer.«
Konnte sie Gedanken lesen? Trester drückte aufs Gas, setzte
auf die linke Spur der Autobahn.

Katja formte ihre Hände zu einem Trichter. »Können Sie
nicht das dämliche Verdeck zumachen, so versteht man doch
kein Wort. Und außerdem sitzt man hier fast auf dem Boden.«

Nachdem Trester den nächsten Parkplatz angesteuert hatte
und das Verdeck wieder montiert war, grinste ihn Katja frech
an. »Der Typ heißt Nuntius Müller, Doktor der Psychiatrie. Er
gilt als der Nachlassverwalter des Sozialistischen Patientenkollektivs. Wenn ich das richtig kapiert habe, lebt er das, was
das Kollektiv Anfang der siebziger Jahre auch schon gemacht
hat. Er wohnt in einer Kommune, zusammen mit Patienten.
Ich habe ihm gesagt, dass ich einen Beitrag über seine Arbeit
machen will. Da hat er gleich eingewilligt. Eitler Sack.«

Amon Trester zog wieder auf die rechte Spur und nahm
den Fuß vom Gas. »Sie haben ihm doch hoffentlich nicht
Ihren Namen gesagt?«

»Doch, Katja Trester. Ich meine, in so einer Weingegend
heißt doch jeder Dritte so, oder?« Trester wurde rot.

»Quatsch, ich habe mich als Katja Müller vorgestellt, das
fand er dann auch gleich lustig, wissen Sie, Müller und Müller.«

Trester stützte den linken Arm auf die Fahrertür und versuchte entspannt auszusehen. Was ihm nicht gelang. Seit einer halben Stunde hatte er das Gefühl, dass sie verfolgt würden. Er konnte den dunkelblauen BMW, in dem mehrere
Leute saßen, gut sehen.

Aber Katja beschäftigte ihn. »Trester, sagen Sie mir, was
Sie dazu wissen, ich meine die Telegramm-Variante, ja?«

»Klar, Nuntius Müller war die rechte Hand von Wolf-
gang Huber, dem Gründer des Patientenkollektivs. Gemeinsam mit seiner Frau, die auch Ärztin war, sorgte Huber an der Uni Heidelberg für heftige Turbulenzen. Das
Ganze lässt sich in einer These zusammenfassen. Huber

und sein enger Kreis waren der Meinung, dass alle psychiatrischen Krankheiten durch das kapitalistische System verursacht würden.« Trester schaute in den Rückspiegel, der BMW war weg; doch nur Verfolgungswahn, Gott sei Dank. »Das bisherige Arzt-Patienten-Verhältnis sollte es nicht mehr geben. Die Herren in Weiß wurden, wie Politiker und andere Staatsdiener, in direkter Tradition des Nationalsozialismus gesehen. Ärzte waren für viele Achtundsechziger Träger des Systems.« Trester spähte erneut in den Rückspiegel. »Die Ärzte des Patientenkollektivs lebten mit ehemaligen Psychiatriepatienten in Wohngemeinschaften, ein Projekt, das zum Teil zu erstaunlichen Heilungserfolgen führte.« Plötzlich tauchte der dunkelblaue BMW wieder im Rückspiegel auf. »Wir werden verfolgt. Da, der BMW.«

Katja riss die Arme hoch. »Was?«

»Da stimmt was nicht, glauben Sie mir.« Trester riss das Lenkrad nach rechts und machte eine Vollbremsung auf dem Seitenstreifen. Er röchelte, rang nach Luft.

»Mannomann, haben Sie Asthma?«

Er saugte die Luft ein wie ein Staubsauger. »Ich weiß nicht.«

Katja drehte sich um. »Ich sehe keinen BMW.«

Trester musste lachen und atmete gleichzeitig wie wild. Es war, als ob jemand seine Luftröhre als Luftpumpe benutzen würde, Luft hoch und zack wieder raus ...

Katja versuchte sein Röcheln zu ignorieren. »Also, keine Autoritäten in Weiß mehr. Heilung auf Augenhöhe und so. Das habe ich begriffen.«

Trester nickte und fuhr jetzt absichtlich ganz rechts zwischen zwei Lastwagen. »Die Geschichte hatte eben eine absolut politische Dimension. Es gab Kontakte zur RAF. Die Strafverfolgungsbehörden identifizierten den inneren Kern des Kollektivs als kriminelle Vereinigung. Huber und einige andere, übrigens auch Nuntius Müller, mussten in den Knast. Die übrigen Mitglieder des harten Kerns tauchten unter, wurden zum Teil RAF-Sympathisanten oder sogar

RAF-Mitglieder. Huber lebt heute an einem geheimen Ort, pflegt seinen Guru-Mythos.«

»Haut ab, haut endlich ab, weg, weg!« Der junge Mann mit den schwarzen, langen Haaren sprang wie Rumpelstilzchen durch den Garten und schlug dabei mit einem unsichtbaren Gegenstand auf etwas Unsichtbares ein. »Haut ab, sage ich, verdammte Zweifel.« Zorngerötet besprach er die Luft um sich herum. »Ich bin stärker!«

Die übrigen Gruppenmitglieder taten es ihm gleich, sägten, hackten und zerstückelten die warme Septemberluft.

Nuntius Müller war gerade dabei, nach einem imaginären Feind zu treten. Dabei geriet er völlig in Rage, brüllte immer wieder: »Weg, weg, du verdammtes faschistisches, degeneriertes Arschloch!«

Amon Trester und Katja Gütle standen am Gartenzaun und versuchten, sich bemerkbar zu machen. Beide grinsten breit. Sie hatten beschlossen, einfach zu warten, bis die Schlacht geschlagen war. Nach und nach warfen sich die Gruppenmitglieder erschöpft auf die Wiese. Nur Nuntius Müller kämpfte tapfer weiter und führte am Ende den Krieg gegen das imaginäre Böse ganz alleine.

Symptomatisch, dachte Trester. Katja betätigte eine große Glocke über dem Gartentor, die aussah, als ob sie aus einem griechischen Kloster entwendet worden wäre. Die Schwingungen konnte man noch in einem Abstand von mehreren Metern spüren. Nuntius Müller führte einen letzten gezielten Tritt aus, ordnete seine lila Tunika, band seine Haare zu einem Zopf und ging den beiden Besuchern entgegen. Er deutete auf die Glocke: »Sie hat eine Odyssee hinter sich, wie wir alle, nicht? Willkommen.«

Katja streckte ihm die Hand entgegen. »Hallo, Doktor Müller, schön, dass Sie Zeit für uns haben.« Nuntius Müller musterte Trester fragend. »Mein Kameramann.«

Müller begrüßte ihn mit einem misstrauischen Blick. »Nuntius Müller, ohne Doktor. Wir halten nichts von Titeln.

Sogar meine Approbation habe ich verloren, wie Sie sicher wissen. Aber das hat bei uns sowieso nicht gezählt.« Der Mann deutete auf ein Schild am Gartentor. »Schauen Sie. Nuntius-Müller-Zentrum für Lebensberatung, das trifft es.«

Müller führte die beiden in den Raum, in dem der verwaiste Stuhlkreis stand. Genau darüber, hoch oben an der Stuckdecke, schwebten selige Putten im Kreis um eine betende Frau, die das Lächeln des Erleuchteten gepachtet hatte. In etwa dieses Lächeln trug auch Nuntius Müller zur Schau, vielleicht aber hatte er Pate für das Stuckrelief gestanden.

»Gut, was wollen Sie wissen, fragen Sie einfach.«

Trester und Katja setzten sich, ließen aber einen Stuhl zwischen sich frei. Müller nahm gegenüber Platz, so dass sie ein Dreieck bildeten. Katja zog einen Block heraus. »Wie gesagt, wir planen eine Dokumentation über die aktive Zeit des SPK und hätten dazu gerne weitere Kontakte. Menschen, die zum engeren Kern des Sozialistischen Patientenkollektivs gehörten.«

Nuntius Müller zog sein Madonnengrinsen noch ein wenig breiter, legte den Kopf leicht schräg und sagte mit samtiger Stimme: »Monika Gütle habe ich schon seit über dreißig Jahren nicht mehr gesehen.« Dann wartete er gemächlich die Wirkung seines Satzes ab.

Katja fing aus Verlegenheit an zu lachen. »Ha! ... Seit wann wissen Sie ...?«

»Wissen Sie, ich war schon mal im Gefängnis, politischer Häftling. Und der Kampf ist immer noch nicht vorbei, verstehen Sie?«

Katja sprang auf und kickte gegen einen der Stühle.

Müller zwinkerte nicht einmal mit den Augen. »Sie sehen ihr sehr ähnlich, vielleicht etwas härtere Züge, aber das wundert nicht ...«

Nun war auch Trester aufgestanden, weil er befürchtete, dass Katja auf den Therapeuten losgehen könnte. Trester saugte den Klang seiner Stimme auf und hörte da etwas – die

Harmonie darin, sie war eine konstruierte, wie gemantelt. Trester spürte eine unreine, surrende Modulation, Furcht. Er dachte an den blauen BMW. »Lass gut sein, Katja, der Mann hatte schon vor uns Besuch.«

Trester schaute den Therapeuten nun herausfordernd an. »Nuntius Müller hat Angst um sein Leben.«

Müller nickte freundlich. »Sie war zu gut und zu schön. Eine Maria.« Müller stand auf und wollte zur Tür gehen, blieb kurz stehen, schüttelte den Kopf und verließ dann entschlossen den Raum.

»Wir haben keinen Namen, keinen einzigen Scheißnamen, nichts.« Katja tobte, sie fluchte die halbe Rückfahrt nach Stuttgart, so dass Trester erst beim dritten Anruf merkte, dass jemand versuchte, ihn auf dem Handy zu erreichen.

Was ihm der unabhängige Gerichtsgutachter Arndt Ersinger, Professor für forensische Anthropologie, mitteilte, stimmte Katja Gütle zumindest für kurze Zeit versöhnlich. »Gratuliere, Trester, sehr hohe Übereinstimmung. Das Foto und das Video, das ist mit ziemlicher Sicherheit die gleiche Frau, wenn Sie mir den Namen nennen würden, könnte ich vielleicht in verschiedenen Vermisstendatenbanken ...«

»Wie sicher ist ziemlich?«

Am anderen Ende war ein empörtes Schnaufen zu vernehmen. »Ich habe alles vermessen, was rechenbar ist, das komplette Gesicht, Augen, Nase, Mund, Ohren komplett gerastert, nur altersbedingte Abweichungen. 90 Prozent Übereinstimmung, wollen Sie ein Identitätsgutachten?«

»Nicht nötig.«

»Das ist die gleiche Frau, es sei denn ...«

Trester wartete. »Es sei denn?«

»Es wären Zwillinge.«

»Gut, danke.«

Zum ersten Mal seit der Begegnung mit Nuntius Müller lächelte Katja wieder. In die Ferne, so, als ob sie ihre Mutter da irgendwo sehen könnte. Den Rest der Fahrt nutzte Trester, um sie über seinen Besuch beim ehemaligen RAF-Verteidiger Schneidmann zu informieren. Dass Monika Gütle geopfert werden sollte, dass sie absichtlich in eine Falle geschickt worden war, erzählte er Katja nicht. Vorerst nicht. Trester wollte sich erst in Ruhe Gedanken darüber machen, welche Konsequenzen das für seine weitere Arbeit hatte. Er setzte Katja beim SWR in Stuttgart ab. Sie wollte unbedingt noch einmal ins Fernseharchiv, weitersuchen, nach Zeichen und Spuren. Ihre Augen blitzten herausfordernd, als sie ausstieg. Sie sagten: »Siehste, Trester, geht doch.«

Kurz danach suchte Trester im Stuttgarter Osten einen Parkplatz.

SECHS

Sie hatte als Journalistin darüber berichtet. Wie das ist, wenn es passiert. Auch darüber, wie man sich dann verhalten, was man tun soll. Doch es war anders. Alles.

Jetzt zerrten sie an ihr, zerfetzten ihre Kleider, zerschnitten ihre Wäsche und schleiften sie über die Wiese. Nackt und ohne Schutz. Nur rote Locken auf elfenbeinfarbener Haut. Diese Herbstnacht war schon kühl. Drei Männer. Vermummt und sagten kein Wort. Einer packte sie an den Haaren und zog sie zu der großen Buche. Ihr – ihr! – blieb die Stimme weg. In der Ferne hörte sie ein paar Radfahrer. Sie unterhielten sich, lachten. Zu spät für ein SOS.

Der Große, Kräftige griff ihr jetzt zwischen die Beine und drückte ein wenig zu. Sie konnte die Verachtung in seinen Augen sehen. Er senkte den Kopf und schlug ihr mit der Faust ins Gesicht.

Als das Bewusstsein zurückkam, spürte sie die harte Rinde. An ihren Schultern, am Rücken und an ihren Beinen. Wie Dornen. Vom Bahnhof her wehte eine Ansage herüber. Sie wollte Luft holen, ganz viel, und schreien. Aber der ICE hätte doch alles übertönt. Und der Strick an ihrem Hals drückte auf ihren Kehlkopf.

Sie standen da und lachten. An den Baum gefesselt, versuchte sie sich ein wenig zu drehen, mit dem rechten Bein ihre Scham zu bedecken. Wenigstens das. Nein, nicht weinen, keine Schwäche! Aber dann, als sie seinen Namen sagte: »Trester ...« Da konnte sie nicht mehr.

Der Große hatte ihr das Handy hingehalten und nickte.

»Trester, bitte, im Schloßgarten.« Sie sagte das ganz leise. Gleich danach war sie wieder bewusstlos.

Selbst hier, im dörflichen Gablenberg, gab es seit einiger Zeit Parkplatznot. Baustellen, Umzüge, Absperrungen wegen irgendwelcher Dreharbeiten ... Trester fluchte und parkte seinen Alfa schließlich zwei Straßen von seinem Büro entfernt. Um sich etwas in Stimmung zu bringen, hatte er sich seinen Kopfhörer aufgesetzt. Jim Morrison, »An American Prayer«, zurzeit gab es nichts anderes für ihn, mal wieder. »We need great golden copulations...« – was für ein Text, was für eine Stimme! Das löste etwas ein und aus, etwas zwischen Macht und Ohnmacht: »Wir brauchen mächtige, goldene Begattungen, ja, oder?!« Das bisschen Luft und diese lyrische Infusion, der Sound, das ließ ihn für einen Moment lang schweben.

Nachsichtig trauerte Trester ein wenig der Sonne hinterher, die da oben vom Gänsheide-Viertel gefressen wurde. Die Betuchten und Betagten dort hatten wohl ihre goldenen Begattungen schon hinter sich, aber immer noch mehr Sonne als die andern.

»Do you know we are ruled by T.V.«, hauchte Jimmy in Tresters Ohr. Als die Farben nachließen, hatte Trester plötzlich so ein Gefühl. Umdrehen, sollte er sich umdrehen? »Nö, zu viel Fernsehen, Trester, Blödsinn.« Gerade wollte er den Kopfhörer abnehmen, da legte sich eine Hand auf seine Schulter. Trester atmete tief ein, packte die Hand, drehte sie um und warf den daranhängenden Körper zu Boden.

»Halt, bitte!« Die Frau hielt schützend ihre linke Hand vors Gesicht. Trester hatte gerade zu einem Faustschlag ausgeholt. »Gehen Sie nicht in Ihre Detektei, da ist Polizei, ein ganzer Haufen.«

Trester ließ die Faust sinken und starrte die auf dem Boden liegende Frau ungläubig an. Sie war gekleidet wie Winnetous Schwester, in der Karl-May-Verfilmung mit Pierre Brice. Nur dass diese Squaw gute dreißig Jahre älter war als die entzückende Nscho-tschi. Und schwerer! Eine kleine runde Kugel mit schwarzen Indianerzöpfen. Die Frau trug eine Kette mit kleinen Knochen um den Hals, fransenbesetzte Hosen aus Wildleder und einen bunten Poncho. In ihre schwarzen, langen Zöpfe war jeweils eine braune Feder eingeflochten. Sie lächelte. »Na, was ist? Helfen Sie mir hoch!«

Trester schaute sie verwirrt an. Er kannte sie vom Sehen, sie musste ganz in seiner Nähe wohnen. Wegen ihres auffälligen Äußeren hatte er ihr schon vor einiger Zeit den Spitznamen Squaw Hoffmann gegeben.

»Nuntius Müller schickt mich, er sagt, dass Sie Hilfe brauchen ...« Tresters Handy unterbrach das Gespräch. Der Privatdetektiv hob entschuldigend die Achseln und deutete mit der freien Hand an, dass sie warten solle.

»Trester ...«, die Stimme war ganz leise, als ob sie sehr weit weg wäre. Trester veränderte die Position, um besser hören zu können. »Trester, bitte, im Schloßgarten.«

Trester rannte, so schnell er konnte, zu seinem Auto. Gerade als er ausparken wollte, riss Squaw Hoffmann schnaufend die Tür auf und lächelte siegessicher. Es war inzwischen stockduster.

Die Fahrt von der Gablenberger Hauptstraße zum Hauptbahnhof dauerte genau vier Minuten, jedenfalls, wenn man die Ampeln, na ja, ignorierte und den Wagenburgtunnel mit 120 nahm. Wenige Meter vor dem alten Kopfbahnhof stieß Trester rechts in den Stadtgarten, überquerte eine Grünanlage, was ihn den vorderen Spoiler kostete, und kurvte über die düsteren Parkwege an Bänken vorbei. Ein paar Stricher sprangen zur Seite, kurz darauf hätte er beinahe zwei besoffene Punker umgemäht, die es mitten auf der Straße miteinander trieben.

Trester dachte an Katjas Stimme, die geklungen hatte, als ob ihr jemand die Kehle zuschnüren würde, als ob sie mit dem Leben abgeschlossen hätte, dieses würgende Röcheln! Gleich nach der Brücke fuhr Trester links in die Platanenallee, die parallel zu den Bahngleisen verlief.

Die ganze Zeit über hatte Squaw Hoffmann kein Wort gesagt, sich an den Haltegriff geklammert, und dann: »Da! Da hinten ist etwas.«

Trester ging vom Gas runter und fuhr quer über eine Wiese auf eine mächtige Buche zu. Er sah etwas Weißes, etwas, das vielleicht zwei Meter über dem Boden hing. Völlig nackt hatte man sie an den Baum gebunden. An den Beinen, unter den Armen und am Hals war sie mit dicken Stricken festgebunden worden. Trester rannte auf den Baum zu und fingerte dabei nach seinem Taschenmesser. Katja hing reglos an der Buche, ihre leuchtend roten Haare lagen schützend über ihren Brüsten, die Beine waren verdreht, um die Scham ein wenig zu bedecken. Außer Tresters hektischem Atem war für einen Moment lang nichts zu hören. Dann sprang hinter ihm der Alfa an und fuhr ganz nah an den Baum heran. Trester schaute irritiert in die Scheinwerfer.

Squaw Hoffmann stieg neben ihm aus. »Wir legen sie aufs Dach.«

Hektisch versuchte Trester die dicken Stricke mit seinem Taschenmesser zu durchtrennen. Wenige Sekunden später stand Squaw Hoffmann neben ihm auf dem Autodach, zog mit einem Ruck eine kleine Axt unter ihrem Poncho hervor und schlug mit voller Wucht zu. Der Strick an Katjas Hals war sofort durchtrennt.

Squaw Hoffmann bückte sich, um auf den Strick an Katjas Beinen einzuschlagen. »Sie fangen sie auf, klar?«

Trester nickte. Nachdem auch der Strick unter Katjas Armen gekappt war, glitt ihr lebloser Körper in seine Arme. Für einen Moment legte er sie aufs Autodach, schaute sie hilflos an. Fast gleichzeitig vollzog sich ein Wandel, Trester spürte, wie die Säfte in seinem Körper arbeiteten, wie Wut aufstieg, Stromkreise sich schlossen, die Kraft sich aufbäumte. Etwas in ihm hatte randaliert, geschrieen.

Squaw Hoffmann warf Trester ihren Poncho zu, und er wickelte den weißen kalten Körper ein. »Wir fahren zu mir.« Squaw Hoffmann machte Tresters erstaunten Blick nach. »Na ja, zu Ihnen können wir ja wohl nicht, oder?«

Trester schaute in den Rückspiegel und sah zwei Scheinwerfer und ein Blaulicht. »Eine Streife!« Er trat aufs Gas und sie ließen den Schloßgarten hinter sich. Der Alfa durchquerte eine angrenzende Wohnanlage, um dann direkt in den Bauch des Stuttgarter Ostens zu tauchen. Nach ein paar Seitenstraßen bogen sie in einen schmalen Weg mit Schrebergärten ein. »Hier?« Trester schaute ungläubig.

»Fahren Sie einfach.« Unterhalb der Wangener Höhe, mitten in einer Kleingartenanlage, die wie ein Labyrinth wirkte, das an einer Seite gesprengt worden und bedenklich ins Rutschen geraten war, bog Trester nun schon zum dritten Mal ab.

»Da drüben und runter.«

Der schmale Weg fiel steil ab. Trester verzog das Gesicht, weil die Brombeersträucher links und rechts an den Autotüren kratzten. Trotz der Dunkelheit konnte man jetzt deutlich die Umrisse eines kleinen Hauses entdecken.

»Warten Sie!« Die kugelige Indianerfrau öffnete ein kleines Scheunentor und winkte heftig. Durch die Scheune führte eine schmale Treppe nach oben. Trester trug die immer noch bewusstlose Katja in seinen Armen.

»Da hinten, in die Hängematte.«

Trester schaute in die Richtung, die ihm gewiesen wurde, konnte aber außer einem Meer von Pflanzen nichts entdecken. Er hatte das Gefühl, mitten in einem Urwald zu stehen, in einem grünem Treibhaus.

»Hinter dem Zitronenbaum, gleich rechts.« Damit konnte er etwas anfangen. Hinter der Zitrone! Und tatsächlich, nachdem er sich durch dichtes Blattwerk gearbeitet hatte, sah er vor sich eine breite, geflochtene Hängematte. Als er Katja dort hineinlegte, huschte etwas an seinen Füßen vorbei, das in etwa die Größe eines mageren Meerschweinchens hatte. Erschrocken zog er seine Füße zurück.

»Die wollen nur ... die sind neugierig. Amazonasbock, die größte Käferart der Welt.«

Trester schaute die kleine runde Frau verstört an. »Sie sollten hier mal, ich meine, aufräumen?«

Squaw Hoffmann lächelte und sah dabei aus wie ein kleiner Buddha. »Sie meinen wohl ein paar Schneisen schlagen? Nein, das ist ein Biotop, und ich bin Teil dieser Welt.«

Trester schaute wieder zu Katja. »Sie braucht einen Arzt, aber wenn wir Hilfe rufen, dann ...«

»Braucht sie nicht, ich mache das schon.«

Trester schwenkte seinen Blick kurz über das Grün. Der Raum musste gut sechzig Quadratmeter haben, mehr als ein schmaler Gang zur Hängematte und zwei Korbsessel, die fast zugewachsen waren, konnte er nicht entdecken. »Sie wollen Katja helfen? Sind Sie Medizinfrau oder so?« Trester dachte an Nuntius Müller, wahrscheinlich war Squaw Hoffmann auch Ärztin und durfte oder wollte es nicht mehr sein.

»Eher Kräuterhexe.« Die kleine Frau kicherte, positionierte ihre beiden schwarzen Zöpfe sorgfältig neben ihren üppigen Brüsten und deutete dann mit ausgebreiteten Armen in den Raum. »Ich heile mit der Kraft der Pflanzen.« Danach verschwand sie kurz in der Scheune und kam mit einem Eimer, in dem ein stinkender dicker Sud brodelte, zurück. Ohne weitere Erklärungen begann sie Katja mit dem Zeug einzureiben. Dabei gab sie unverständliche Dinge von sich, eine Art Sprechgesang, der Trester wieder an die kitschigen Karl-May-Filme seiner Jugend erinnerte. Die Frau aber schien zufrieden. »So etwa in einer halben Stunde wird sie erwachen – wie Dornröschen.«

Squaw Hoffmann steuerte zielstrebig auf Trester zu. Der versuchte sich gerade von einem dieser Riesenkäfer zu befreien. Das gepanzerte Krabbeltier hatte es fast bis zu Tresters rechtem Knie geschafft. »Ich, äh ...«

»Sie können sie einfach abschütteln, ein Weibchen, die sind robuster.«

»Ah, das ist gut.«

»Übrigens, Anneliese Härle.«

»Ah, ich dachte, Sie heißen ...«

Squaw Hoffmann hielt ihm ihre völlig verklebte und vom Sud verfärbte Hand entgegen. »Wie?«

»Ach, schon gut.« Trester nahm ihre Hand.

»Spüren Sie die Wärme, die Energie, das weckt die Toten.« Die Frau schaute Trester tief in die Augen. Erst jetzt fiel ihm auf, was für schöne tiefschwarze, mandelförmige Augen sie hatte. Und dass auch sie Sommersprossen hatte. »Eine Squaw mit Sommersprossen«, murmelte Trester.

»Was ist?«

»Nichts.«

Squaw Hoffmann nickte höflich. »Ich glaube, dass die bei der Auferstehung eine ähnliche Paste verwendet haben, sie wissen, Jesus, nach ein paar Tagen ist er ...«

Trester überlegte kurz, ob er da etwas nicht mitbekommen hatte. Vielleicht wieder so eine Lücke? »Bitte, können wir jetzt weitermachen?« Auch wenn Trester nicht gläubig war, jedenfalls nicht im Sinne der Bibel, hatte er so seine eigenen Vorstellungen. Und Respekt vor den Religionen und der Philosophie.

»Herr Detektiv, das war ein Scherz!«

»Ah.« Trester spürte ein Vibrieren in seiner Hose, er dachte sofort an diese Riesenkäfer und bekam einen Schweißausbruch. Dann fiel ihm aber ein, dass es sein Handy war. »Amon Trester, private Ermittlungen ...«

»Junge, geht es dir gut?«

Trester wurde leiser und drehte sich ein wenig zur Seite. »Ja, was ist denn?«

»Arbeitest du gerade?«

»Ja.«

»Kommst du morgen zu uns?«

Trester überlegte und plötzlich hörte er ein Schluchzen aus seinem Handy. »Die haben dein Bild in den Nachrichten gezeigt. Amon, ist da wieder etwas mit diesen Terroristen?«

Trester setzte ein Gesicht auf, das an einen kleinen Schuljungen erinnerte, der gerade beim Klauen ertappt wurde. »Nein, wieso?«

Seine Mutter fing wieder an zu weinen. »Dieser RAF-Anwalt, die sagen, du warst bei ihm und jetzt ist er tot.«

In diesem Moment war ein Schreien zu hören. Trester drehte sich in Richtung Hängematte. »Verdammte Scheiße, was ... was für Viecher ... eklig, dieser Gestank.«

Squaw Hoffmann drückte sich an Trester vorbei und bedeutete ihm, dass sie sich um Katja kümmern wolle.

»Mama, ich bin wieder da.«

»Was war das, hat da jemand um Hilfe geschrieen?«

Trester schüttelte den Kopf. »Nein, ich meine, ja. Aber du hast gerade von Schneidmann erzählt, dem Anwalt. Was haben die in den Nachrichten gesagt?«

»Hast du denn keine Nachrichten gesehen?«

»Nein, ich bin in einem ...« Trester versuchte gleichzeitig, Squaw Hoffmann durch ihren Privatdschungel zu folgen.

»Sie haben gesagt, dass der ehemalige RAF-Verteidiger tot in seiner Wohnung gefunden wurde. Mit offenen Pulsadern in seiner Badewanne, die Putzfrau hat ihn ...« Dann hörte er wieder das Schluchzen seiner Mutter. »Und dann haben sie dein Foto gezeigt und gesagt, dass du der Letzte warst, der bei ihm war.«

Plötzlich schrie Katja so laut, dass er nichts mehr verstehen konnte. »Nein, Hilfe, bitte, lassen Sie mich!« Mit blutunterlaufenen, weit aufgerissenen Augen starrte Katja Squaw Hoffmann an.

»Mama, ich rufe dich gleich noch mal an, ja?«

»Amon, warte ...«

Trester legte auf und schob sich erneut an der kleinen Frau vorbei. »Es ist alles gut! Sie hat dich gerettet, Katja.«

Squaw Hoffmann lächelte verständnisvoll. »Verstehe, erst der Marterpfahl im Stadtgarten und jetzt noch eine durchgeknallte Squaw.«

Katja schüttelte verstört den Kopf. »Wo sind wir, im Amazonas, im Tropenhaus der Wilhelma?« Der Privatdetektiv war froh, dass Katja ihren Humor wieder zurückbekommen hatte. »Nein, das ist ein privater Stuttgarter Dschungel.«

SIEBEN

Der Raum sah aus wie nach einem Erdbeben. Nahezu die gesamte Einrichtung lag auf dem Boden. Der große glatzköpfige Mann stand auf einem Berg von Akten, Büchern, ausgeleerten Schubladen und tobte. Er schrie, und wenn man nicht gewusst hätte, worum es ging, hätte man ihn kaum verstanden. Draußen, vor dem Fenster, flatterte ein Absperrband der Polizei. Dahinter hatten sich neugierige Passanten versammelt. Einige versuchten zu erkennen, was da drinnen im Büro passierte. Der kahlköpfige Mann riss die Arme in die Höhe und ließ sie wütend gegen seine Oberschenkel klatschen. »Ich drehe gleich durch, ich drehe ... jetzt durch.« Dann rannte er zur Eingangstür, riss das Firmenschild herunter und warf es wie eine Frisbee-Scheibe durch das Büro. Ein Kollege konnte sich gerade noch ducken. »Ich habe euch gesagt, dass der nicht mehr richtig tickt. Der kann es einfach nicht lassen.« Der Kopf des LKA-Beamten leuchtete wie eine rote Billardkugel. »Und ich ... und wir haben den ausgebildet.« Der Mann schüttelte den Kopf. »Nehmt den Computer mit.«

Früher hatte der Leiter der Abteilung »Politischer Extremismus« den Spitznamen »der Geier«. Wegen seiner Geduld, weil er warten konnte, bis sein Opfer, die Zielperson, sich von alleine verfing, sich aufgab. »Der Geier« wurde er aber auch wegen seines Haarflaums genannt, der noch bis vor wenigen Jahren die Ränder seines Hauptes, eigentlich mehr den Hals, zierte. Doch von diesem flauschigen Gefieder und von dieser endlosen Geduld war nichts mehr übriggeblieben. Jetzt, wo die Presse das ganze LKA erneut durchkochen würde. Und als Leiter der politischen Abteilung war er nun mal immer verantwortlich, auch wenn er nicht verantwortlich war. »Gebt mir seine verdammte Nummer.« Felix Kiefer kickte eine Schreibtischschublade beiseite und griff nach dem Telefon.

Das Handy zappelte erneut in Tresters Hosentasche. »Ich habe doch gesagt, dass ich dich gleich zurückrufe, Mama.«

»Mama? Hey, was läuft da? Komm, lass den Unsinn, stell dich, wir kriegen dich doch sowieso.«

Tresters Gesicht wurde weiß, fast durchsichtig. Dann legte er sofort auf, schaltete sein Handy ganz aus und schaute zu den beiden. »Es geht los. Ich brauche ein Pre-paid-Handy und ein anderes Auto. Die haben uns in Null-Komma-nix.«

Squaw Hoffmann drehte sich zu ihm um. »Langsam, Mann.« Sie zog einen kleinen perlenbestickten Lederbeutel hervor und kramte ein Handy heraus. »Ein Auto habe ich nicht, ... noch nicht.« Die kleine Frau stand immer noch dicht bei Katja an der Hängematte. Ganz verzückt, wie eine Mutter an der Wiege. »Einmal habe ich dich in den Armen gehalten, du warst gerade drei Wochen alt, ganz winzig.« Squaw Hoffmann streichelte Katjas Wange.

Katja wurde wieder schwindlig, sie hatte das Gefühl, dass sie tief fallen würde, ein Gefühl, das sie sonst nur aus Träumen kannte. Man fällt und fällt und kurz bevor man aufschlägt, wacht man schweißgebadet auf, mit einem stillen Schrei im Gesicht, der sich erst beim Kaffee wieder verliert.

Ganz leise, als ob ihr jemand Wachs in die Ohren geträufelt hätte, hörte sie Squaw Hoffmann weiterreden. »Nach der Schießerei mit der Polizei ist Monika untergetaucht. Sie war keine Kriegerin, die Umstände haben sie dazu gemacht. Dich wollte sie in Frieden zur Welt bringen, ein letztes Mal: Frieden. Drei Wochen am Bodensee nur mit dir, bevor Monika ...«

Trester drückte ein paar Palmenblätter zur Seite. »Wo?«

»Eine Landkommune in Deggenhausertal, in ...« Sie suchte nach dem Ortsnamen, »in Azenweiler.«

Katjas Herz schlug so heftig, dass sie kaum atmen konnte, das Blut trampelte durch ihre Ohren, als ob jemand einen Hörsturz angeordnet hätte.

»Der Mann heißt Richie Bäder, seid nett zu ihm. Katja, er hat dich zur Welt gebracht.«

Tresters Blick hatte sich verändert. Kühl sah er aus und gleichzeitig wütend. Die Sanftheit, die Zögerlichkeit, die man sonst an ihm feststellen konnte, diese zarte Art, mit der Welt umzugehen, die so mancher als Schwäche interpretiert hatte, war weg. Er schnappte sich Squaw Hoffmanns Handy. »Mama, ich ... wir besuchen euch doch.«

»Schön, Amon, weißt du, wir haben Sina und Lenni auch eingeladen. Aber wieso wir, ich, wer seid ihr, also wer ist wir?«

Plötzlich brüllte Trester ins Telefon. »Er heißt Leander, mein Sohn heißt Leander, verdammt noch mal!«

»Entschuldige, mein Junge, ja und ... was ich dir noch sagen wollte. Da hat gerade jemand vom Landeskriminalamt angerufen, die haben sich daran erinnert, dass du morgen Geburtstag hast. Ich habe denen gesagt, du willst nicht kommen, das war ja auch so.«

Trester ließ die Hand, in der er das Handy hielt, fallen und versuchte sich zu beruhigen. Er hatte das Gefühl, jemand würde ihm im Sekundenrhythmus irgendwo eine Nadel in die Haut stoßen, da, wo die Nerven sich schon ängstlich aneinanderdrückten. »Gut, dann feiert mal schön meinen Geburtstag, sicher kommt auch noch ein netter Herr vom LKA vorbei. Scheiße!« Er hielt das Handy von sich weg, zögerte. »Und wenn nicht, Sina ist ja auch bei der Polizei.« Er klappte das Handy zu und stieß glühend heiße, verbrauchte Luft aus.

»Du hast eine Familie?« Katja hatte sich aus der Hängematte befreit und stand jetzt direkt vor ihm. Ihre roten Haare leuchteten in alle Richtungen. Auf ihrem Körper hatte die getrocknete Paste Krusten gebildet, so dass ihre Haut jetzt aussah wie die Rinde einer Pinie.

Trester schaute sie an, sein Blick war leer und kühl. »Ich dachte, Sie haben ... du hast dich über mich informiert, Journalistin.« Er sagte das wie ein Schimpfwort. Journalistin!

»Nein, das nicht, Trester.« Katja zog den Poncho enger um ihren nackten Körper.

»Ich hatte eine Familie, wir sind getrennt.«

»Aber du hast einen Sohn, das bleibt doch ...«

»Ich sehe ihn kaum. Es war eine schwierige Zeit, als ich krank war. Sie haben mir den Umgang mit Leander verboten.«

Squaw Hoffmann drückte sich zwischen die beiden und streckte ihre kurzen Arme vor dem Kopf aus. »Hier sind zwei Luftmatratzen und Decken, da drüben, bei den zwei kleinen Mangrovenbäumchen, steht mein einziger Luxus.« Squaw Hoffmann forderte die beiden auf, in die angedeutete Richtung zu gehen. Vor ihnen ragte ein zwei Meter hoher Felsblock aus dem Boden, darüber hing etwas, das aussah wie eine extra breite Staubsaugerdüse. »Meine Wasserfalldusche.« Direkt darunter war ein kleiner runder Pool. Die Frau warf ihre schwarzblauen Indianerzöpfe nach hinten und verknotete die Arme vor der Brust. »Gut, ich besorge jetzt ein Auto, ruht euch ein bisschen aus, ihr könnt sowieso erst morgen früh zu Richie.« Sie grinste. »Oder wollt ihr ihn nachts überfallen?«

Monika G.

Katja, nun werdet ihr mich also finden? Aber vielleicht, ich sage vielleicht, ist es dann schon zu spät. Ich bin ein gejagtes Wild. Ich habe Erfahrung im Tarnen, im Spuren Verwischen, im Legen von falschen Fährten. Viele haben versucht, mich zu kriegen, viele wollten mich töten. Aber ich war immer schneller. Meine Jäger und, ach ja, die Angst, haben mich zu einer gefährlichen Waffe gemacht. Wisst ihr, was das ist, die Angst? Sie ist nicht so, wie man sie sich vorstellt, sie trägt ein weißes Kleid, ist ganz rein. Nur Ahnungslose und Anfänger sagen, dass sie lähmt!

Ich drehe mich nicht an jeder Ecke nervös um. Man kann nicht immer Angst betreiben, ist ja auch nur eine Rolle. Mein Blick schweift nicht unruhig umher, wenn ich auf die Straße gehe. Manchmal schlafe ich sogar sehr gut. Ich handle überlegt, jede Minute. Die Angst ist notwendig, sie ist wie Treibstoff, wenn man so lebt. Sie ist meine beste Freundin. Ja, sie ist weiblich. Sie lässt mich klar denken, lässt wach sein und ruhig, unheimlich ruhig, kalt! Die, die mich suchen, sind hektisch, nervös. Ich kann sie spüren und riechen, ihren Hass. Ist es nicht seltsam, dass es meine Jäger sind, die nicht ruhig leben können, dass sie schlecht schlafen? Manche sterben sogar. Sie fürchten die Wahrheit. Ihr Motiv ist die Furcht. Deines aber, mein Kind, ist die Sehnsucht. Nach der Liebe, die ich dir nicht geben konnte. Katja! Drei Jahrzehnte! Sie verschlingen unsere Zeit! Beeil dich, denn ich muss handeln.

Katja wachte auf, weil ihr etwas quer über die Stirn krabbelte. Einer dieser Käfer. Als sie die Augen öffnete und den dicken Panzer auf der Haut spürte, schlug sie heftig danach, worauf sich das Tier in ihren Haaren verfing. Es dauerte eine Weile, bis sie sich von dem Gekrabbel befreit hatte.

Trester hörte Radio. Sie suchten ihn. »Der ehemalige LKA-Zielfahnder Amon Trester war der Letzte, der bei Rechtsanwalt Franz Schneidmann gesehen wurde ...« Er stellte das Radio wieder ab.

Katja rieb sich die Augen. »Trester, was war bei diesem Schneidmann?«

»Er hat mir ein paar Informationen gegeben.«

»Und dann hast du ihn in die Badewanne gelegt ...?«

Trester lachte dreckig. »Ja, ich habe meine extra langen Rasierklingen ausgepackt, konnte nicht anders, musste dieses Schwein zerstückeln, sein Blut in der Wanne, verstehst du, es war so schrecklich, aber ...« Trester machte ein kratzendes Geräusch und deutete einen langen Schnitt an der Kehle an.

»Trester, du bist verrückt!« Katja war aufgesprungen und starrte den Privatdetektiv ängstlich an.

»Ich bin krank, verstehst du, immer noch sehr krank, das habe ich Schneidmann auch gesagt, aber er ...« Trester kam jetzt langsam auf Katja zu, zog etwas aus der Tasche.

»Trester, lass den Blödsinn.«

Er stand nun direkt vor Katja und hielt ihr den fetten schwarzen Filzschreiber unter die Nase. »Riech mal! Mit dem habe ich Schneidmann zum Reden gebracht.«

»Du hast ihm gedroht, dass du ihn anmalst?«

»Ja, das ist ein Permanentmarker, der hält, was er verspricht.«

Katja wirkte sichtlich erleichtert. »Und was hat er gesagt?«

»Er wirkte furchtbar ängstlich, als ich mit Monika Gütle anfing. Katja, ich wollte dir das eigentlich noch nicht sagen, aber ... offensichtlich hat man deine Mutter absichtlich in eine Falle gelockt. Ich weiß noch nicht, was genau dahintersteckt. Fest steht aber, dass sie Dokumente dabeihatte, die beweisen sollten, dass der leitende Oberstaatsanwalt Dreck am Stecken hatte.«

Katja runzelte die Stirn und bekam rote Wangen. »Ich verstehe nicht.«

»Der Staatsanwalt soll mit minderjährigen Jungs Geschlechtsverkehr gehabt haben. Ein Kinderschänder, klar?«

Sie schaute ihn ungläubig an.

»Die haben deine Mutter mit den Dokumenten, aussagekräftigen Fotos und so, losgeschickt und gleichzeitig die Polizei angerufen, ein anonymer Hinweis aus der Bevölkerung. Mann, die RAF wollte sie loswerden, die hat nicht mehr mitgezogen, wollte aussteigen, verstehst du?«

Katja nickte gedankenverloren.

»Aber warum ist dann Mohr mit ihr im Wagen gesessen?«

Trester flimmerte es vor den Augen, Schwindelgefühl. Er ging in die Hocke, kleine weiße Flecken tanzten durch sein Gesichtsfeld. »Du hast Recht, Schneidmann wusste wohl mehr, sehr viel mehr. Aber als ich ging, war er schon fast geschmolzen.«

»Wie bitte?«

»Nichts.« Trester richtete sich langsam auf. »Der Polizist! Es gab nur einen einzigen Zeugen, dieser Streifenpolizist, na der, den sie nach dem Schusswechsel in den Kofferraum gesteckt haben, von dem stammt die Aussage.«

Katja riss die Augen auf, als ob sie die Lider sprengen wollte. »Dann gehen wir zu dem, jetzt.«

»Nein, da werden die LKA-Leute schon auf uns warten.«

Draußen dämmerte es. Das kühle Morgenlicht griff in das Blattwerk, brachte das Grün zum Leuchten. Vom Kiesweg her, direkt vor dem schmalen Haus, war ein heranrollendes Auto zu hören. Trester drückte die kräftigen Äste eines Gummibaums herunter und schaute nach draußen. »Ein Smart, die bringt uns so 'ne Playmobil-Kiste.«

Katja stellte sich neben ihn. »Du hast nichts mit Schneidmanns Tod zu tun?«

»Als ich ging, lebte er noch.«

»Glaubst du, dass er ermordet wurde, oder hat er sich wirklich umgebracht?«

»Ich glaube, dass er sehr große Angst davor hatte, dass ihm jemand etwas antun könnte.«

Auf den Fenstern des langgestreckten LKA-Gebäudes rollte die Morgensonne ihr klares Licht aus. Gerade fielen ein paar Strahlen auf Felix Kiefer, der sich mit der Linken die Schläfe massierte und mit der Rechten Kaffee in den Mund goss. Die regenwurmdicken Adern an seinen Schläfen pulsierten wie die Altrheinarme bei Hochwasser. Der Chef der Abteilung »Politischer Extremismus« starrte auf die Taubenheimstraße und wartete auf den Anruf aus dem Innenministerium. Während sich Kiefer überlegte, was er dem Staatssekretär erzählen könnte, kam ein Mitarbeiter herein.

»Da ist doch etwas Interessantes. Die Post aus Tresters Briefkasten.«

Kiefer stellte den Kaffee aufs Fensterbrett und ging auf den Kollegen zu, der ihm einen Brief entgegenhielt. Kiefer erkannte das Logo auf dem Umschlag sofort. Eine Art Ei, aus dem mehrere geballte Fäuste herausbrachen. Schon das Logo widerte ihn an, ein Ei als Nährboden für diese subventionierten Bafög-Revolutionäre, Blutsauger des Wohlfahrtsstaates. Legebatterien gab es zu viele, und wenn nur aus jedem tausendsten Ei so ein verblendetes Arschloch schlüpfte ...

Ein Bekennerschreiben der linksextremistischen Organisation »Stammzelle« also. Kiefer streifte Einweghandschuhe über und nahm den Umschlag vorsichtig in die Hand. Er roch an dem Brief, drehte ihn hin und her und öffnete ihn schließlich.

An den Klon des Systems!

Wer selbst als Geschasster, als Ausgestoßener des eigenen Schweinesystems noch weiter im Sinne des selbstzerstörerischen Ejakulationskapitalismus handelt, akzeptiert und plant in letzter Konsequenz die eigene Liquidierung. Die Sau steht vor dem Schlachthof und fleht um die eigene Erlösung.

Deutsche Kriegstreiber in Afghanistan, Waffenobolus für den nicht endenden Irakkrieg, Faschismus unter Blauhelmmandat, millionenfacher Hungermord in Afrika, Heil und Geil den deutschen Banken mit ihren Blutgewinnen bis zum finanzkapitalistischen Exodus. Grabstein um Grabstein für die eine sterbende Welt.

Hierfür steht die ignorante und menschenverachtende Ordnung, für die du immer noch den Gehilfen spielst, geklont im Sinne des Vollzugs, im Sinne des brainwashed Zuchtbullen, der nicht anders kann als seiner Fahndungsgeilheit zu gehorchen. Das korrupte Schweinesystem lähmt sich selbst, frisst seine Kinder, erstickt sich im Labyrinth seiner schmierigen Wendehalsgesetze, seiner Anpassungsideologie.

Finger weg vom Fall Monika G.! Wir sind den einen Schritt voraus. Beim nächsten Mal wird nicht mehr gemartert, beim nächsten Mal wird gekreuzigt, beim nächsten Mal wird der willige Bankert des Systems liquidiert.

Mit kämpferischem Gruß: STAMMZELLE

»Eine Morddrohung für Trester.« Kiefer drückte den Brief seinem Kollegen wieder in die Hand. »Scheiße, diese Brut stirbt nie aus. Mach zehn Kopien für die Abteilung, das Original sofort in die Analyse.« Der LKA-Fahnder drückte wieder auf seinem Schläfendelta herum. »Offenbar hat Trester nicht nur mit uns ein Problem.«

»Gemartert« – er dachte an die Stricke, die die Polizei im Schlossgarten gefunden hatte, und an die weiße Plastikkarte. Ein Dienstausweis vom SWR-Fernsehen in Stuttgart. Das kleine Foto darauf zeigte eine junge Frau mit leuchtend roten Haaren. Jemand hatte wohl ganz bewusst diese Karte platziert, denn so dämlich konnte doch keiner sein, oder?

Kurz danach entspannten sich die Adern an Kiefers Schläfen, das Blut floss wieder besser ab. Wohltuend war das.

»Bankert.« Kiefer sagte das Wort leise vor sich hin. »Ein uneheliches Kind des Systems.« Er grinste blöde. Schade, dass er gerade Trester zum besten Spezialisten für Linksextremismus ausgebildet hatte. Ihn könnte er jetzt brauchen.

Inzwischen hatte sich der Raum mit etwa zehn Kollegen gefüllt, die nach anfänglichem Begrüßungsgemurmel ganz still wurden und auf die übliche Morgenandacht des Chefs warteten. »Ab sofort gibt es zwei Zielpersonen. Nur noch mal für alle, die es noch nicht mitbekommen haben. Nummer eins: Amon Trester, ehemaliger Zielfahnder des LKA, intelligent, gefährlich und unberechenbar. Nummer zwei: ...« Kiefer blätterte in seiner Akte, »Nummer zwei ist Katja Gütle, uneheliches Kind der verstorbenen Terroristin Monika Gütle, arbeitet beim Südwestrundfunk in Stuttgart, Anfang Dreißig, rote Haare ... jeder liest sich den Kram selber durch.«

Der Geier klappte seinen Kopf nach vorne. Mit einem Satz sprang er auf seinen Schreibtisch und blickte wie ein Feldherr, der Tausende von Soldaten zu bewegen hatte, auf seine Mitarbeiter. »Sie sind noch hier?! Fahndungen in mehreren Ringen im Großraum Stuttgart. Und geht zu seinen Eltern am Bodensee in ...«, er überlegte einen Moment, »in Markdorf. Auf geht's, Treibjagd!«

ACHT

Für einen Moment war nur das Kauen von Müsli und das Schlürfen von Kaffee zu hören. Die drei saßen im Schneidersitz auf den Luftmatratzen und waren in ihr Frühstück vertieft. Trester stellte seine leere Müslischale auf eine Steinplatte und deutete mit auffordernderm Blick an, dass er jetzt die Geschichte aus dem Stadtgarten ganz hören wollte.

Katja blies noch einmal in ihren Kaffee. »Die haben mich direkt vor dem Sender abkassiert. Sie waren ... ich glaube zu dritt, alle maskiert. Drei Männer. Der blaue BMW. Die haben kein Wort gesagt, nichts.«

Trester ließ seine Oberlippe über die Kaffeetasse rutschen und musterte Katjas Hals. Dort, wo der Strick in die Haut eingedrungen war, zeichnete sich ein zwei Finger breiter, blutunterlaufener Halbring ab.

»Das war das Schlimmste, dass die Schweine nicht mit mir geredet haben.«

»Du hast sie bestellt.«

»Was?« Katja fasste sich an den Hals.

»Bei wem außer Nuntius Müller hast du noch Recherchen für dein Pseudo-Filmprojekt gestartet?«

»Ich mache sie fertig, die sind am Ende, das wird richtig Scheiße für die!« Heiße Tränen zischten über ihre Wangen.

»Sie haben dich nicht vergewaltigt ...« Trester nickte, um sie zu beruhigen, um sich zu bestätigen.

»Nein, Trester, erniedrigt, mich wissen lassen, dass ich wie ein Stück Dreck in ihren Händen bin. Also einfach bloß misshandelt.« Sie lachte spöttisch, bitter.

Squaw Hoffmann war aufgestanden, brach durchs Dickicht und brachte einen großen Weidenkorb. »Klamotten, Haarfärbemittel, Schere.«

Die beiden blickten die Frau erstaunt an. »Mit diesem hübschen Flammenmeer auf dem Kopf kommst du an keiner noch so dämlichen Dorfstreife vorbei. Denk an deine Mutter, wie oft hat die wohl eine andere Hülle, eine andere Farbe, ein anderes Leben angenommen. All die Zeit.«

Katja zog die Klamotten an, die ihr Squaw Hoffmann reichte. »Ich habe heute Nacht von ihr geträumt, sie hat mit mir ... gesprochen. Sie ist da.«

Das Ratschen der Schere klang so scharf, dass Katja sich wunderte, dass kein Blut aus ihren Haaren tropfte.

»Deine Mutter und ich, wir hatten eine schöne Zeit. Die Arbeit im Patientenkollektiv, dieser Aufbruch, dieses Gefühl von Bedeutsamkeit. Wir bewegten etwas.« Squaw Hoffmann schnitt nun großzügige Lockenbüschel aus Katjas Haaren. »Das Studium war Nebensache, was zählte, war unsere politische Arbeit. Wir haben mit Nuntius in einer WG gewohnt. Einmal hatte ich mit ihr Streit. Ich war mit Nuntius zusammen und ich dachte, Monika hätte etwas mit ihm. Aber sie sagte nur: ›Mach dir keine Sorgen, meine Liebe ist woanders daheim.‹ Dabei lächelte sie ganz selig. Sie war so schön, Monika hat uns alle mit ihrer Strahlkraft verzaubert. Aber das war auch ihr Problem.«

Katja fasste sich unsicher in die kurzen Haare und blickte in einen Handspiegel. »Weißt du, wer mein Vater ist?«

»Nein, aber da war jemand, das habe ich gespürt. Da war jemand außer Christoph Mohr. Damit hatte der große Chefvisionär Mohr auch so seine Probleme. Sie wollte nicht mehr, nicht mehr ihn und nicht mehr diesen Weg. Das war schon klar.«

»Da war jemand«, wiederholte Katja und nickte ganz leicht in ihr Spiegelbild hinein, drehte sich dann um zu Squaw Hoffmann, die ihre neue Frisur begutachtete. Katja fühlte Dankbarkeit und wusste nicht warum.

Monika G.

Mein Leben ist ein Fehler. Ich kann das sagen, weil ich 55 Jahre davon miterlebt habe. Viel zu lange haben andere mein Dasein bestimmt. Schicksal heißt sich ergeben, dem fügen, was für den einzelnen vorbestimmt ist. Das ist passiv. Und ich bin nicht passiv. Dennoch bin ich in eine Situation geraten, in der ich nur noch reagieren konnte. Jetzt bin ich stark genug, das zu ändern. Oder schwach genug? Denn ich habe nicht mehr die Kraft zur Flucht, ich werde mich dem Kampf stellen, werde den, der mein Leben zerstört hat, richten.

Ich wollte das nie, ich wollte handeln, im Sinne des Guten und Gerechten. Was aber ist das? Heute weiß ich, auch das Gerechte ist nur eine schillernde Seifenblase, die täglich aufs Neue zerplatzt. Eine unreife Disziplin, die pauschal ihr Rezept verschreibt. Kann man Gesundheit verordnen? Kann man Gerechtigkeit verordnen? Und wer ist dann der Heiler, der Kapellmeister? Richter und Robenwandler, Staatsanwälte, die in Strichern stecken? Kann man sich nicht verlieren, wenn Gut und Böse einen gleichermaßen jagen? So kann es einem gehen, wenn man dazwischengerät. Das ist der Fluch meiner Generation. Dagegen sein und nicht dürfen, als Folge dann, ganz durchsichtig, wieder die Radikalisierung der Avantgarde? Politik ganz pubertär, im Grunde.

Man klammert andere Sichtweisen aus, um seine eigene klar zu bekommen. Demokratie war und ist ein Modell, eine Theorie im Praktikum. Demokratie braucht Wohlstand, um demokratisch zu sein, auf Kosten anderer Länder, wo es dafür nicht mal ein Wort gibt. Irgendeiner fing an mit dem Besitz, dem Diebstahl also. Man muss etwas zu verteilen haben, das ist die Logik: Gerechtigkeit also kann es demnach nur geben, wenn es auch Ungerechtigkeit gibt. Und kann das ein Ziel sein? Wer nur hat das Wörtchen sozial der Demokratie untergejubelt? Meine Ideale sind zerfetzt, nun hänge ich die Lumpen ab und dahinter leuchtet etwas zart von Bestand. L-i-e-b-e!

Liebe? Ja, die kann frei von Ideologie leben. Katja! Du bist aus Liebe entstanden, frei und radikal gegen die herrschenden Regeln meines gesunkenen Kollektivs. Aber auch unsere politischen Gegner haben meine Liebe bekriegt, auch sie schreckten nicht vor Mord zurück. Es ist seltsam, wenn so viele Menschen, in so vielen Systemen, nur den einen Wunsch hegen. Mich zu zerstören! Auch ihr werdet nun gleichermaßen von Gut und Böse gejagt, wie gesagt, da kann man schnell die Orientierung verlieren, vom Weg abweichen. Merkt ihr es schon? Spürt ihr, wie Verwirrung ins Leben träufelt, wie Babel ruft?

Gegen zehn Uhr betrat der LKA-Fahnder Felix Kiefer das Polizeirevier in der Stuttgarter Ostendstraße. Ihm folgten zwei Kollegen, die im Landeskriminalamt seit Jahren nur noch Gut und Böse genannt wurden. Die Kollegen Gut und Böse waren Verhörspezialisten, die in der Regel als verdeckte Ermittler arbeiteten. Kiefer pflegte die beiden nur mitzunehmen, wenn er das Gefühl hatte, »dass sich so die Informationsbeschaffung effizienter gestalten lässt«. Und Kiefer wollte jetzt schnell mehr wissen, sehr schnell. »Kiefer, LKA, ich …«, er deutete nach hinten zu Gut und Böse, »wir möchten den Dienststellenleiter, Polizeihauptkommissar Martin Kühn, sprechen.«

»Steht vor Ihnen, um diese Zeit bin ich meist alleine, die Kollegen sind auf Streife.« Kiefer musterte den Mann hinter der Reviertheke. Er war groß, vielleicht 1,90 Meter, hatte dichte, graue Haare wie ein angeheftetes Waschbärenfell und einen buschigen Seehundschnauzer.

»Mann, Sie schwitzen ja wie ein Schwein. Trinken Sie mal Salbeitee, das hilft.« Kiefer bemühte sich ernst zu schauen, musste dann aber doch leicht grinsen.

Martin Kühn blieb cool und lächelte. »Ich bin Sportler, da schwitzt man viel.« Er deutete in das Büro, das hinter ihm lag.

Die vier Polizisten setzten sich. Kiefer nickte ernst. »Zur Sache. Die Schießerei mit der Gütle, na vor dreißig Jahren in Gablenberg, war ja klar, dass wir kommen, oder? Sie waren doch der, der sich von den Terroristen in den Kofferraum hat sperren lassen. Konnten Sie sich nicht verteidigen?«

Kollege Böse schüttelte den Kopf und schaute genervt zu Gut rüber. »Wie ein Scheißmädchen.«

Und der Beamte Gut darauf: »Nein, er hatte ja keine Chance, die hätten ihn doch erschossen.«

Kiefer ergriff wieder das Wort. »Klappe! Kühn, Sie spulen jetzt mal ordentlich vor und erzählen uns alles, was Sie damals nicht ins Protokoll geschrieben haben, sagen wir, alles, was DIR jetzt, nach all der Zeit, erst wieder einfällt.«

Kühn wirkte abwesend, seine teigigen Backen hingen schlaff nach unten. »Bitte, Herr Kiefer«, meldete sich Gut zu Wort, »der Herr Kühn lebt doch in Scheidung, er hat seine Frau verlassen, er ist in keiner guten Verfassung.«

Böse fiel ihm ins Wort. »Pah, erst staubt er die Frau vom erschossenen Kollegen ab und dann, als sie alt und schlaff ist, lässt er sie sitzen, für 'ne junge Schlampe.«

Das konnte Gut nicht einfach so stehen lassen. Theatralisch wie der Dirigent eines Kirchenchors ruderte er mit den Armen. »Mein Gott, er hat sich jahrzehntelang der Witwe seines erschossenen Kollegen angenommen. Und dessen zwei Kinder großgezogen, all die Verantwortung, das ist doch …«

»Schluss jetzt!« Kiefer war aufgesprungen und schnaubte wie ein erregter Hengst. »Kühn, leg jetzt einfach los. Alles, was wichtig ist, verstehst du? Böse merkt das, wenn die Leute lügen, mein Gott, er hat einem Kollegen, der Drogen unterschlagen hat, drei Finger gebrochen. Ich konnte nichts machen, ich war gerade mal pinkeln ...«

Vor ihnen tauchte der Bodensee auf, rechts, ein blauschwarzer Fleck wie ein ausgerollter Teig. Ganz klar waren dahinter die Alpen zu sehen. Die Cessna nudelte ein paar Wattewolken durch, ansonsten war der Himmel tiefblau. Wenig später, als das Flugzeug Friedrichshafen ansteuerte, konnte man den Hafen sehen. Freizeitkapitäne, Menschen auf der Promenade. Eine Fähre legte gerade ab, Richtung Romanshorn. Fast auf gleicher Flughöhe tanzten ein paar aufgekratzte Möwen Walzer mit einem Zeppelin. Träge wie ein Wal ruderte das Luftschiff in der klaren Luft. »Daheim«, dachte Trester, als die Cessna mit quietschenden Reifen auf der Landebahn aufsetzte.

»Na dann mal schöne Flitterwochen«, sagte der Pilot und grüßte militärisch. Die junge Frau mit den kurzen schwarzen Haaren und den Sommersprossen strahlte. Das hatte Squaw Hoffmann gut eingefädelt, Hochzeitsreise. Wie sie versprochen hatte, stand auch der Smart auf dem Parkplatz vor dem Flughafen. Die Schlüssel steckten im Radkasten vorne links.

»Das ist wirklich eine Top-Squaw, die Squaw Hoffmann.«

Katja hielt Trester plötzlich am Arm fest, drehte ihn sanft um, schaute ihm tief in die Augen und fuhr ihm über den Kopf. »Du siehst echt bescheuert aus mit diesen blonden Stoppelhaaren und der Sonnenbrille. Wie so 'n junger Heino.«

»Sag mal, spinnst du?« Trester war wirklich beleidigt. »Aber du siehst auch dämlich aus, das Schwarz passt null zu deiner hellen Haut.«

Katja zog ihn zu sich und küsste ihn auf die Backe. »Alles Gute zum Geburtstag.« Trester spürte Erregung aufsteigen, für einen kurzen Moment wollte er sie festhalten, sie einfach küssen. Doch so war er nicht, so sah er sich ja nicht, jedenfalls nicht in seinen Handlungen. Und für Träume war jetzt keine Zeit. Katja bemerkte seine Reaktion und bekam glühende Wangen.

Der Polizist Martin Kühn überlegte, wie er anfangen sollte. Wie albern! Felix Kiefer war tatsächlich zur Toilette gegangen und hatte ihn mit den Beamten Gut und Böse alleine gelassen, wie in einem amerikanischen B-Movie. Mit einem Schnaufen, das nach Verzweiflung und Übergewicht klang, meldete sich Kiefer wieder in seinem Stuhl zurück. »Mann, die Seife ist alle.«

Martin Kühn nickte und begann. »Am Tag vor der Polizeikontrolle bekam unser Revier einen anonymen Anruf. Der Anrufer sagte, dass am nächsten Tag eine Kurierin der RAF unterwegs sei. Sie solle sehr interessantes Material zum Terroristen-Anwalt Schneidmann bringen. Der Anrufer hat gesagt, dass die Kurierin Monika Gütle heißt, einen roten VW Variant mit Stuttgarter Kennzeichen fährt und dass sie gegen 23 Uhr ...«

»Bla, bla, bla, Mann, Kühn, Sie nerven.« Kiefer blätterte gelangweilt in einer Akte. »Erzählen Sie mal, warum ist der RAF-Anwalt, dieser Schneidmann, jetzt tot, hm?«

»Keine Ahnung, vielleicht hat er mehr gewusst, jemanden verraten, das mögen die nicht. Oder er hat diese brisanten Infos verhökert, was weiß ich.«

»Die Infos, das Brisante ist ja nie aufgetaucht. Wissen Sie denn, was dieses ominöse Material beinhaltete, konnten Sie da vor Ort vielleicht mal draufspickeln?« Kiefer blätterte immer noch in den Unterlagen, ohne hochzuschauen, wartete die Antwort aber gar nicht erst ab. »Kühn, laut Dienstplan waren Sie in dieser Nacht gar nicht dran. Sie waren in der Tagschicht.« Kiefer blickte väterlich über seine Lesebrille.

»Wollten wohl den Helden spielen.«

Kühn lächelte verlegen. »Das kann gefährlich werden, gell?« Kiefer setzte seine Brille ab, steckte den Bügel in den Mund und saugte daran, als ob es ein Schnuller wäre. »Weißt du, was ich noch seltsam finde? Dass da keine zweite Streife war. Bei Polizeikontrollen seid ihr doch immer mehrere, oder bin ich da falsch informiert?«

Hierauf hatte Kühn sofort eine Antwort. »Der zweite Streifenwagen wurde wegen eines schweren Verkehrsunfalls abgezogen, es gab Tote, zwei glaube ich.«

»Aha. Na ja, meine Kollegen Gut und Böse werden in der nächsten Zeit ein bisschen nach Ihnen schauen, Sie verstehen.« Kiefer und die beiden waren aufgestanden. »Nicht, dass Ihnen auch noch was passiert, gell?«

Katja war bei der Schaukelei auf dem Weg ins mollige Bodenseehinterland eingeschlafen. Im Grunde war hier wieder alles grün. Überhaupt hatte sie noch nie so viel Grün wie in den letzten 24 Stunden gesehen. Seit sie Trester kannte, war dies die beherrschende Farbe. Der Wald, in dem sie zusammen ihre Lungen durchgeblasen hatten, der Schloßgarten, in dem sie ... der Dschungel von Squaw Hoffmann, die Schrebergärten, und jetzt schon wieder Grün. Das beruhigte, zumindest, wenn sie, wie jetzt, nicht nachdachte.

Trester kannte die Gegend aus seiner Jugend. Als Junge hatte er sie mit dem Fahrrad durchkämmt, dann mit dem Mofa und später mit seinem ersten Auto, einem R4. Tagelang hatte er sich hier rumgetrieben, irgendwo in den Feldern geschlafen. Kleine Abenteuer, das Hinterland war sein Urwald.

Der Smart hangelte sich von Landwirtschafts- zu Waldweg und wieder zum nächsten Pfad, vorbei an großen Feldern und Wiesen. Fast nie kreuzten sie öffentliche Straßen. Katjas Kopf knickte immer wieder nach vorne, worauf sie jedes Mal kurz röchelte, dann leise schmatzte, um den Ablauf nach wenigen Minuten zu wiederholen.

Trester überlegte, ob er diesen Richie Bäder, Katjas angeblichen Geburtshelfer, vielleicht kannte. In Markdorf, wenige Kilometer von hier, wo er aufgewachsen war, gab es ein selbstverwaltetes Jugendhaus. Da waren diese Ich-gehöre-dazu-68er-Typen rumgehangen. Möglich, dass Bäder da auch ein- und ausgegangen war. Billiges Bier, was zum Kiffen, laute Musik, ab und zu flimmerte ein Kinofilm über die Raufaser-Wand. Da war Trester manchmal abgehangen. Hier hatte er »Woodstock« gesehen. Den Eltern hatte er erzählt, dass er einen Kumpel besuchen würde, und dann ging's ab ins Jugendhaus. Die große, weite Welt im kleinen Markdorf atmen. Die waren zehn Jahre älter, hatten ihn aber irgendwie geduldet. Nachwuchs rekrutieren für Mao und die anderen Helden oder so, oder gar nichts.

Er dachte an einen Kerl, den sie Tscherno genannt hatten. Der war ein Mädchenschwarm. Erstens hatte er eine Kasten-Ente, zweitens hatte er vorne auf der Haube einen dicken »Atomkraft-Nein-Danke«-Aufkleber und drittens war (neben einem Hanfblatt) da noch ein Schwarz-Weiß-Bild an der Hecktür. Und der auf dem Bild sah aus wie er. Cool! Der hatte sein eigenes Konterfei als Abziehbild drucken lassen, wie ein Star.

Erst später begriff Trester, dass das Abziehbild das Original war und dieser Tscherno die Kopie. Es handelte sich um den großen Che, Ernesto, der Schöne und Revolutionär.

Also, vielleicht kannte er Bäder, vielleicht war der auch so ein kleiner Großer, wirklich, er war gespannt.

Katja war aufgewacht, wischte sich mit dem Ärmel ein paar Tropfen aus den Mundwinkeln und zwinkerte mit den Augen.

»Ich habe wieder geträumt, sie spricht mit mir, wirklich!«

»Ja.« Trester reagierte nicht wirklich, er wollte noch etwas länger in seiner Vergangenheit umherstromern, ein bisschen romantisieren, da und dort an der Sehnsucht saugen. Auf dem Weg von Roggenbeuren nach Wittenhofen, wo man langsam vom noch grüneren, noch wilderen Deggen-

hausertal verschlungen wird, erhoben sich links und rechts
stramme Maisfelder. Trester dachte an Pia. Da drüben in diesem Maisfeld war sein erstes Mal. Er dachte an die Aufregung, an ihren schönen festen Körper, hörte sie wieder atmen. Das hätte er nicht gedacht, dass sie so atmen würde.
Junge, war er damals verliebt! Sie steckten beide in seinem
Schlafsack, und er hatte Angst, dass die Explosion zu früh
kommen würde. Überall um ihn herum diese Maiskolben.
Pralle, aufrechte Stängel mit kleinen brünetten Haarbü-
scheln. Und mittendrin Pia und er. Trester hatte alles super
vorbereitet. Lässig baute er einen Joint, Kappe sauber ab-
brennen und anzünden. Boah ey, das sagte man damals, boah
ey, wie gut.

Aus seiner kleinen Military-Tasche, auf der natürlich
Peace stand (man ignorierte Widersprüche radikal und
konsequent), rutschte ganz zufällig ein Buch von Carlos
Castaneda heraus: »Die Lehren des Don Juan – Ein
Yaqui-Weg des Wissens«, das musste man damals einfach
gelesen oder wenigstens dabeihaben, das war so. Und beim
Kramen in der Tasche tauchte dann plötzlich noch die
Meerschaumpfeife aus Holland auf, ganz zufällig. Ja, man
gehörte zu den heimlich-öffentlich Bewusstseins-Erwei-
terten, auch wenn es Pia in ihrer Erregung vielleicht gar
nicht interessierte.

Trester bog wieder in einen Landwirtschaftsweg und
dachte an Brüste, klein, rund und ... so fest, das hatte er auch
nicht erwartet, das Feste. Zwei, drei Atemzüge lang fühlte er
die Freiheit seiner Jugend, die er damals völlig verspannt und
eher zwanghaft erlebt hatte. Jetzt aber, so in die ungewisse
Zukunft fahrend und durch die Gegenwart gefiltert, war die
Vergangenheit irgendwie schön, einfach und klar. »Back in
those days everything was simpler & more confused.« Ja,
genau, Mr. Morrison, Sie sprachen's aus, noch so kurz vor
Ihrem Tod!

NEUN

Warum? Weil sie allein war mit ihren Gedanken. Squaw Hoffmann machte etwas, was sie schon kurz danach wieder bereute und später dann noch einmal viel mehr. Weil das Telefonat mit Nuntius Müller auch sie in die Vergangenheit geworfen hatte. Tief. Und es tat weh, obwohl sie gar nicht wusste, warum. Klar, sie hatte ihn geliebt, andere, die nach ihm kamen, jedoch noch mehr. Da lag so eine Romantik über dieser revolutionären Zeit, das war es wohl, was sie jetzt einholte. Komischerweise hatte sie plötzlich das Bild von einem Seerosenteich vor Augen und fing ganz langsam an zu tanzen. Crosby, Stills, Nash & Young sangen in ihrem Kopf, gaben eine Art Best-of. Anneliese hatte Nuntius seit Jahrzehnten nicht gesehen und hatte auch kein genaues Bild mehr von ihm im Kopf. Irgendwie dachte sie an Locken, Nickelbrille, seine schönen sanften Hände und die wahnsinnig behaarte Brust. Ein lieber, kluger Bär.

»Es läuft, du kannst Mohr besuchen, er hat eingewilligt. Erhoffe dir nichts, er ist kalt. Schau ihm am besten nicht direkt in die Augen – die toten Augen der RAF«, hatte Nuntius gesagt und dann aufgelegt. Und sie hatte noch dem Tuten nachgespürt, als ob sie daraus weitere Erkenntnisse würde ziehen können.

Squaw Hoffmann saß bereits auf einem Stuhl, als sie ihn brachten. Christoph Mohr trug Handschellen. Nach dreißig Jahren! Immer noch hielten sie ihn wie einen gemeingefährlichen Verbrecher.

Sie kannten sich flüchtig, aus der Zeit des Patientenkollektivs, auch aus einer K-Gruppe. Doch er schien sich nicht mehr an sie zu erinnern. »Ich bin sicher, dass sie gerade überlegen, ob sie mich besser nach Guantanamo verlegen, da ist es bestimmt sicherer.« Mohr schaute ernst und gleichzeitig ein wenig entrückt. Er sah aus wie Klaus Kinski während seiner peinlichsten Auftritte. Seine straßenkötergrauen Haare pappten am Schädel wie ein Militärhelm. Nein, er hatte nicht mit der Vergangenheit abgeschlossen, er pflegte, er lebte sie, er mordete immer noch für das Gute. In Gedanken.

»Ich komme wegen Monika Gütle. Kannst du mir helfen?«

Mohr hatte winzige, stahlblaue Augen, die aus dunklen Höhlen heraushingen, und er lachte. »Die Systemfotze hat sich selbst gerichtet. Sie ist tot.«

Squaw Hoffmann dachte an Nuntius' Worte und bemühte sich, ihm tatsächlich nicht in die Augen zu schauen. »Wir haben Grund zur Annahme, dass Monika noch lebt.«

Mohr verzog keine Miene. »Auch wenn sie noch lebt, ist sie tot. Tot, klar?« Mohr riss seine zusammengeketteten Arme hoch, so, als ob er Squaw Hoffmann würgen wollte.

Entsetzt rückte sie ihren Stuhl außer Reichweite und sprach weiter. »Sie hat eine Tochter. Katja. Sie könnte deine Tochter sein.«

»Nein, das nicht.« Mohr war aufgestanden und bedeutete dem Vollzugsbeamten, dass er in seine Zelle wollte. »Kinder für diese reaktionäre Scheiße? Nachkommen, noch so ein Fehler von ihr, von euch.«

Nun schaute Squaw Hoffmann ihm doch in die Augen. »Du hast Monika geliebt, sehr sogar.«

»Das ist der Sache nicht dienlich.«

»Kannst du mir noch einen Tipp geben, Freunde von ihr?«

Mohr sah wirklich ein bisschen aus wie der Tod. »Da musst du wohl sehr weit nach vorne schauen oder sehr weit zurück, bevor sie anfing zu denken oder als sie damit aufhörte, wie man es nimmt.«

»Arrogantes, perverses Arschloch!« Squaw Hoffmann war jetzt ebenfalls aufgestanden.

»Holla! Wow.« Mohr stand in der Tür, hob die Arme zum Schutz. Die Handschellen blinkten und er zeigte in eine Ecke des Besucherraumes, wo eine kleine Kamera angebracht war.

»Ihr seid zu dämlich, um sie zu finden.« Dann zeigte er auf den Beamten. »Und wenn der es nicht geschnallt hat, dann können sie sich das Ganze ja noch auf Video reinziehen und deine Stimme rausfiltern. Gratuliere, du hast das System geweckt.«

Der Einsiedlerhof lag in einer milden Falte des Deggenhausertals. Ein kurzes Stück fuhren sie an der Deggenhauser Aach entlang und bogen dann rechts ab.

»Azenweiler.« Trester sagte das, als ob er durch das deutliche Aussprechen des Ortsnamens seine Beschaffenheit, seine Geografie und Geschichte gleichermaßen erfassen könnte. Sie folgten dem ungeteerten Weg noch etwa zwei Kilometer, bis zu einer kleinen Brücke, die über einen Bach führte. Wie Riesenzahnstocher standen dort Pappeln, an den Rand des Bachlaufs geworfen. Sie stellten den Smart hinter einem Stapel mit gefällten Bäumen ab und gingen zu Fuß weiter.

Trester dachte an Märchen, an Riesen, Wälder und eine entführte Prinzessin. »Das ist irre.«

»Was?«

»Wir nähern uns deinem Geburtsort.«

»Ja.« Katja war wie in Trance. Auf dem weichen Boden fühlten sich ihre Schritte noch wackeliger an. Leise und leicht gebeugt, wie zwei Indianer, die das Lager des Feindes ausspähen wollten, tasteten sie sich durchs Unterholz. Über ihnen frisierte eine leichte Brise die Baumkronen. Ein Specht klopfte in das wirbelnde Rauschen der Blätter hinein. Vor ihnen öffnete sich eine Lichtung, gab den Blick auf den Hof frei.

Nichts rührte sich dort. Trester nickte zufrieden und sie gingen langsam auf das Haupthaus zu. Als sie unter das Vordach traten, sahen sie das Namensschild mit den fünf holzgeschnitzten Buchstaben: Bäder. Katja klingelte. Nichts. Sie warteten einen Moment, klingelten erneut. Ungeduldig drückte Katja die Türklinke herunter. Die Tür war offen und sie gingen hinein.

Es war ein harter, kurzer Schlag auf den Hinterkopf. Als ob jemand einen Holzscheit spalten wollte. Trester ging sofort bewusstlos zu Boden. Katja drehte sich um und schaute in die Kuhaugen eines Riesen. Der warf jetzt den Spaten weg und packte sie. Katja schrie laut um Hilfe, trat dem Hünen in den Schritt, aber der Kerl packte sie stöhnend, schleifte sie eine Treppe hinunter in einen Keller. Dort warf der Mann sie in einen fensterlosen Raum und verriegelte die Tür.

Katja versuchte sich im Dunkeln zurechtzufinden, suchte nach einem Gegenstand, der ihr als Waffe hätte dienen können. Kurze Zeit später hörte sie draußen Geräusche, danach ging die Tür erneut auf, und der Riese schleifte den bewusstlosen Trester in den Raum. Katja wollte an ihm vorbeirennen, doch das Monster kriegte sie am Bein zu fassen und stieß sie zurück in ihr Verlies. Der ganze Spuk war nach zwei Minuten vorbei, und nun hielt sie Tresters reglosen Kopf im Schoß. Sie spürte sein warmes Blut an ihren Händen.

Es hatte genau zwei Stunden gedauert, bis die Videoaufzeichnung aus der JVA Bruchsal bei Felix Kiefer im Landeskriminalamt auf dem Tisch lag.

»Die sieht aus wie Winnetous Mutti.« Hauptkommissar Böse tippte sich an den Kopf und schaute zu seinem Vorgesetzten.

Kiefer hatte sich die Stelle immer wieder angeschaut: »Wir haben Grund zur Annahme, dass Monika lebt ...« Kiefer war hochkonzentriert und nicht zum Scherzen aufgelegt. »Daten?«

Böse öffnete eine Datei und begann zusammenzufassen. »Anneliese Härle, wohnhaft in Stuttgart-Gablenberg, 56 Jahre alt, ledig ... Studium der Psychologie und Pädagogik in ... in Dings, Heidelberg, aktive Zeit im Patientenkollektiv, eben deshalb vorbestraft, ausgebildete Waldorflehrerin, arbeitet als freie Autorin, schreibt seit einigen Jahren Fachbücher für einen anthroposophischen Verlag in Stuttgart, Heilpflanzen und so, 'ne Art Kräuterhexe.«

Kiefers Gesicht hatte sich bläulichrot gefärbt. »Ich will die sofort hier haben!«

Trester öffnete die Augen und sah die Dunkelheit. Über sich spürte er Katjas Gesicht. Sein Kopf fühlte sich an wie ein angeschlagenes Ei. Er dachte an seine Vision, an die Eier im Nest, an die Gefahr, an die Hilflosigkeit, die er nie wieder zulassen wollte. Unter der Kellertür drückte ein rechteckiger Lichtstreifen in den Raum. Gestampfter Lehmboden. Die feuchte Kälte zog langsam in die Knochen. Trester wollte aufstehen, doch der stechende Schmerz an seinem Hinterkopf und Katjas Hände hielten ihn zurück. »Was ist ...?«

Katja beugte sich zu ihm hinunter und flüsterte. »Ich weiß nicht. Dieser Kerl, der sieht aus wie ein Irrer. Wir kommen hier nicht mehr raus.« Katja rieb sein klebriges Blut zwischen den Fingern.

Trester richtete sich langsam auf und tastete nach seiner Wunde. »Hat er irgendetwas gesagt?«

»Nein, er hat nur so seltsam gegrunzt.«

Trester versuchte sich zu konzentrieren. Natursteinwände, kein Fenster, dicke Eichentür, das perfekte Gefängnis unter der Erde. Oder ein Grab.

»Hier geht es nur durch die Tür wieder raus.«

Sie tasteten sich an den Wänden entlang. Bis auf ein paar Holzfässer war der Raum leer. Plötzlich packte Trester Katja von hinten und zerrte sie zu Boden. »Du schreist jetzt, als ob ich dir was antun würde, los, schrei um dein Leben.«

Katja spürte seinen feuchten warmen Atem an ihrem Ohr und schrie, so laut sie konnte. Sie fühlte sich bedrängt, bedroht. Trester hielt sie fest umklammert und ließ sie toben. Auch er brüllte, so laut er konnte. Sie brachten sich so in Rage, dass sie erst etwas bemerkten, als sich das Licht schon in den Raum fraß. Hämmernd und weiß. Jetzt waren die Umrisse von zwei Gestalten im Türrahmen zu erkennen. Der Riese und noch einer. Der andere Mann war kleiner, stämmig, mit einem kurzen Hals. Und er richtete ein Gewehr auf die beiden.

Über der Taubenheimstraße hing eine Wolke, die aussah wie ein braun-weißes Kuhfell. Links und rechts, an den Rändern, fraß sich die Sonne durch die gegerbte Haut, so dass ein zittriger Heiligenschein auf dem LKA-Gebäude lag.

»Wir haben Grund zur Annahme, dass Monika noch lebt ...« Der Polizeibeamte Felix Kiefer hatte den Satz auf eine große Wandtafel geschrieben und drehte sich nun um. Wie ein Lehrer stand er vor seiner einzigen Schülerin. Anneliese Härle hatte ihre kurzen Arme fest vor ihrem Körper verschränkt – es sah aus, als hätte sie die Arme miteinander verschraubt. Sie starrte den Mann an, der nun lächelnd mit einem Stück Kreide auf sie zukam.

»Das Spiel geht so. Ich schreibe jetzt ein paar Namen an die Tafel und Sie sagen mir, was Ihnen dazu einfällt.« Kiefer trug die Kreide wie eine Monstranz vor sich her, drehte sich feierlich wieder zur Tafel. Der LKA-Ermittler schrieb und sprach den ersten Namen aus. »Professor Josef Burrington.«

Squaw Hoffmann sah den grinsenden Geierkopf und spürte zugleich einen stechenden, bohrenden Schmerz. Tief, ganz tief in ihrem Herzen.

»Das war doch, wie sagt man bei Ihnen in der Szene ...«, Kiefer tat so, als ob er nach einem komplizierten Fachbegriff suchen würde, »ihr Stoßpartner oder so.«

Squaw Hoffmann bekam eine ganz wächserne Haut. Nur ihre großen Sommersprossen hoben sich ab, wie Streusel auf einem Hefekuchen. Gleich würden sie sich einzeln von ihrem Gesicht lösen und herunterpurzeln, wie dicke Tränen.

»Frau Härle, wir haben Grund zur Annahme, dass Sie Josef Burrington im Januar 2002, in Dornach in der Schweiz, mit einer Kräuter-Giftmischung ermordet haben.«

»Er ist bei einer Selbstmedikation gestorben, Josef hat ein Forschungsprojekt geleitet und ...«

»Ich dachte, ihr Anthroposophen kennt euch aus mit Zauberei, Kräutern und so.« Kiefer wackelte mit dem Kopf.

»Das ist dumm, wir werden unseren Schweizer Kollegen mitteilen, dass wir neue Beweise haben, wir werden den Fall neu aufrollen. Mord verjährt nicht, nicht?«

»Was für Beweise?«

Ohne zu antworten stützte sich Felix Kiefer auf den Tisch, direkt vor Squaw Hoffmann. »Dann können wir Sie noch ein bisschen dabehalten, gell?«

Anneliese Härle schwieg. Aber zum ersten Mal in ihrem Leben stellte sie sich vor, wie es wäre, jemanden umzubringen. Jetzt wäre sie bereit dazu, mit ihren Händen. Kiefer roch nach Schweiß, nach totem Fleisch. Und schon machte der Geier wieder den Schnabel auf. »Zuhause, bei Ihnen, das wäre jetzt ohnehin etwas unkommod, eine große Umstellung. Die Kollegen, wie soll ich sagen, roden gerade ihr Wohnzimmer.« Er machte eine kleine Pause und nickte wie ein Pfarrer bei der Beichte. »Um besser nach Beweisen suchen zu können. Ermittlungen, Sie verstehen?«

»Warum sind Sie hier eingebrochen?« Der Mann mit der kompakten Figur richtete das Jagdgewehr auf die beiden.

Trester drehte den Kopf, versuchte, die Gesichter der beiden Scherenschnitte im Türrahmen zu erkennen.

»Ich werde jetzt die Polizei rufen.« Der kleinere gab dem Riesen das Gewehr und zog sein Handy heraus.

»Wir sind keine Einbrecher, wir möchten zu Richard Bäder«, erwiderte Trester.

Der Mann ließ seinen Blick zwischen Trester und Katja hin- und herfahren, dann machte Katja einen Schritt auf ihn zu. Der Riese richtete sofort das Gewehr auf sie.

»Ich bin Katja Gütle. Ich suche den, der mich in dieses bescheuerte Leben geholt hat.«

Der Mann schaute verwirrt zu Trester. »Und Sie?«

»Ich bin …«

»Er ist ein Freund, Amon Trester.« Katja war langsam auf die Tür zugegangen. Der Mann nahm dem Riesen das Gewehr wieder weg und starrte die junge Frau ungläubig an.

»Katja? ... Das ist, ich ... also, na gut, kommt.« Richie Bäder lächelte wie ein Kind.

Die Wohnküche war groß und hatte dunkle, holzgetäfelte Wände. Sie saßen um einen groben, massiven Holztisch und tranken Kaffee. Nur der Riese stand in sicherer Entfernung und beobachtete die drei kritisch. Richie Bäder hatte eine abgenutzte Keksdose vor sich stehen, über die er sanft mit der Hand strich. Er hatte blonde, zottelige Haare, eine große, leicht gekrümmte Nase und runde, blaue Kinderaugen. »Fotos, die ich kurz nach deiner Geburt gemacht habe.« Er öffnete die Keksdose und legte die Bilder vor Katja auf den Tisch, wobei er jedes kommentierte.

Katja betrachtete die Fotos ganz gerührt.

Trester konnte wenig mit dieser Stimmung anfangen, dennoch schaute er die Bilder flüchtig durch. »Babyfotos. Haben Sie auch Bilder von Monika Gütle? Ich meine, aus dieser Zeit oder überhaupt?«

Richie Bäder schaute flüchtig zu dem Riesen, der das Geschehen immer noch mit respektvollem Abstand beobachtete.

»Was ist mit ihm?«

Bäder lächelte den Riesen an. »Er fürchtet sich vor Fremden. Er kann nicht sprechen.« Bäder deutete mit dem Kopf zu ihm. »Das ist Tim, er ist krank, ein feiner Junge, mein Sohn.«

Katja war aufgestanden, hatte Tim an die Hand genommen und ihn zum Tisch geführt, wo er stehen blieb.

»Er sitzt nicht gerne, Tim ist früher oft vom Stuhl gefallen, hat sich dabei immer wieder verletzt. Seither steht er lieber.«

Katja seufzte und lächelte Richie Bäder an. Sie mochte ihn, er kam ihr so vertraut vor, so warm und stark.

»Monika wollte nicht, dass ich Fotos von ihr mache. Sie wissen ja, dass die jedes Loch«, Richie musste grinsen, »fast jedes Loch nach ihr abgesucht haben.« Er rieb sich die Augen, als ob er dann besser in die Vergangenheit blicken könnte, und schob die Keksdose zur Tischmitte. »Ich habe dann doch ein paar Fotos gemacht. Ich wollte eine Erinnerung an sie haben. Idiotisch, ich weiß. Monika hat es nicht gemerkt.«

Richie Bäder verschwand für kurze Zeit, und Trester fragte:»Willst du mal mit ihm alleine reden?«

»Ich weiß nicht.« Katja schaute zu Tim, der sie jetzt unsicher anlächelte und gleich weniger nach böser Riese aussah. Kurz danach kam Bäder mit einigen großformatigen Fotos zurück. Erwartungsvoll schaute er Katja mit seinen großen Kinderaugen an.

»Sie war etwas Besonderes. Es war nicht nur ihr Aussehen, es war ihre Erscheinung.« Bäder suchte nach passenden Worten.»Wenn Monika einen Raum betrat, dann veränderte sich etwas. Ich glaube, das war vielen unheimlich.« Katja betrachtete die Bilder. Zum ersten Mal sah sie sich mit ihrer Mutter zusammen. Monika Gütle hielt sie eng umschlungen und lächelte. Müde, aber glücklich. Sie sah zu ihr, zu Katja.

Bäder beobachtete Katja und stolperte dabei in die Vergangenheit.

Trester hatte das Gefühl zu stören. Außerdem war er langsam von der Verherrlichung dieser Frau genervt. Aber irgendetwas sagte ihm, dass er nicht gehen sollte. »Das ist mir zu esoterisch. Bäder! Sie waren einfach hoffnungslos verknallt in Monika Gütle, voll drauf.«

Katjas Augen füllten sich mit heißen Schlieren, die Welt wurde unscharf.»Bäder, helfen Sie uns. Wir suchen sie. Meine Mutter lebt!«

Monika G.
Die Meute wird größer, hinterlässt immer mehr Spuren. Früher rannte ich nur. Ich rannte weg. Ich hatte kaum Zeit, meine Spuren zu verwischen. Dann drehte ich mich ab und zu um, schlug nach hinten aus, ins Leere. Sie sprangen aus ihren Verstecken, stachen nach mir und zogen sich wieder zurück. Jetzt richte ich mich auf. Ich jage ihn, trete ihm entgegen. Er wird sterben!

Ich habe von ihnen gelernt, den Kampf, die Gewalt, den Krieg. Terror und Tarnung, das Werkzeug des Nahen Ostens. Meine Genossen haben mir diese Mitgift mit auf den Weg gegeben.

Dazu kam noch Spionage, Verrat und die Staatstotalität, mein Preis für einen Pass, eine andere Identität in der Deutschen Demokratischen Republik. Die neuen Genossen in der DDR haben meine Wehrkraft noch gestärkt. Wettbewerb der Systeme, Grausamkeit der Grausamkeit. Grammatik der Gewalt. Und als der Damm brach, diese graue Mauer nicht mehr standhielt, spülte mich das wiedervereinigte System an die Oberfläche und zurück zur Quelle, nach Hause. Seltsam, nicht? Heimat! Wo sie mich weiter benutzten.

Informantin, Agentin, Doppelagentin, denn: Geheime Dienste leben länger als ihre staatlichen Geburtshelfer. Spione führen Aufträge aus, weil sie dieser Sache dienen müssen. Es ist die Angst, selbst verraten zu werden. Manchmal auch, wenn der Dienstherr, das System, schon gar nicht mehr bestellt, lange zu politischem Kadaver verkommen ist, rennt der Hund noch weiter. So musste ich für meinen Führungsoffizier erneut sterben, damit ich in Ruhe tot sein konnte. Grab, Grab, Grab. Das ist totalitär, das ist die Logik meines Lebens: Sterben, um zu leben.

Bäder schaute Katja unsicher an. »Wir haben uns hier auf dem Hof bei einem Sommerfest kennengelernt. Es war ein schöner Abend, sehr schön. Sie kam mit Anneliese Härle und zwei Typen. Aus Heidelberg, glaube ich. Dann habe ich Monika erst wieder gesehen, als sie ...« Bäder rieb sich erneut die Augen. »Sie stand plötzlich nachts vor der Tür, ein halbes Jahr später. Monika sah völlig fertig und verängstigt aus, war aber dennoch kontrolliert. Sie stand da und sagte, ich brauche Hilfe.«

Trester griff nach den Fotos. »Was hat sie erzählt?«

»Sie wollte nicht viel reden, sie hat sich den Hof als Nest ausgesucht. Monika wollte ihr Kind hier zur Welt bringen, fernab von Gefahren.«

Katja schaute auf Bäders Hände. Große Hände, kräftig und rau.

»Nach ein paar Wochen war es dann so weit. Monika sagte: Du bist doch Bauer, weißt, wie das geht.« Richie Bäder schüttelte den Kopf, als ob er die Situation noch mal durchleben würde. »Nein, ich hole einen Arzt, keine Angst, der hat doch 'ne Schweigepflicht.– Nein, Richie, du bist der Einzige, der mir helfen kann. Sie schaute mich an und ihr Blick sagte: Sonst werde ich hier sterben.« Bäder lächelte wieder wie ein Kind. »Dann bist du hier nebenan im Stall zur Welt gekommen, gleich neben den brütenden Hühnern, sie wollte das so.«

»Sie haben ihr einfach so geholfen, weil Sie Monika Gütle einmal gesehen haben?« Trester war aufgestanden und schaute nervös aus einem der kleinen Fenster. »Was hat Monika Ihnen geboten, Geld, war es das?«

Bäder ließ den Kopf hängen. »Nein, nein!«

Trester stand jetzt ganz dicht bei Bäder. »Richieboy, hier stinkt es. Der Hof, das alles kostet viel Geld, und du bist so ein Hippie-Selbstversorger, alles nicht sehr einträglich, noch nie. Wie geht das?«

Das Ganze wurde Tim zu viel. Er packte Trester plötzlich von hinten und zog ihn von seinem Vater weg.

»Es ist gut, Tim, ist gut.«

Trester befreite sich genervt aus der Umklammerung und bog seinen Nacken wieder zurecht. »Wo ist überhaupt seine Mutter?«

»Sie ist tot, Überdosis. Petra hat mich damals mit dem kleinen Wurm sitzen lassen. Zwei Jahre später wurde sie in der Bahnhofstoilette in Singen gefunden. Drogen und die große Freiheit, wissen Sie.«

Trester wollte weiter bohren, doch Katja fiel ihm ins Wort.

»Lass, Trester.« Sie wollte Bäder glauben. Sie sah diesen kräftigen Mann, blickte in seine Kinderaugen. Für sie war er eine Märchenfigur, der Retter, ein Held aus einer fremden Galaxie. Ganz entfernt hörte sie Trester sprechen. Wie er auf Bäder einredete, wie er nachfragte, wie er nickte, wie er verlangte, wie er schließlich drohte und Bäder dann auch nickte.

»Monika hat mir von einem Versteck erzählt. Adonis I. Ein Erddepot, wie es die RAF an verschiedenen Stellen eingerichtet hatte, mit Waffen, Pässen, Geld und so. Für alle Fälle, falls Katja etwas braucht, hat Monika gesagt.« Bäder warf einen verzweifelten Blick zu Katja. Es war ihm deutlich anzusehen, wie schuldig er sich fühlte. Dann bekam sein Gesicht etwas Bestimmendes, etwas von innen stülpte sich heraus, etwas, das ihn sagen ließ: »Ich habe es für Tim genommen, ich war alleine und ich dachte, dass Katja doch versorgt war, bei ihrer Großmutter.«

Trester interessierte das Geständnis nicht, er wollte die ganze Sache abkürzen.

»Wo?«

»Ich habe nur das Geld genommen, alles andere muss noch da sein, ich bin sicher ...«

»Wo, Bäder, wo?«

Katja schaute immer noch auf die Fotos, die sie mit ihrer Mutter zeigten, und lächelte dann Bäder an. »Trester, geh allein, ich bleibe noch, kannst du mich später abholen?«

Er grinste. »Klar, ich gehe mal graben.«

»Was grinst du so blöd?«

»Ach, es ist nur der Name des Depots. Adonis.«

»Und?«

»Nichts, der schöne Adonis wurde der Sage nach im Kampf mit einem Eber getötet.«

»Danke für die Geschichtsstunde.«

Nach einem prüfenden Blick aus dem Fenster wandte sich Trester zur Tür, wo er stehen blieb. Ein Klingelton stieg aus seiner Hose auf. Für eine Sekunde war er irritiert, dann fiel ihm wieder ein, dass er das Handy von Squaw Hoffmann dabeihatte. »Achtung! Kommt auf keinen Fall zu meinem Haus zurück. Habe großen Mist gebaut, treffen uns Stuttgart, Stälinweg 35. Gruß Squaw.« Trester drehte sich, während er die SMS las, um und machte ein paar schnelle Schritte auf Katja zu. »Komm jetzt.«

ZEHN

Knietief watete die Frau mit den Indianerzöpfen durch ihr gerodetes Leben. Ein tiefes Schnaufen. Sie hörte ihrem Leid zu, dachte an Josef Burrington, diese große Liebe, und draußen warfen die Wolken mit gefrorenen Tränen nach ihren Tomaten. Hagel. Stuttgart war ganz kalt.

Hier drinnen war die Luft angefüllt mit brennendem Schweiß, bitterem Zigarettenrauch und dem weiß dampfenden Blut der Pflanzen. Sie dachte an den Tod. Wie einfach das war für die Menschen. Zerstören, Leben nehmen, Raum nehmen, den Saft rausquetschen und dann schauen wir mal. Squaw Hoffmann hielt das Handy immer noch in der Hand. Langsam drehte sie sich um die eigene Achse und machte Fotos. Klick, vom Sterben. Klick, vom Wandel. Klick, von dem, was nicht mehr war. Ein paar Käfer schienen sie zu erkennen, rumpelten hektisch auf sie zu. Sie hatte geschwiegen, das ganze Verhör über, sechs Stunden lang, während ihr Inneres schrie, ein stummes Beben, bis die Seelenplatte Risse warf.

Im LKA hatten sie etwas verschoben. Der Verlust und sein Partner, der Schmerz, sie trieben nun ihren Handel. Ein Käfer brachte stolz einen Regenwurm, schlug seine Fangarme tief in den weichen Leib. »Die Jagd ist ein schmutziges Geschäft«, flüsterte Squaw Hoffmann, »es sei denn, sie dient dem Überleben. Jetzt, genau jetzt!«

Katja drehte sich noch einmal kurz um und hob die Hand. Richie Bäder. Vielleicht hatte ihre Mutter ihm so zugewinkt, damals als sie abtauchte in die Unterwelt, den Hades. Bestimmt hielt Richie damals Katja im Arm. Ein Bündel Leben. Katja folgte Trester zum Auto.

»Ich hätte noch Zeit gebraucht, es geht so schnell. Alles. Glaubst du, dass er mein Vater ist?«

Trester löste ein knappes »Vielleicht« heraus, mehr zu sich als zu Katja, und blieb an einem Ast hängen. Er wirkte nachdenklich, Nervenenden feuerten noch einmal Bäders Klang vor sich her, maßen seine Satzbögen. Trester horchte Wörtern und Frequenzen nach: Nein, nein, keine passenden Bilder, keine Verwandtschaft vernehmbar. Dann, als ob er nicht schon geantwortet hätte, sagte er plötzlich: »Nein«. Ein wenig zu laut, so dass Katja aus ihrem kurzen Glück stolperte. Er sah sie erschrocken an. Trester würde sich nicht an ihre kurzen schwarzen Haare gewöhnen. Nie.

Die Sonne badete das Hinterland im Abendlicht. Sie fuhren durch goldene Labyrinthe, und Trester kurvte durch sein privates Gedankenmeer. Ein Getriebener seines Chemiebaukastens. Eindrücke aus allen Zeiten griffen nach ihm. Vergangenheit, Gegenwart, selbst das, was erst kommen würde, fragte schon an, wollte Bilder. Mögliche Bilder. Zwei Tage waren vergangen. Zwei Tage Suche und Flucht. Trester war bemüht, sich wieder auf die Welt einzulassen.

»Das Finden fällt leichter, wenn man nicht gesucht wird.«

»Ja«, sagte Katja, sonst nichts.

Trester beendete den Satz alleine: Weil man das Gesuchtwerden spürt. Weil die Hatz schließlich die Gedanken verklebt. Das sei überhaupt die Gefahr, dass man die Lähmung verspüre. Wie das Kaninchen vor der Schlange.

Als sie den Hügel genommen hatten, teilte sich vor ihnen ein üppiges Maisfeld. Da waren sie wieder in Tresters Kindheit und Jugend. Nur drei Kilometer von hier, in Markdorf, hatte sein Leben die ersten Prägungen bekommen. Gleich da unten wohnten seine Eltern, hier waren die ersten großen Gefühle gewachsen, Liebe und Schmerz. Er konnte sie fühlen, immer noch. So formte sich wohl eine Landschaft zur Heimat.

Ob Sina und Leander noch bei seinen Eltern waren? Oder hatten sie sich, eskortiert von zwei LKA-Beamten, wieder auf den Weg nach Stuttgart gemacht? Ein Stück von Tresters Geburtstagstorte auf dem Rücksitz? Trester lächelte. Nein, hier oben würden die Fahnder nicht nach ihnen suchen, sie nicht vermuten, es sei denn, Bäder würde plaudern.

Katja brachte ein erstauntes »Oh« heraus. Gegen den Horizont zeichnete sich das stählerne Geripppe des Gehrenbergturms ab. Dahinter der Bodensee und das kompromissloseste Alpenpanorama, das man so anbieten konnte. »Oh«, eben. Oder wie mal so ein Broschürentexter für die Baulanderschließung formuliert hatte: Balkon zum Bodensee.

Und, schwups, war das Bild weg. Trester hatte den Smart nach links gezogen und hatte ihn ein paar Meter tief ins Feld rollen lassen. Katja hatte Mühe, die Tür aufzudrücken, so dicht reckte sich der Mais.

»Von hier sind es vielleicht 300 Meter.« Trester zeigte nach rechts, auf einen schmalen Trampelpfad, der am Turm vorbeiführte und an etwas wie einer Klippe endete. Links ging es jetzt steil bergab. Rechts, über den Feldern, tanzten Mücken sich in Trance, fieberten nach Blut. Trester stand direkt am Abhang. »Da unten.«

Ein schwarz-grünes Biotop. Dort kam den ganzen Tag lang kein Sonnenstrahl hin. Kühle, feuchte Erde. Trester erkannte den Geruch, er war verortet und abgelegt in seinem dreizehnten Lebensjahr. Zusammen mit pubertären Eindrücken, ausgekugelten Gefühlen. Sein Kopf zog diese Gedächtniskarte. Gleich taten Gehirnflüssigkeiten und gehauchte elektrische Impulse ihre Arbeit, wiederholten in Sekunden jenes orgiastische Leidensfest, das damals nicht enden wollte. Kummer. The first cut is the deepest, my dear. Den ganzen Tag und die halbe Nacht war er durch diesen Wald gestolpert, um vor der ersten, der nicht erwiderten Liebe zu flüchten. Daher kannte er den Duft dieser Erde.

»Da!« Katja flüsterte Trester aus diesem Erinnerungsland, zeigte auf ein kleines unruhiges Licht. »Da unten ist jemand.«

Der Lichtstrahl einer Taschenlampe fuhr wedelnd über den Waldboden. Trester duckte sich und zog Katja mit nach unten.

Die Stuttgarter Bergstraße lag da wie ein toter Aal. Schmal, schwarz und eingeseift vom Sprühregen. Die LKA-Fahnder Gut und Böse saßen nun schon drei Stunden in ihrem dunkelgrünen Audi und schauten den Scheibenwischern hinterher.

»Warten hat irgendwie etwas, findest du nicht?«, sagte Gut.

Böse musterte seinen Kollegen, verzog keine Miene. »Nein, finde ich nicht.«

»Aber es ist doch immer wieder spannend, es passiert was oder passiert nichts«, konterte Gut.

»Du bist krankhaft optimistisch. Es passiert nichts.« Böse deutete auf ein Fenster im zweiten Stock. »Jetzt hat er sogar sein Licht ausgemacht, verstehst du, aus, er schläft jetzt.«

»Klettet euch an den Kühn ran«, hatte der Leiter der Abteilung politischer Extremismus zu seinen Mitarbeitern gesagt. Kiefer hatte befürchtet, dass der Polizeibeamte Martin Kühn »aktiv werden könnte«. Inzwischen waren die Medien voll auf die Geschichte über Monika Gütle eingestiegen. Der Tod des RAF-Anwalts Schneidmann, die mögliche Verwicklung des ehemaligen LKA-Fahnders Amon Trester und jetzt der offene Brief von Mohr. Über seinen Anwalt hatte der Terrorist sich bei der Presse darüber beschwert, »dass der Bullenstaat ihm dümmliche Spitzel in Fasnachtsverkleidung ins Gefängnis schickt, um Informationen über Monika Gütle, die lebende Tote, zu bekommen«. Totgeglaubte leben länger, hieß es im Südwestfernsehen. Persönlichkeiten aus allen politischen Lagern durften die üblichen Spekulationen absondern, Stoff zum Fabulieren eben, attraktiv und unheimlich. Es war also gut möglich, dass Kühn wieder den Helden spielen wollte, sich auf eigene Faust auf die Suche nach der Mörderin seines ermordeten Freundes und Kollegen Andreas Kleemann machen würde, folgerte Kiefer. Und vielleicht wusste Martin Kühn doch mehr, als er beim Verhör im Revier rausgelassen hatte.

»Ich glaube, lieber Kollege, du bist zu pessimistisch«, säuselte Kollege Gut. Das Licht im Treppenhaus war angegangen, und kurz darauf verließ Martin Kühn das Haus.

»Das sieht aber nach einem ganz anderen Einsatz aus«, sagte Böse mit süßlicher Stimme.

Martin Kühn trug einen schwarzen Anzug, aus dem er augenscheinlich etwas herausgewachsen war. Das Jackett spannte über dem weißen Hemd, und die Hose lag so eng an wie eine Wurstpelle. In der linken Hand trug der Polizeibeamte einen dicken Strauß roter Rosen. Er überquerte die Straße, stieg in seinen Opel Vectra und fuhr los.

»Da sind wir doch dabei«, grunzte Böse und startete den Motor.

Die Beamten Gut und Böse waren so mit ihrer Observierung beschäftigt, dass sie nicht merkten, dass ihnen ein dunkelblauer Golf folgte. Squaw Hoffmann hatte es genau dreißig Minuten in ihrem Unterschlupf im Stuttgarter Stälinweg ausgehalten. Ihr Gewissen plagte sie. Nichts tun?! Dann hatte sie den Golf bei einer Autovermietung geholt und sich ebenfalls bei Kühn auf die Lauer gelegt. Ähnliche Gedanken trieben sie um wie schon den LKA-Mann Felix Kiefer. Die neuen Informationen könnten den Polizeibeamten, den Freund des erschossenen Kollegen Kleemann, dazu bringen, dass er sich möglicherweise erneut auf die Suche nach Monika Gütle machte. Ein Cold Case, ein alter, längst zu den Akten gelegter Fall, der nun die Polizei und andere wieder beschäftigte.

»Was jetzt?« Katja schaute Trester fragend an.

»Nichts, wir warten.« Vorsichtig linste Trester über die Kante des Abhangs. Da unten suchte noch immer der Lichtstrahl nach ... der richtigen Stelle.

»Wenn uns Bäder verraten hat, dann hat das LKA das Gebiet hier inzwischen weiträumig abgesperrt.«

»Und wenn es jemand anderes ist, ein Terrorist oder ... keine Ahnung?« Katja prüfte Tresters Gesichtsausdruck.

»Das wäre besser für uns.« Trester hob den Spaten hoch und drehte ihn in der Hand. Obwohl es fast dunkel war, konnte man immer noch sein Blut daran sehen. »Wie auch immer, derjenige nimmt uns die Arbeit ab, und wenn er fertig ist, schnappen wir ihn uns.«

»Warten«, wiederholte Katja.

Trester versuchte zu lächeln. »Er wird eine Weile brauchen. Ich würde mich gerne etwas umschauen, packst du das hier alleine?«

Katja warf Trester einen genervten Blick zu. »Klar, oder meinst du, ich brauche jetzt deine starke Schulter?« Sie zitterte leicht. »Es ist kühl, hey!«

»Gut, in ein paar Minuten bin ich wieder da.« Trester verschwand im Dunkeln. Unten am Abhang hatte sich der Lichtstrahl beruhigt. Gleichmäßige Geräusche waren zu hören. Ein Spaten stieß immer wieder in den Waldboden. Da wusste jemand, wonach er suchte. Nur das Graben, sonst war nichts wahrzunehmen. Manchmal aber glaubte Katja ein Stöhnen zu hören. Der Boden musste hart sein. Von der Straße her liefen ein paar Lichter über die Felder, und Katja duckte sich, um nicht von den Scheinwerfern erfasst zu werden. Ihre Augen folgten dem Auto, das in 200 Meter Entfernung über die Landstraße fuhr. An der Einfahrt zum Aussichtsturm wurde es langsamer. Katja sah, wie der Wagen einbog und auf den Gehrenbergturm zurollte.

Keine Spur von Trester. Katja warf einen kurzen Blick nach unten. Die Taschenlampe war ausgegangen, offenbar hatte auch der Gräber etwas gehört, seine Arbeit eingestellt. Der Wagen fuhr langsam auf den Turm zu und blieb direkt davor stehen. Katja hatte sich ein paar Meter vom Abhang entfernt und stand nun im Schutz des Maisfeldes. Nichts passierte, niemand stieg aus. Plötzlich tauchte vom Abhang her eine Gestalt auf. Katja konnte ihn jetzt sehen, ein schmaler kleiner Mann oder eine Frau? Dieser Mensch stand fast da, wo Katja eben noch gehockt war, und schaute sich in alle Richtungen um. Katja traute sich kaum zu atmen. Was, wenn Trester jetzt plötzlich zurückkäme?

Die Gestalt stand da und lauschte aufmerksam. Dann schaute sie plötzlich auf den Boden. Verdammt, hatte sie dort etwas liegen lassen? Instinktiv tastete sie die Taschen ihrer Jacke ab. Plötzlich bückte sich der Schatten. Er hob etwas auf, Katja konnte es jetzt sehen. Nein, nicht das Foto! Das Bild ihrer Mutter. Panisch durchsuchte sie ihre Taschen, klar, es war weg.

Dieser Körper richtete sich wieder auf, machte die Taschenlampe an und betrachtete das Bild. Sekunden später ging das Licht wieder aus, der Typ sah sich hektisch um und fing an zu rennen, in Panik. Es war mehr eine Flucht als ein Wegrennen. Da hatte jemand plötzlich verdammt viel Angst.

Katja kriegte kaum Luft. Das verlorene Bild, das Ganze hochsymbolisch: Da rannte die Hoffnung, sie hatte das Gefühl zu ersticken, dennoch wollte sie hinterherrennen. Doch jemand packte sie von hinten und warf sie zu Boden. »Es ist gut, bleib ruhig.«

»Trester! Das Foto, ich habe ... er ... da, er rennt damit weg.«

Trester zog sie vorsichtig auf den Boden. »Bleib hier, egal, was passiert!«

Trester rannte, er rannte, wie er noch nie gerannt war. Er kürzte ab. Brach quer durch das Feld. Die Maisstängel schlugen ihm ins Gesicht, die scharfen Blätter zogen ihre Schnitte, seine Lunge stach, als ob jemand eine Handvoll Bienen eingeschleust hätte. Rennen, rennen, schnell. Trester brach aus dem Maisfeld wie ein Bulldozer, dem die Bremsen versagen. Gut geschätzt! Nur wenige Meter neben ihm öffnete die Gestalt gerade eine Autotür, bereit einzusteigen. Trester trat dagegen. Ein Stöhnen, der Körper drehte sich um, Trester schlug mit aller Kraft zu, einmal, zweimal, dreimal. Der Mann sackte leblos in sich zusammen. Der Privatdetektiv schaute sich gehetzt um und rieb sich die schmerzende Faust.

Der Opel Vectra parkte in der Nähe des Hölderlinplatzes im Stuttgarter Westen. Martin Kühn stopfte sein Hemd wieder ordentlich in die Hose, schloss sein Jackett und nahm den Blumenstrauß vom Beifahrersitz.

»Du suchst einen Parkplatz, ich bleib an ihm dran.« Hauptkommissar Böse legte den Leerlauf ein und erhob sich grinsend aus dem Fahrersitz. »Ich melde mich dann bei dir.«

Kühn lief zügig bergauf in die Dillmannstraße, so dass Böse Mühe hatte, ihm zu folgen. Vor einem Mehrfamilienhaus blieb er stehen und drückte auf eine Klingel.

Martin Kühn hielt seinen Mund ganz nah an die Sprechanlage.

Wenn Squaw Hoffmann seine Lippenbewegungen richtig gedeutet hatte, dann kam so etwas wie: »Hallo, mein Schatz, ich bin's« heraus. Ausgerüstet mit einem kleinen Nachtfernglas und geschützt von einem Transporter, beobachtete sie das Geschehen aus sicherer Entfernung.

Auch Böse sah noch, wie sich Kühn gegen die Sprechanlage lehnte und etwas hineinsäuselte. Dann schnarrte der Türöffner, und der Polizist verschwand im Treppenhaus.

Vanessa hatte ihre blonden langen Haare zu einem Zopf geflochten und streng nach hinten gebunden. Ihre Augen hatten das dunkle tiefe Grün des Bodensees, wenn der Sturm mit den Algen spielt. Außer ein paar extrem hohen Highheels und einem Slip, den man kaum mehr als solchen bezeichnen konnte, trug sie nichts. Kühn stand noch in der Tür und starrte auf ihre vollen Brüste. Sie machte einen Schritt auf ihn zu, verankerte ihre grünen Augen in seinem schwitzenden Gesicht und fasste ihm in den Schritt. Er schloss eilig die Tür hinter sich und röchelte leise, als die junge Frau anfing, seinen Schwanz zu kneten.

Als Kühn etwas sagen wollte, drückte sie sich an ihn, steckte ihm ihre Zunge ins Ohr und flüsterte: »Ich will dich jetzt gleich, zieh dich aus und leg dich hin.«

Kühn schnaufte vor Erregung, ließ Blumen und Jackett fallen und lief in Richtung Schlafzimmer. Er zog sich aus, als ginge es um einen Wettbewerb. Dennoch stapelte er seine Sachen sorgfältig auf den Sessel neben dem großen Eisenbett und ließ den Slip an. Dann legte er sich auf die perlmuttfarbene Seidenbettwäsche. So lag er da und wartete. Sein steifes Glied spannte in der Unterhose. Es wollte raus. Jetzt!

Langsam öffnete sich die Tür. Vanessa stand im Türrahmen des angrenzenden Badezimmers und lächelte verführerisch. Kühn fing wieder an zu schwitzen. Sie trug jetzt einen hauchdünnen schwarzen Latexoverall, durch den sich jede Linie ihres perfekten Körpers abzeichnete. Langsam ging sie auf Martin zu. Bei jeder Bewegung spiegelte sich ein anderer Teil ihrer glänzenden Hülle. Die Brüste, ihre schmalen runden Hüften, die schlanken Beine. In der Rechten trug Vanessa einen Lederkoffer, den sie neben dem Bett abstellte. Kühn schnaufte leise. Vanessa lächelte, setzte sich auf ihn, blies ihm Luft ins Gesicht.

»Liebst du mich, mein Schatz?«

Kühn grinste geil und nickte eifrig.

»Und was ist mit deiner Frau? Liebst du sie nicht mehr?«

»Liebling, ich habe sie wegen dir verlassen, es ist aus.«

Vanessa rieb ihren Unterleib fest gegen seinen Schwanz. »Du willst nur noch mich?«

»Ja.«

Vanessa leckte ihm über die Lippen. »Ich möchte, dass du heute etwas ganz Besonderes für mich tust.« Sie biss ihm sanft in die Brust. »Machst du das?«

Kühn stöhnte zur Antwort. Vanessa griff neben das Bett in den Koffer und holte ein mit Nieten besetztes Halsband an einer dicken Eisenkette heraus. Kühn schaute irritiert auf das Utensil.

Vanessa legte die Kette neben sich auf das Bett und griff ihm in die Unterhose. »Komm, zieh deinen Slip aus.«

Mit zittrigen Händen rollte Kühn seine Unterhose runter und wollte Vanessa wieder an sich ziehen. Doch sie stieß ihn sanft weg.

»Du würdest alles für mich tun, Martin?«

Martin Kühn brach ein leises »Ja« heraus.

Vanessa stieg von ihm ab und setzte sich mit dem Rücken zu ihm auf die Bettkante. »Knie dich nieder, hier zu meinen Füßen, los, mach schon.« Vanessa hielt das Halsband mit der Kette in den Händen.

»Vanessa, mein Engel, was ... soll das?«

»Du hast gesagt, dass du alles für mich tun würdest. Also, tu mir diesen kleinen Gefallen. Es ist ein Spiel, Martin, ein schönes Spiel.«

Martin Kühn kniete nun auf allen Vieren zwischen Vanessas Beinen und schaute zu ihr nach oben.

»Willst du deiner Herrin gehorchen?«

Kühn nickte.

»Ich habe dich nicht verstanden!«

Wieder ein leises »Ja«.

»Gut, das ist schön, Martin.« Vanessa stellte ihren rechten Fuß zwischen seine Beine und fasste ihm unters Kinn, zog seinen Kopf zu sich heran. Sie nahm das Halsband und schnürte es Kühn eng um den Hals. Prüfend zog sie ruckartig an der Kette, so dass Kühn vor Schmerz aufschrie. Dann stieß sie ihn von sich.

»Möchtest du ein bisschen mit deiner Herrin Gassi gehen?«

Vanessa war aufgestanden und schaute auf den vor ihr knienden Mann. Alt, nackt und hilflos schaute er auf den Boden.

»Vanessa, ich möchte ...«

Vanessa lächelte siegessicher. »Was?«

»Ich kann das nicht.«

Abermals griff die junge Schönheit in ihren Koffer und brachte eine Reitgerte hervor. Dann zog sie ihn mit der Kette heran und schlug ihm auf sein Hinterteil.

»Du willst schon, du musst es erst noch lernen.«

Kühn stöhnte vor Schmerz.

»Willst du jetzt gehorchen?« Ohne seine Antwort abzuwarten, führte sie ihren Hund an der Kette durchs Schlafzimmer. Kühn hatte Mühe, ihren Schritten auf allen Vieren zu folgen. »Platz!« Vanessa steckte seinen Kopf zwischen ihre Knie und schlug ihm fest auf den Hintern. Kühn brüllte vor Schmerz.

Vanessa sah sehr erregt aus. »Brav, mein Kleiner.« Abermals zog sie ihn ganz dicht heran und ließ dann die Kette neben ihre Füße fallen. »Ganz ruhig. Und jetzt hopp ins Bett, du darfst nun die Belohnung von deiner Herrin empfangen.«

Trester starrte einen Moment lang auf den leblosen Körper, drehte ihn dann ins Mondlicht, um das Gesicht besser sehen zu können. Ein Mann um die sechzig. Graues, halblanges Haar, eine kleine spitze Nase, voller Mund. Trester hatte ihn noch nie gesehen, zumindest konnte er sich nicht an ihn erinnern. Er tastete seinen Oberkörper ab und griff nach der Brieftasche. Jan Karl Pfleiderer, geboren am 27. April 1950 in Stuttgart. Er zog einen Dienstausweis heraus. Prof. Dr. Jan Karl Pfleiderer, Universität Stuttgart, Fachbereich Soziologie. In einer der Jackentaschen fand er das Foto von Monika Gütle. Zwei Teile, der Mann hatte es in der Mitte durchgerissen. Trester kramte nach seinem Mobiltelefon und wählte Richie Bäders Nummer. Zum ersten Mal, seit sie von Bäder aufgebrochen waren, schaute er auf die Uhr. Nach Mitternacht, kurz vor eins.

»Wer zum Teufel ...«

»Wenn das LKA bei Ihnen ist, sagen Sie einfach, dass ich mich verwählt habe und legen auf, klar?«

»Trester, was soll das, es ist ...«

»Sagt Ihnen der Name Jan Karl Pfleiderer etwas?«

Während Bäder seine Gedanken zu ordnen schien, durchsuchte Trester den Rucksack seines Opfers.

»Pfleiderer ... klar. Ein Maulheld, ein Redenschwinger, RAF-Umfeld, hat sich während des heißen Herbstes dünn gemacht, ein Aussteiger. Hat sich immer als großer Theoretiker aufgespielt, ein paar Bekennerschreiben und Texte für Mohr, für die zweite Generation, hat er verfasst. Ist dann irgendwann abgetaucht. Und nach ein paar Jahren kam er von weiß ich woher zurück. Seither spielt er den braven Bürger.«

Für Trester klang das vorbereitet und abgespult. »Danke und gute Nacht, Richie.« Einen Moment lang hörte er dem Surren in Bäders Stimme nach. Hallig klang sie, als ob die Freisprechanlage am Telefon eingeschaltet gewesen wäre. Hatte doch jemand mitgehört? Trester hatte die Unruhe in Richie Bäders Vortrag gehört, zittrige Ränder. Eilig hatte er gesprochen, krampfig und gehorsam, nicht wie einer, der gerade geweckt worden war.

Pfleiderer machte die Augen auf und starrte Trester entgeistert an. Trester klappte sein Handy zu und packte den Mann mit beiden Händen. »Was machen Sie hier?«

Pfleiderer schaute bemüht ausdruckslos. »Kein Kommentar.«

Trester überlegte einen Moment, ob er die Show mit dem Permanentmarker starten sollte, hatte jetzt aber keine Nerven für Psychospiele, außerdem war es zu dunkel. Also schlug er Pfleiderer mit der flachen Hand ins Gesicht. »Noch mal, was machen Sie hier?«

Der Professor blinzelte jetzt ängstlich, schwieg aber weiter.

Trester drehte ihn auf den Rücken, fingerte einen Kabelbinder aus seiner Jackentasche und zog ihn fest um Pfleiderers Hände. »Aufstehen!«

Als Katja Geräusche hinter sich im Maisfeld hörte, traute sie sich kaum noch zu atmen. Sekunden später sprang vorne beim Aussichtsturm ein Motor an. Das Auto entfernte sich Richtung Landstraße. Katja war erleichtert, da hatte wohl jemand nur ein lauschiges Plätzchen gesucht. Im gleichen

Moment brachen zwei Körper aus dem dichten Mais. Katja erkannte die Gestalt, die das Foto ihrer Mutter eingesteckt hatte. Ohne zu überlegen machte sie einen Schritt auf Pfleiderer zu und trat ihm in die Magengrube. »Verdammtes Arschloch.«

Trester schob den Mann beiseite und versuchte Katja zu beruhigen. »Alles in Ordnung, ich habe das Foto.«

»Gib es mir.« Katja heulte vor Wut.

Trester reichte ihr die zwei Teile und stellte sich sofort schützend vor Pfleiderer. »Es ist gut jetzt, wir brauchen ihn.«

Katja starrte den Mann an und zeigte mit dem rechten Zeigefinger auf ihn. »Wenn du ihr etwas angetan hast ... ich schwöre es dir, dann mache ich dich fertig.«

Pfleiderer schwieg weiter und orgelte mit den Lidern. Offenbar rechnete er immer noch damit, dass er irgendwie davonkommen könnte.

Trester stieß ihn ein Stück nach vorne. »Wir gehen jetzt runter zum Loch.« Er warf Katja einen beruhigenden Blick zu. »Ich bin sicher, wir finden dort, was der Kerl gesucht hat.«

Sie standen jetzt wieder direkt am Abhang und schauten hinunter. Trester sah Katjas hasserfüllten Blick und hielt Pfleiderer mit beiden Händen fest. »Du bleibst oben, falls wir hier noch mal Besuch kriegen. Ich nehme ihn mit runter.«

Katja wollte protestieren, doch Trester war mit seinem Gefangenen bereits auf dem Weg nach unten zum Erddepot. Links neben dem Steilhang zwirbelte sich ein wurzeldurchzogener Pfad in den Wald hinein. Schlagartig wurde die Luft kühler. Das Rauschen der Bäume wurde nur vom müden Knarren einer Erdkröte begleitet. Jetzt war es stockduster. Trester zog den unsicher tastenden Pfleiderer hinter sich her. Als sie unten aus dem Wald stolperten, goss der halbe Mond sein silbernes Licht über die Kante des Steilhangs.

Trester sah die Stelle jetzt deutlich. Eine entwurzelte Buche hatte sich dort beim Sturz über einen Stein das Rückgrat gebrochen. Genau an diesem gewaltigen Findling hatte Pfleiderer vorhin angefangen zu graben. Trester blickte nach oben, sah Katjas Schatten stehen und zog einer Eingebung folgend ein Klebeband aus der Tasche. »Falls Sie jetzt plötzlich doch reden wollen.« Trester wickelte das Band mehrfach um Pfleiderers Kopf, dann griff er nach dem Spaten, dachte an das Blut, das daran hing, sein Blut, und rammte ihn in die Erde.

Er grub so hastig, dass er dabei fast in eine Art Trance geriet. Er dachte an den Geruch von Blut und Eisen und an den wilden Duft der Erde. Nachdem er sich einen knappen Meter in den Wald gewühlt hatte, wurde er schlagartig aus diesen Gedanken gerissen.

Ein süßer, stechender Gestank überlagerte plötzlich alle anderen Gerüche. Trester stieß mit seinem Spaten auf eine Art Sack. Der Gestank wurde fast unerträglich. Er legte den Sack ganz frei und sah nun, dass es sich um das zusammengebundene Segel eines Bootes handelte. Trester streifte ein paar Einweghandschuhe über, öffnete den Sack und leuchtete mit der Taschenlampe hinein. Sofort machte er die Lampe wieder aus. Sein Magen stotterte. Kurz danach machte er die Taschenlampe wieder an, legte sie neben sich und griff angeekelt in den Sack. Das war eindeutig. Reste eines Menschenkörpers. Weitertasten, los. An der Seite eine wasserdichte Tasche, wie sie Segler verwenden. Er zog sie heraus. Trester schnappte durch den Mund nach Luft. Schminkutensilien, ein Schlüssel und ein Pass. Vorsichtig öffnete er das feuchte Dokument. Er sah das Foto und schloss den Pass sofort wieder.

»Trester, alles in Ordnung? Warum dauert das so lange?« Katjas Schatten beugte sich weit über den Steilhang, schwamm unruhig hin und her.

Trester holte noch einmal tief Luft. Dann warf er einen Blick auf Pfleiderer, der vom Rand des Erddepots nicht sehen konnte, was er vor sich hatte, und schob den Pass wieder in die Tasche. »Wir kommen gleich, dauert nicht mehr lange«, rief er dem Schatten da oben zu. Es sollte beruhigend klingen. Trester kroch aus dem Loch, riss Pfleiderer das Klebeband vom Mund und schaute ihn finster an. »Wer ist Gesine Müller? Noch mal, was haben Sie damit zu tun?«

Der Mann schwieg eisern. Noch immer hatte er die Hände auf dem Rücken gefesselt. Trester zog an seinen Einweghandschuhen und legte dann seine Hände um Pfleiderers faltigen Hals. »Es gibt da einen Griff, aus einer Kampfsportart. Haben wir gelernt. Man drückt mit Zeigefinger und Daumen die Halsschlagader zu und dreht sie einfach um 90 Grad.« Trester biss sich auf die Lippe und starrte dem Mann in die Augen. »Drückt man kurz zu, wird der Feind bewusstlos.« Trester machte eine kleine Pause, prüfte die Wirkung seiner Worte. »Drückt man länger zu, kommt der Tod. Kein Blut mehr in der Zentrale.« Konzentriert wie ein Arzt tastete er nun Pfleiderers Hals nach der Schlagader ab.

Der Mann begann hektisch seinen Kopf zu drehen. »Gesine Müller ist Monika.« Pfleiderer rang nach Luft.

Trester griff wieder nach seinem Hals. «Mehr!«

»Sie ist damals nicht im Ausbildungslager im Jemen umgekommen. Monika hat sich unter dem Namen Gesine Müller in die DDR abgesetzt. Der zuständige Botschafter hat ihr persönlich einen Pass besorgt. Plötzlich war sie die Ostberliner Grundschullehrerin Gesine Müller.« Pfleiderer atmete hektisch. »Ein Deal, ja, sie hat mich rumgekriegt. Eigentlich sollte ich dafür sorgen, dass Monika bei dem Anschlag im Ausbildungslager umkommt. Christoph Mohr selbst hat dem Kommandanten mitgeteilt, dass es sich bei der deutschen Gruppe, die er gerade ausbildet, um Verräter handelt. Der Kommandant, ein gewisser Jassir Ahmed, hat daraufhin nachts die Unterkunft der RAF-Leute in die Luft jagen lassen und das Ganze dann als Anschlag getarnt.« Pfleiderer würgte, als er versuchte tief einzuatmen. »Bitte, mein Hals!«

Trester lockerte seinen Griff.

»Ich war dort im Lager, sollte die Liquidation garantieren. Der Preis für meinen eigenen Ausstieg. Es war von Anfang an eine Falle. Mohr hatte den Aussteigern versprochen, dass sie dort alle DDR-Papiere bekommen würden. Die wären sonst nie in den Nahen Osten gereist. Ich habe Monika vorgewarnt. Sie verschwand, durfte weiterleben, vorerst. Die Stasi hat sie später als Agentin in Westdeutschland eingesetzt, sie Anschläge planen lassen.« Pfleiderer warf einen Blick in das Erddepot und unterdrückte einen Würgereiz. »Sie erinnern sich, die Attentate auf den US-General 1981 in Heidelberg und weitere Anschläge ein paar Jahre später in Stuttgart. Nach dem Mauerfall ... da wurde Monika von der anderen Seite weiterbenutzt. Der BND hatte sie enttarnt und unter Druck gesetzt. Nun sollte sie alte Stasiseilschaften, ehemalige Führungsoffiziere, Ex-Agenten für die Bundesrepublik überführen und ...«

Trester hatte den Soziologieprofessor am rechten Ohr gepackt und kräftig daran gedreht. »Weiter, Pfleiderer, was suchen Sie hier am Depot?«

Pfleiderer stöhnte vor Schmerz. »Dieser Segelunfall auf dem Bodensee.«

»Was?«

»Eine Gesine Müller ist dort bei einem Segeltörn ertrunken. Ein plötzlicher Sturm ... man hat die Leiche zwar nicht gefunden, aber ...«

»Pst, hey, Moment!« Trester hob die Hand und starrte auf den Sack mit den Überresten der Leiche. »Wir haben aber Hinweise darauf, dass Monika lebt.« Er ließ die Hände baumeln, stand immer noch ganz dicht vor Pfleiderer.

»Hinweise? Monika oder besser Gesine Müller ist tot. So ein Ex-Stasimann hat sie liquidiert, aus Angst vor seiner Enttarnung, kapiert? Was haben Sie schon für Hinweise?«

»Filmaufnahmen vom letzten Jahr.«

Pfleiderer zuckte kurz zusammen, als ob ihn etwas gestochen hätte, und schüttelte den Kopf. »In einem Jahr kann viel passieren. Viele wollten ihren Tod.«

Trester verzog angewidert das Gesicht. »Und jetzt wollten Sie mal wieder Ihre Haut retten, die Papiere und die Leiche verschwinden lassen, damit Mohr ... damit Mohr Ihnen nicht auf die Schliche kommt.« Trester grinste böse. »Was würde Mohr wohl mit Ihnen machen, wenn er erfahren würde, dass Monika Gütle dreißig Jahre länger gelebt hat, als von ihm befohlen? Richtig, Mohr soll ja bald aus dem Knast entlassen werden!«

»Ich habe Angst, ja«, flüsterte Pfleiderer.

»Wissen Sie, Pfleiderer, was ich mich jetzt noch frage? Woher haben Sie all die Informationen, und wer hat diese Leiche hier vergraben?« Zeitgleich sah Trester das Licht oben am Rand des Steilhangs durch die Bäume zittern und hörte Katjas Schrei. »Trester, mach schnell, ein Auto!«

Trester überlegte. Bis zur Straße waren es 400 Meter. In wenigen Minuten könnte man zu Fuß am Erddepot sein. Ihr Smart stand zwar gut versteckt im Maisfeld. Um da hinzugelangen, müssten sie aber auf jeden Fall Richtung Straße laufen. Was wäre dann mit dem Erddepot? Vielleicht war es ja auch wieder nur ein Liebespärchen? Egal! »Katja, komm runter, schnell.« Trester sah, wie ihr Schatten losrannte, ging auf Pfleiderer zu, befreite ihn von seinen Handfesseln und stieß ihn ins Erdloch. »Geben Sie mir den Sack hoch.« Pfleiderer schaute ungläubig. Trester nickte auffordernd und griff nach dem Sack. Darunter befand sich eine große Eisenkiste aus Armeebeständen. »Die auch.« Trester zeigte auf die Kiste. Pfleiderer schüttelte den Kopf, zerrte dann aber die Kiste nach oben. Trester legte den Sack mit den Resten der Leiche auf die Armeekiste, als plötzlich Katja hinter ihm stand.

»Trester, wir müssen weg.«

Er drehte sich um, wechselte einen Blick mit Pfleiderer, der gerade aus dem Erddepot kletterte, und nickte.

»Was ist?« Katja warf einen Blick auf den Sack. »Trester, was riecht hier so, was ist das?«

»Später, wir müssen los.« Er bedeutete Pfleiderer, die Kiste hinten anzuheben, während er vorne zupackte. Sie stolperten vielleicht hundert Meter tief in den Wald hinein, als plötzlich oben am Steilhang mehrere Lichtkegel auftauchten.

ELF

Martin Kühn verließ das Haus in leicht geduckter Körperhaltung. Ohne auch nur einmal nach links oder rechts zu schauen, steuerte er mit flinken kurzen Schritten auf sein Auto zu. LKA-Zielfahnder Böse folgte ihm. Squaw Hoffmann, die das Geschehen immer noch mit Abstand beobachtete, zögerte noch. Den beiden hinterher? Es war inzwischen nach Mitternacht, morgen hatte Kühn wieder Dienst, wahrscheinlich würde er jetzt nach Hause gehen. Und die Kommissare Gut und Böse würden ihn sicher rundum gut beschatten. Nein, Squaw Hoffmann beschloss, noch ein wenig hier vor dem Haus zu bleiben.

Die ganze Zeit über hatte der Sprühregen für feucht-schwüle Luft gesorgt. Die Straße war in ihren unruhigen Schlaf gerutscht. Nur ein Hundebesitzer schob seinen Mops widerwillig auf die Straße, der hob sein Bein über den Randstein und kurz danach verschwanden die beiden in einem Hauseingang. Wieder war es fast ruhig. Aus den Fenstern heraus erzählten ein paar vergessene Fernseher grün und weiß flackernd ihre Geschichten. Ein paar Parkplätze weiter kühlte ein Auto gerade sein Blech und knackte in die Nachtruhe hinein. Von unten, aus dem Stuttgarter Kessel, schwappte das vertraute Rauschen hoch. Ruhig, verdammt ruhig hier für eine Großstadt. Die Frau mit den Indianerzöpfen lehnte immer noch an dem Transporter, ihr waren die Augen zugefallen.

Plötzlich blieb Pfleiderer stehen, pfiff wie ein Asthmatiker und starrte mit aufgerissenen Augen nach oben zum Steilhang. Dort brannten sich die Lichtkegel systematisch durch jeden Meter Wald. »Wir müssen das Zeug hier stehen lassen, sonst haben wir keine Chance«, stieß er heraus.

Trester sah kurz hoch zum Steilhang. »Nein, weiter, noch fünfzig Meter.«

Pfleiderer musterte den Privatdetektiv prüfend und trottete ihm hinterher. Katjas Schluchzen war zu hören. Zittern und Unruhe.

Von oben wehten Stimmen in Versatzstücken den Hang hinunter. Gehäckselte Worte, mal im Hall gestreckt, mal vom Wind verschluckt. Männerstimmen.

Sie setzten die Kiste vor einer gewaltigen Buche ab. Trester lief um den Baum herum. Genau, die alte hohle Buche! Hier hatte er als Kind gespielt und als Jugendlicher getrauert. Nie hätte er gedacht, dass er hier mal eine Leiche verstecken würde. Trester zog den Sack von der Kiste. Dann zögerte er doch. »Nein, hier nur die Kiste rein.« Pfleiderer stieß die Eisenkiste in den Hohlraum. Trester schulterte den Sack und lief einfach weiter. Die ganze Zeit waren sie querfeldein gerannt, so dass man schon eine Hundertschaft brauchen würde, um dieses Versteck zu finden. Vor ihnen tauchte eine Futterkrippe auf. Trester nahm den Sack von seiner Schulter und zog die Tasche mit den Dokumenten heraus. Irgendwie musste er an Weihnachten denken, an die heilige Krippe, und er hatte ein sonderbares Gefühl, als er den Sack mit der Leiche unter das Heu stopfte.

»Trester, was ist hier los?« Katjas Stimme klang dünn und gebrochen. »Bitte!« So kalt hatte sie den Privatdetektiv noch nie erlebt. »Sie wissen nicht, ob wir noch hier sind. Wenn wir Glück haben, ziehen sie irgendwann ab. Denken, dass wir schon weg sind.«

Trester funktionierte. Erneut zog er einen Kabelbinder heraus und forderte Pfleiderer auf, die Hände auf den Rücken zu legen. Stimmenfetzen zogen über sie hinweg, Lichter waren keine mehr zu sehen.

Trester fesselte den Mann und warf ihn zu Boden. »Unser Freund Bäder, das freundliche Schwein, hat uns verraten. Wir warten jetzt und hoffen, dass die Spürhunde vom LKA wieder verschwinden.« Trester deutete auf Pfleiderer. »Danach nehme ich mir den da vor.« Er machte eine kleine Pause. »Wenn er nicht redet, stell ich ihn ab.«

Katja schwieg, sie ahnte, dass sie nichts Gutes erfahren würde, hatte Angst vor dem, was kommen würde.

In die Ruhe, in das kalte Schweigen, vibrierte Tresters Handy hinein. Sofort zog er es heraus und drückte es ohne etwas zu sagen an sein Ohr. »Trester, ich … die wollten meinem Sohn etwas antun, sie haben ihn misshandelt.«

»Schon gut, Bäder.« Abermals hörte Trester in Bäders Stimme hinein. »Ist noch jemand bei Ihnen?«

»Nein, sie sind weg.«

»Wie viele Einsatzkräfte waren es?«

»Sie waren zu dritt.«

»Sicher, nicht mehr?«

»Trester, das … das waren keine Bullen. Die waren von der Stammzelle.«

Der Privatdetektiv schaute sich vorsichtig um. Keine Lichtkegel, man konnte sie nicht mehr orten.

»Ich habe sie in einen BMW einsteigen sehen, dunkelblau.«

Trester ließ ein paar Sekunden verstreichen, konzentrierte sich auf die Umgebungsgeräusche. »Bäder?«

»Ja.«

»Du musst meine Handynummer aus deinem Anrufspeicher löschen, klar?«

»Klar.« Wieder schwiegen sie ein paar Sekunden. »Trester, die haben gar nicht mit euch gerechnet. Die wollen Pfleiderer.«

Trester schaute zu Pfleiderer, der neben ihm auf dem Boden saß.

»Was ist mit dem?«

»Keine Ahnung. Der Anführer der drei hieß Daniel, fuchtelte die ganze Zeit mit einer Pistole herum. Der schien den totalen Hass auf Pfleiderer zu haben. Fanatisch, ich glaube, der würde ihn sofort abknallen.«

Trester starrte in die Dunkelheit. Daniel Röhle! Dieser Mann hatte Amon Tresters Leben mit einem Schlag zerfetzt. Hatte ein Puzzle hinterlassen, an dem Trester nun seit drei

Jahren arbeitete. Er würgte, irgendetwas fraß sich in seinen Kopf. Als ob ihm jemand mit einem kleinen, spitzen Holzhammer immer auf die gleiche Stelle schlug. Sofort waren die Bilder da, mit jedem Schlag ein neues, ein unbarmherziger Diavortrag. Die Tübinger WG, die Schüsse, der am Boden liegende Student. Der lachende Daniel Röhle. Trester hatte den Falschen getroffen. Der Schuss hatte ihn einfach umgerissen. Einen Unschuldigen. Und Röhle, diese kleine Ratte, war nicht mal bewaffnet. Er hielt nur diesen verdammten Gasanzünder in der Hand. »Ist Spaghetti kochen jetzt auch verboten?«, hatte er mit einem fiesen Grinsen gefragt und dabei die Hände über den Kopf gehoben, während der Junge vor seinen Füßen Blut kotzte. Zu spät.

Mit den Erinnerungen war der Schmerz da. Batteriesäure. Tresters Venen brannten, jede Zelle, der ganze Leib, überall.

Das nagelnde Geräusch kroch die Hauswände hinauf und stürzte sich dann laut hämmernd zurück in die Dillmannstraße. In diesem Augenblick wurde Squaw Hoffmann aus ihrem Traum gerüttelt. Sie wischte sich mit dem Ärmel übers Gesicht, riss die Augen weit auf, so als ob sie dadurch die Müdigkeit wegwischen könnte. Sie schaute auf die Uhr. Kurz nach eins, sie hatte nicht lang gedöst. Mitten auf der schmalen Straße stand ein Taxi mit laufendem Motor. Ein Mann, den sie auf Mitte dreißig schätzte, stieg schwankend aus. Er lief mit unsicheren Schritten auf das Haus in der Dillmannstraße zu, aus dem vorher Martin Kühn geschlichen war. Schon steigerte sich wieder das hämmernde Geräusch des Dieselmotors, um sich dann im Labyrinth der kleinen geschwungenen Straßen zu entfernen. Jetzt konnte sie den Mann hören. Er redete vor sich hin. Ein Betrunkener. Wahrscheinlich ein Hausbewohner, der nun seinen Rausch ausschlafen wollte.

Squaw Hoffmann gähnte ausgiebig, ohne den Mann dabei aus den Augen zu verlieren. Direkt vor der Tür blieb er stehen, versuchte, seinen Körper zu kontrollieren. Jetzt beugte er sich über die Klingelknöpfe, tastete sie mit dem Zeigefinger ab. Der Finger landete rechts auf dem obersten Knopf. Nichts passierte. Der Mann drückte wie wild auf den Klingelknopf. Immer noch keine Reaktion. Dann fand er den Schalter für das Treppenhauslicht und musterte leicht schwankend die übrigen Klingelknöpfe. Er entschloss sich, auf den Knopf ganz unten links zu drücken. Kurz danach öffnete sich ein Fenster im Parterre. Eine alte Frau zeterte, drückte aber dennoch auf den Türöffner.

Als ob er einen gewaltigen Stein aus dem Weg räumen müsste, schob der Mann die Eingangstür auf und trieb ins Treppenhaus. Ohne lange zu überlegen, schoss Squaw Hoffmann aus ihrem Versteck, rannte über die Straße auf die Haustür zu. Kurz bevor sie ins Schloss fallen konnte, hielt sie den Griff in der Hand. Geschafft. Aus dem Treppenhaus hörte sie, wie die alte Frau den Mann beschimpfte. Mit rudernden Armen arbeitete er sich an ihr vorbei, und die Alte schloss wütend die Tür. Fast gleichzeitig ging das Treppenhauslicht wieder aus. Deutlich war zu hören, wie der Betrunkene sich stolpernd am Geländer hochzog. Squaw Hoffmann wartete ein paar Sekunden und folgte ihm dann langsam.

Im vierten Stock angekommen, hämmerte er gegen die rechte Wohnungstür. Erst mit den Fäusten, dann mit den Füßen. Plötzlich hörte Squaw Hoffmann die Stimme einer Frau, aufgeregt sprach sie mit dem Mann. Sie hatte wohl die Tür geöffnet. Der Mann erwiderte langsam und schleppend. Squaw Hoffmann war nun ein Stockwerk unter ihnen und warf einen Blick durch das Geländer. Eine junge, schlanke Frau stand mit verschränkten Armen in der Tür. Ihr Gesicht war nicht zu erkennen. Ihr blondes lockiges Haar tanzte wirr um ihren Kopf. Die beiden stritten sich. Kein Deutsch. Polnisch, das musste polnisch sein. Jetzt wurde es noch lauter, und fast im gleichen Moment konnte man ein Poltern hören. Der Mann war gestürzt und die Frau hatte die Tür zugeschlagen.

Als der abgewiesene Trunkenbold Anstalten machte, die Treppe wieder herunterzuwanken, kam ihm Squaw Hoffmann entgegen. Sie spielte die empörte Bewohnerin, die aus ihrem Schlaf gerissen wurde. »Was fällt Ihnen ein, um diese Uhrzeit so einen Lärm zu machen?«

Der Mann schaute sie perplex an.

»Soll ich die Polizei holen, oder was?«

Der Mann schüttelte den Kopf, setzte die linke Hand an den Hinterkopf und streckte Zeige- und Mittelfinger aus, so, wie es die Kinder machen, wenn sie Indianer spielen. Dann hob er beide Arme in die Luft, als ob er sich ergeben wollte.

Squaw Hoffmann nickte milde. Richtig, Betrunkene und Kinder waren ehrlicher. Die meisten Menschen auf der Straße taten so, als ob sie ganz normal gekleidet wäre, gingen an ihr vorbei und drehten sich dann zögernd nach ihr um.

Der Mann hob entschuldigend die Schultern und lallte in gebrochenem Deutsch. »Mein Frau ist ein hcheine Nuute, hchat micch rausgeschm...« Er suchte nach der richtigen Formulierung, kam aber nicht weiter.

»Wenn du sofort verschwindest, kommst du nicht an den Marterpfahl, klar?«

Der Mann tat so, als ob dies ein Befehl gewesen wäre, grüßte mit übertriebener Geste und machte sich an den Abstieg. Zur Sicherheit drückte Squaw Hoffmann auf das Treppenhauslicht, wartete, bis er unten angekommen war und schlich leise hoch in den vierten Stock. ›Kempowski‹ stand an der Klingel. Kein Vorname. Das klang so bekannt. Trotz ihrer Müdigkeit überlegte sie. Richtig. Walter Kempowski, der Schriftsteller. Aber sonst kannte sie niemanden, der so hieß. Sie entschloss sich, das Haus zu verlassen und ihr Auto gegenüber in einer Hofeinfahrt zu parken. Von da aus hatte Squaw Hoffmann den Hauseingang ungehindert im Blick. Sie dachte an Katja und Trester. Wo die beiden jetzt wohl steckten?

Trotz der kühlen Waldluft lief Trester der Schweiß hinunter. Ohne Bäder etwas erwidert zu haben, hatte er das Handy wieder in der Tasche verstaut und Pfleiderer mit beiden Händen gepackt. »Warum ist Röhle hinter dir her?« Trester war jetzt so nah am Gesicht des Soziologieprofessors, dass er seinen sauren Atem riechen konnte. Ein tiefer kranker Geruch, Betablocker, Blutverdünner und Alkohol. Der Mann wirkte abwesend, schaute durch Trester hindurch. »Gut, du schweigst. Dann werde ich dich jetzt hier irgendwo festbinden, so dass Röhle dich auf jeden Fall findet.«

Pfleiderer versuchte sich aus Tresters Griff zu lösen. »Ich ... ich habe die Dokumente geliefert, die Monika damals zu RAF-Verteidiger Schneidmann bringen sollte. Brisantes Material, sehr brisant.«

Katja stand jetzt auch ganz dicht neben Pfleiderer. Trester nahm ihn ein Stück beiseite, damit Katja keine Dummheiten machen konnte. »Was hat Daniel Röhle damit zu tun?«

Pfleiderer berichtete zögernd weiter. »Röhle war das Ziehkind von Christoph Mohr. Röhle, er war ein Heimkind, eine Waise. Mohr hatte eine Zeit lang Sozialarbeit in diesem Heim betrieben, hat sich um Röhle gekümmert. Soziale Arbeit, viele machten das, Baaders Idee ursprünglich. Daniel hat Mohr vergöttert, hat ihm bedingungslos vertraut.«

Trester hörte noch einmal in die Stille hinein, prüfte mit flinken Kopfbewegungen die Umgebung.

Ein Traum drängte sich ihm auf, aus dem Nichts kam er daher, ein Traum, den er als Kind immer wieder gehabt hatte. Er kletterte über eine hohe Mauer, stürzte auf der anderen Seite tief hinunter. Jemand verfolgte ihn. Als er sich aufrichten wollte, merkte er, dass seine Beine ganz schwer waren, wie gelähmt. Nur sehr mühsam und mit äußerster Anstrengung konnte er ein Bein vor das andere setzen. Der Verfolger, stark und übermächtig, kam näher und näher, es war aussichtslos. Jetzt, jetzt gleich hat er ihn, wird ihn totschlagen. Ausgeliefert sein: Eine schreckliche Leichtigkeit im Körper, wenn das Blut stillsteht und jede Pore den eiskalten Zug abkriegt. Erlösung durch Erwachen und der Nachklang der Panik. Rasendes Herz.

Trester hatte eine schreckliche Vorahnung. Jetzt hörte er wieder Pfleiderers Stimme.

»Daniel hatte homosexuelle Neigungen. Mohr überredete ihn, etwas für die gemeinsame politische Sache zu tun. Daniel sollte den zuständigen Staatsanwalt im Baader-Meinhof-Prozess verführen. Mohr hatte rausbekommen, dass Staatsanwalt Hagen Herber, der Verteidiger des Rechtsstaates, eine Schwäche für Jungs hatte.«

»Ja und?«

»Wir wollten das anklagende System als kriminell entlarven, Demaskierung der Staatsmafia usw.«

Trester versuchte in Pfleiderers Augen zu sehen, doch der wich aus. »Noch mal: Warum ist dann Daniel jetzt hinter Ihnen her?«

Pfleiderer atmete tief aus. »Herber ging mit seinen Jungs immer in die gleiche Absteige, eine Pension im Stuttgarter Leonhardsviertel. Dort hatte ich alles für die Fotos und die Tonbandaufnahmen vorbereitet. Mit den Bildern wollten wir ... den laufenden Prozess kippen.« Pfleiderer zögerte einen Augenblick. »Normalerweise ließ sich Herber von seinen Jungs einen runterholen oder einen blasen. Doch dieses Mal, mit Daniel, kam es anders. Herber rastete völlig aus. Er hat den Jungen vergewaltigt, einen 16jährigen.«

Trester schüttelte ungläubig den Kopf. »Und Sie haben das zugelassen? Statt ihm zu helfen, haben Sie das fotografiert?«

Pfleiderer senkte den Kopf.

Daniel Röhle war den anderen beiden um 20 Meter voraus. »Markdorf, Gehrenbergturm, unten, am Fuße des Abhangs«, hatte Bäder gestammelt, während Röhles Kameraden auf seinen Sohn einschlugen.

Mit seinen kurzgeschorenen Haaren und dem dunklen Vollbart sah Röhle aus wie ein islamischer Selbstmordattentäter aus einem Al-Kaida-Video. Langsam hatte sich der hochgewachsene Mann an die Dunkelheit gewöhnt. Da vorne war der Baum mit dem Findling. Wieder rannte Röhle. Trotz seiner 46 Jahre hatte er die Statur eines Zehnkämpfers. Hart hatte er dafür trainiert. All die Jahre. Niemand würde ihm je wieder etwas antun! Nun, da er wusste, wer dieses Schwein war, wer diese Bilder gemacht hatte, war Daniel Röhle nicht mehr zu bremsen.

In der Rechten trug er eine Maschinenpistole mit Schalldämpfer, in der Linken eine langgezogene Taschenlampe. Wie eine Walze brach er durch das Gestrüpp und wäre beinahe in das Erddepot gefallen. Er starrte schnaufend in die Grube, die die Form eines Grabes hatte. Seine zwei Kumpane holten ihn ein. Daniel Röhle drehte sich um. »Vielleicht sind sie noch hier.« Zum kleinen Dünnen: »Du gehst hoch zur Straße. Wenn ein Auto vorbeikommt, einfach anhalten, kontrollieren, klar?« Der Dünne nickte und verschwand in der Dunkelheit. Dann drehte sich Röhle zu seinem zweiten Begleiter. »Wir laufen beide im Halbkreis den Berg runter und treffen uns unten.« Ohne ein weiteres Wort lief Röhle los.

Trester hörte das Knacken als erster. Harte, kurze Brüche, ohne Nachhall, verschluckt vom Waldboden. Dann sah er schwarze Schatten, die geduckt auf ihn zurannten. Er drehte sich zu Katja und Pfleiderer, zeigte dann wieder in die Richtung, aus der die Schatten kamen. Trester nahm Katja an die Hand und lief los. Pfleiderer trottete einfach hinterher. Dann plötzlich blieb Trester stehen und deutete nach oben. Direkt vor ihnen standen zwei alte knochige Eichen. Die Äste der beiden Bäume waren zum Teil zusammengewachsen, schienen einander zu umarmen. Der Privatdetektiv zog sich an einem Ast hoch und griff gleich nach dem nächsten. Katja und Pfleiderer hatten Mühe, ihm zu folgen.

Durch Tresters Kopf zogen ein paar Versatzstücke Kindheit. Wie oft war er hier herumgeklettert. Trester, Herr des Gehrenbergs, Tarzan, Herr des Dschungels. Sie kannten ihren Wald, beide. Hier, in den Baumkronen, ließen sich Tarzans Abenteuer nachleben, neu inszenieren. Hier fand der

Junge Trost gegen die Wirklichkeit. Da unten lauerte immer die Gefahr, auch jetzt. »Sie sind mindestens zu sechst.« Katja konnte nicht verstehen, warum Trester dabei lächelte. Sie schaute besorgt nach unten und spürte, wie Pfleiderer unter ihr zusammenzuckte. Diese Geräusche, als ob die Erde bebte. Dann brach die Gruppe wie ein Rollkommando durchs Gehölz.

»Schweine?« Katja musste grinsen.

»Wildschweine.« Trester beobachtete die Tiere. »Eine ganze Rotte. Sie mögen diesen Platz.« Er strahlte. »Das waren früher meine Löwen.«

»Was?« Katja schaute ihn fragend an.

»Ach, nichts.«

»Und jetzt?« Pfleiderer wirkte nervös und schien sich da oben überhaupt nicht wohl zu fühlen.

»Warten.«

»Warten!«

Das Schwarzwild strich schnüffelnd um die Bäume. Immer wieder hielten die Tiere ihre Rüssel prüfend in die Luft, um dann im Zickzackkurs den Waldboden nach Nahrung zu durchpflügen.

Trester spielte weiter mit seinen Erinnerungen. In diesem Wald hatte er die Welt verstanden, Geburt, Leben und Tod gesehen, den Großen Kreislauf. Das Leben kennengelernt und gelernt, damit zu leben. »Amon, du solltest auf keinen Fall springen, es wäre schade«, hatte ihm damals eine Stimme zugeflüstert, genau auf diesem Baum, auf dem er jetzt zu seinen Erinnerungen hinaufgeklettert war.

Eine Melodie zerriss die Stille. Schlagartig trabten die Wildschweine grunzend davon. Die drei brauchten einen Moment, um zu begreifen, was das war. Es klang, als ob der Chor der Nationalen Volksarmee im Anmarsch wäre: »Völker, hört die Signale ...« Das war Pfleiderers Handy. Sein Rufton spielte nicht nur die Internationale, sondern sang sie auch noch. Der Chor intonierte gerade »Auf zum letzten Gefecht ...«, als der Professor endlich sein Handy gefunden hatte. »Die Internationale erkämpft ...« Trester riss es ihm sofort aus der Hand, nahm es auseinander und zerbrach den Chip.

Daniel Röhle hielt sein Handy mit ausgestrecktem Arm in der Hand. Angestrengt horchte er in den Wald hinein. War da etwas? Musik, Töne? Diese Richtung? Wenn, dann kam es von unten. Statt seinen Bogen weiterzulaufen, zwängte er sich nun durch das dicht gewachsene Unterholz. Wenig später stand Röhle unter den zwei verschlungenen Eichen und drehte sich um die eigene Achse, versuchte die Dunkelheit zu durchschauen. »Pfleiderer! Ich rieche dich.« Röhle brüllte, so laut er konnte. »Gib auf, ich krieg dich sowieso.«

Trester reckte seinen Arm nach unten, legte seine Hand auf Pfleiderers Schulter und schüttelte langsam den Kopf. Der Professor war mit den Nerven am Ende. »Hoffentlich hält er durch«, dachte Trester und versuchte, Daniel Röhle durch die Äste hindurch zu entdecken. Dann schaute er zu Katja, die sich neben ihm an einen dicken Ast klammerte. Sie hatte die Augen geschlossen, ihre Lippen bewegten sich ganz leicht. Gerade so, als ob sie ein Gebet sprechen würde.

Plötzlich durchschlug ein Schrei diese Ruhe. Wie ein Geschoss bahnte er seinen Weg durch den Wald, um dann schlagartig abzureißen. Als ob der Schrei in einer Tanne stecken geblieben wäre. Daniel Röhle hielt seine Maschinenpistole in die Richtung, aus der das Geräusch gekommen war, setzte sich ruckartig in Bewegung. Nach rechts, weiter den Berg hinunter. Da musste der Schrei seine Quelle haben. Röhle rannte ein paar Meter, lauschte dann wieder in die Dunkelheit, rannte wieder, blieb erneut stehen und versuchte, durch sein Schnaufen hindurch etwas zu hören. Als er sich wieder in Bewegung setzte, galoppierte eine Rotte Wildschweine auf ihn zu. Röhle sprang zur Seite, drehte sich um und schoss wild drauflos. Leise schlugen die Geschosse in Bäume und Boden. Sekunden später rauschte nur noch der Wald.

Katja riss die Augen auf. »Was war das?«

»Deine Gebete wurden erhört.« Trester wirkte jetzt sichtlich entspannt. »Meine Löwen haben uns geholfen.«

»Löwen!« Katja sagte das wie ›Helden‹.

Auch Pfleiderer hatte zurück ins Leben gefunden. »Die Wildschweine haben Röhles Männer angegriffen?«

Trester nickte. »Die mögen das nicht so, wenn sie auch noch nachts gestört werden. Tagsüber die Jogger, Nordic Walker, Mountainbiker, nachts Terroristen, das wird denen zu viel.«

Pfleiderer nickte dazu, als ob das auch unter soziologischen Gesichtspunkten völlig verständlich wäre.

»Vielleicht treffen wir sie noch mal. Die suchen jetzt Schutz oben im Maisfeld«, erläuterte Trester.

»Daniel?« Die Stimme klang dünn und unsicher. »Hilf mir ... bitte.« Röhle drückte ein paar Äste beiseite und sah einen Körper am Boden liegen. »Ich blute, ich ...« Daniel kniete sich neben seinen Freund und tastete dessen Bein ab. Schlagartig zog er seine Hand zurück. Sie war feucht und klebrig. Das Blut floss in Strömen aus der Innenseite des rechten Oberschenkels. Röhle riss das Hosenbein seines Kameraden auf und sah in eine klaffende Wunde. Der halbe Oberschenkel war zerfetzt, an einer Stelle schoss ihm das Blut im Rhythmus des Herzschlags entgegen. »Die Schlagader, ich werde dein Bein abbinden, bleib ruhig.«

Daniel Röhle verarztete seinen Freund notdürftig, schulterte ihn und schleppte ihn hoch Richtung Auto.

»Was jetzt?« Katja wirkte zwar erleichtert, aber immer noch verunsichert. »Können wir nun endlich wieder runter, das ist ja wie eine Falle hier oben.«

»Ja?« Trester überlegte. »Einer von Röhles Begleitern ist vermutlich von einem Keiler verletzt worden. Jetzt wird er ihn zum Auto bringen und dann ins Krankenhaus. Ja, wir können runter.«

Katja schaute zu Pfleiderer. »Und was machen wir mit ihm?«

»Wir brauchen ihn noch, wir nehmen ihn mit.« Der Privatdetektiv machte eine Geste, die Pfleiderer bedeuten sollte, dass er runterklettern sollte. Unten fesselte er den Professor erneut. »Packst du das mit ihm, kommst du mit ihm zu seinem Auto?«

»Klar, kein Problem.« Katja überlegte. »Und was machst du?«

»Ihr geht den Weg am Rande des Maisfelds entlang. So könnt ihr jederzeit Deckung suchen. Lauft aber nicht so weit ins Feld, da könntet ihr den Wildschweinen begegnen.«

»Trester, was machst du?«

»Ich werde noch einen Blick in die Schatzkiste der RAF werfen.« Trester versuchte, beruhigend zu lächeln. »Der Professor wird schon seine Gründe gehabt haben, warum er hier mitten in der Nacht ein bisschen in der Vergangenheit graben wollte, gell?«

Pfleiderer setzte wieder sein Pokerface auf, schaute sich aber hektisch um. »Und wenn er doch noch da ist?«

Trester packte Pfleiderer mit beiden Händen und zog ihn an sich heran. »Menschen helfen Menschen, wenn sie in einer Notsituation sind. Daniel Röhle hat seine Jagd unterbrochen, weil er seinen Freund retten will. Die Menschen sind soziale Wesen, fast alle.« Trester stieß den Professor von sich weg. »Auch wenn das für Sie ein fremder Gedanke ist. Soziologe!« In das letzte Wort hatte er seine ganze Verachtung gelegt. Jetzt sprach er wieder beruhigend zu Katja. »Ihr wartet in der Nähe seines Autos. Ich komme in ein paar Minuten nach.«

Daniel Röhle kam völlig erschöpft oben an der Straße an. Gemeinsam mit dem dritten Mann, der an der Straße Wache geschoben hatte, legte er seinen schwerverletzten Freund ins Auto. »Bring ihn ins nächste Krankenhaus.« Daniel schaute den Mann mit einem durchdringenden Blick an. »Kriegst du das hin? Wenn nicht, dann ...«

Der Mann nickte und schaute Röhle gleich danach fragend an. »Du, du bleibst hier?«

»Ich melde mich bei dir.«

Trester sah Katja und Pfleiderer nach, bis sie im Dunkeln verschwanden. Danach erst rannte er los. Zuerst zur Futterkrippe, in der sie den Sack mit der Leiche versteckt hatten. Trester band sich ein Tuch um das Gesicht, streifte die Einweghandschuhe über und öffnete den Sack erneut. Der Gestank war unerträglich. Als er das Messer ansetzte, um Gewebe und Knochenproben zu nehmen, konnte er sehen, wie ein paar Maden in den Fleischresten tanzten. Dann schnitt er einen Fetzen aus dem Sack, in dem sich die Leiche befand, und wickelte dort seine Proben ein. Schließlich verschloss er das kleine Päckchen mit Kabelbinder.

Trester versuchte die Umgebungsgeräusche zu verstehen, den Wald, seinen Wald. Doch sein Herz schlug so stark, dass er nur noch den Strom seines Blutes pumpen hörte. Geduckt wie ein flüchtendes Tier lief er quer durch den Wald zum zweiten Versteck, der ausgehöhlten Buche. Der Privatdetektiv holte tief Luft und öffnete unter einem langgezogenen Knarzen die Metallkiste. Keine weiteren Leichenteile! Stattdessen fand er einen Wanderrucksack, voll mit Ausweispapieren, DIN-A4-Ordnern und Fotos sowie mehrere Handfeuerwaffen und Sprengstoff, offenbar aus Militärbeständen.

Trester griff nach einer Pistole, die er als Dienstwaffe der Polizei identifizierte, warf sie in den Rucksack und steckte eine weitere Pistole in seine Jackentasche. Als er gerade losrennen wollte, hatte er das Gefühl einen Stromschlag zu bekommen, so sehr erschrak er. Das verdammte Handy! Es vibrierte. Hektisch fingerte er nach dem Telefon und drückte die grüne Taste.

»Für wie dämlich hältst du mich eigentlich, Trester? Ich bin fassungslos.« Kiefer, der Chef der Abteilung politischer Extremismus, brüllte in das Telefon hinein, dass der Lautsprecher verzerrte. »Auch wenn du jetzt sofort auflegst, wir haben dich geortet, wir haben dich, kapiert, wir ...«

Trester sagte keinen Ton, legte sofort auf. Klar, Kiefer hatte sich denken können, dass er nun das Handy von Squaw Hoffmann hatte. Ein dummer Fehler! Aber wenn sie ihn schon geortet hatten, dann konnte er das Handy ja auch hier bei den Sachen aus dem Depot liegen lassen, gleich vorne, bei der Leiche. Dann würden sie sich endlich mit dem Fall beschäftigen und nicht mit ihm und Katja. Schnell, er musste Katja warnen. Trester erhob sich, schaute ein letztes Mal in die Kiste und entdeckte einen Lederbeutel. Er griff danach, fühlte die Form eines Fotoapparates. Er dachte an Röhle und die Fotos, steckte den Beutel ebenfalls in den Rucksack und rannte los.

Daniel Röhle wollte gerade wieder in das Maisfeld eintauchen, als er Geräusche hörte. Stopp! Die Maisstängel bewegten sich. Hier und da war sogar das Knacken von umgeknickten Maisstauden zu hören. Dazu dieses hektische Rascheln. Röhle ging in die Hocke und hielt seine Waffe ins Feld. Die Wildschweine! Grunzend brachen sie aus dem Feld, überquerten die Straße, um sich auf der anderen Seite wieder in den Wald zu schlagen. Röhle atmete tief aus. Sekunden später, als er gerade aufstehen wollte, traten zwei Gestalten aus dem Feld. Röhle duckte sich. Die beiden kamen näher. Jetzt waren sie vielleicht noch 20 Meter entfernt. Plötzlich bogen sie nach links ab. Röhle wartete einen Moment und schlich ihnen hinterher.

Katja schob Pfleiderer vor sich her. Kurz bevor sie an seinem Wagen angelangt waren, packte sie ihn an der Schulter. »Den Schlüssel.«

Pfleiderer deutete auf seine Jacke. »Rechte Außentasche.« Als Katja gerade nach dem Schlüssel fingerte, hörte sie Schritte hinter sich.

Daniel Röhle hielt seine Maschinepistole schussbereit und starrte die beiden mit fiebrigen Augen an. »Los, in den Kofferraum!« Katja und Pfleiderer standen wie gebannt da und starrten Röhle an. Mit einem Satz war Röhle bei ihnen und schlug mit der Waffe auf den Professor ein. Sofort setzten sie sich in Bewegung. Katja öffnete den Kofferraum, warf den Schlüssel auf den Erdboden. Sie half erst Pfleiderer hinein, dessen Hände immer noch gefesselt waren, und quetschte sich dann neben ihn. Mit einem Schlag ging die Haube des Volvo zu. »Ruhig und gleichmäßig atmen«, flüsterte Katja in die Finsternis hinein. Sie sagte das auch zu sich selbst.

Röhle hob den Schlüssel auf und wollte gerade einsteigen, als er ein Geräusch hinter sich hörte. Er drehte sich um und sah eine Faust in sein Gesicht fliegen. Dann ein zweiter und ein dritter Schlag, der direkt die Schläfe traf. Ohne Widerstand brach er zusammen. Trester tastete in seiner Jacke nach einem weiteren Kabelbinder. Nichts! Er griff in den Rucksack, holte das Klebeband heraus und fesselte erst Röhles Arme, dann seine Beine. Der Privatdetektiv schleifte den leblosen Körper hinüber zur Straße, lehnte ihn gegen einen Begrenzungspfeiler und fixierte ihn dort mit Klebeband. Jeder, der hier vorbeifahren würde, konnte ihn gleich sehen. Er prüfte kurz Röhles Puls. Alles gut.

Als Trester den Kofferraum öffnete, sah er in zwei überraschte Augenpaare.

»Trester, was ist ...?« Katja wirkte benommen.

»Kommt raus, los. Die LKA-ler wissen jetzt, wo wir sind.«

Pfleiderer zog es wieder vor zu schweigen. Trester stieß ihn auf den Rücksitz seines Wagens und wollte gerade die Tür zuschlagen, als der Professor »halt« rief. Hysterisch klang das.

»Was ist?«

»Bitte anschnallen.«

»Angst?« Trester zog den Gurt über Pfleiderer, ließ ihn einrasten und schaute ihm dabei direkt in die Augen. »Ehrlich, das wäre jetzt meine geringste Sorge.« Trester sprang hinter das Steuer und startete den Wagen.

Katja legte ihre Hand auf Tresters Schulter. »Und der Smart?«

Er nickte. »Du hast recht, der darf nicht hierbleiben.« Trester schaute zu Pfleiderer in den Rückspiegel. »Sonst finden die das konspirative Tipi, das die Squaw für uns angemietet hat.« Der Privatdetektiv wendete den Wagen und fuhr den schmalen Weg zum Gehrenbergturm hoch. Etwa in der Mitte des Weges teilte sich das Maisfeld. Hier bog er ab. Noch ein kleines Stück, dann tauchte der Smart zwischen den grünen Maiskolben auf. »Du fährst uns hinterher, O.K.?«

Katja streckte die Hand aus, nahm den Schlüssel und lief rüber zu dem kleinen Auto. Die frühe Sonne ging jetzt fast waagerecht durchs Maisfeld. Der weiße Bodennebel reflektierte das Licht, fast hätte man die kleinen silbrigen Tropfen in der Luft sehen können. Trester schaute Katja nach. Wie ein Jungstorch stakste sie über den weißen, nebligen Boden, umrankt von den hochgeschossenen Maisstängeln.

Ein paar Schritte war sie allein mit der Natur. Mit dem Sommer, den Geräuschen der Pflanzen, wie sie sich der Sonne entgegenreckten, ihrem Bauplan folgend. Darunter, eingepackt im Nebel, die erwachenden Heuschrecken mit ihrer Morgenandacht. Momente, Bilder, die der Kopf in zehn, zwanzig oder dreißig Jahren wieder abrufen wird, einfach so. Eine Stimmung, vielleicht, ein Geruch, ein Licht, ein Gefühl nur, dachte Katja. Sie spürte, dass dieser Morgen so etwas lieferte. Überdauernde Eindrücke.

Das Geräusch, das gleich darauf den Himmel aufschnitt, schreckte Katja aus ihren Gedanken. Ein klopfendes, pfeifendes Etwas, das die Luft nach unten drückte, den aufsteigenden Nebel in Fetzen riss. Sie sah zu Trester hinüber. Der blickte zum Himmel hoch, das Gesicht hinter der Fensterscheibe des Autos. Mit dem frühen Licht sah es aus wie eine weiße flache Scheibe. Nur die blauen Augen lebten. Dann sah auch sie den Hubschrauber. Dicht über der Waldkante des Gehrenbergs kreuzte er wie ein hungriger Aasgeier.

Trester gab Gas, Katja stieg ein und setzte hinterher. Wie Slalomstangen beim Skiweltcup stießen die Maiskolben links und rechts an den Smart. Nach wenigen Minuten verschwanden sie in einem Waldweg. Hier würde sie auch aus der Luft niemand mehr entdecken können.

ZWÖLF

Der Hubschrauber wurde begleitet von einer Armada von Einsatzfahrzeugen. Mehrere Mannschaftswagen und zivile Fahrzeuge schossen die Serpentinen nach Allerheiligen Richtung Gehrenberg hoch. Von oben her, aus Richtung Harresheim, kamen ebenfalls mehrere Einsatzwagen, so dass nun die einzige Zufahrtsstraße zum Gehrenberg beidseitig gesperrt war. Fast gleichzeitig trafen die beiden Fahrzeugkolonnen an der Abbiegung zum Gehrenbergturm aufeinander. Genau dort, wo Daniel Röhle wie ein ausgesetzter Crashtest-Dummy am Begrenzungspfeiler klebte.

Noch während der schwarze Audi der Einsatzleitung heranrollte, sprang Felix Kiefer aus dem Wagen. Er lief direkt auf Röhle zu, der inzwischen wieder bei Bewusstsein war, und zeigte auf ihn. »Losmachen!« In der linken Hand hielt der LKA-Mann ein Megafon, das er ungeduldig gegen sein Bein hämmerte. Er konnte es kaum erwarten, bis alle Kräfte am Einsatzort versammelt waren. Inzwischen hatten zwei Beamte Daniel Röhle befreit, der nun zu Kiefer gebracht wurde. Der Einsatzleiter musterte den Mann verächtlich, schien ihn aber nicht gleich zu erkennen, nickte schließlich einem Kollegen zu.

»Daniel Röhle, geboren 1962 in Tübingen, wohnhaft in ...«

»Danke!« Kiefer hatte dieses Danke herausgeschrien, so dass der Beamte seinen Vortrag sofort unterbrach. Felix Kiefer warf Röhle einen abschätzenden Blick zu. Er verachtete

Menschen, die aus dem Hinterhalt agierten. Menschen, die nicht mit offenem Visier kämpften, wie richtige Männer. Für Kiefer hatte Terrorismus nichts mit Taktik zu tun, sondern nur mit Feigheit. Terroristen waren für den LKA-Mann feige, hinterhältige Schweine.

Röhle grinste hämisch. »Ihr Pfeifen kommt zu spät.« Er nickte Kiefer zu. »Wie immer. Sie sind weg.«

Kiefer bekam einen hochroten Kopf und knirschte mit den Zähnen. Ein sicheres Zeichen, dass er gleich explodieren würde. Dann packte er Röhle und zog ihn beiseite. »Du bist hier die Pfeife, lässt dich hier von ihm anbinden wie eine Tunte. Aus dir Weichei konnte ja nur Dreck werden.« Kiefer spuckte auf den Boden und stieß Röhle von sich weg. Er wedelte mit der Hand, was heißen sollte, dass man ihm Röhle vom Hals schaffen sollte. Dann brüllte der Kriminalhauptkommissar viel zu laut in das Megafon. Rund achtzig Beamte standen nun im Halbkreis um Kiefer und warteten auf ihren Einsatz. »Der Hubschrauber soll sich spiralförmig über das Gelände arbeiten und jedes verdächtige Fahrzeug melden.«

Kiefer versicherte sich, dass der Funkspruch gleich weitergegeben wurde, und setzte dann wieder an, deutete hinter sich auf den Gehrenbergturm. »Um den bilden wir einen Kreis von drei Kilometern. Jeder Landwirtschaftsweg, jedes Feld und jeder Waldpfad wird hier durchgepflügt. Alle Zufahrtsstraßen in der gesamten Umgebung werden bereits von örtlichen Einsatzkräften überwacht. Hier kommt keine Sau raus. Los jetzt, treibt sie!«

Katja war dem Volvo einfach hinterhergefahren. Sie hatten mehrmals die Richtung gewechselt und hielten erst nach einer guten Stunde an einem Waldparkplatz. Trester sprang aus dem Auto und lief zu ihr. »Wir lassen den Smart hier stehen und fahren mit Pfleiderers Wagen weiter.«

»Wohin fahren wir, ich meine ... wo ... wo wird man uns nicht suchen?«

»Nach Beuron ...«, Trester zögerte einen Moment, »in mein ... ins Kloster.«

»Kloster?« Katja schüttelte den Kopf. »Ich weiß, dass du da gelebt hast, aber ...«

»Selbst wenn sie uns da suchen sollten, der Abt würde ihnen keinen Zutritt gewähren.«

»Aber Frauen haben da doch auch keinen Zutritt.«

»Es gibt ein Gästehaus, da dürfen auch Frauen wohnen.« Trester schaute rüber zum Volvo, auf dessen Rückbank Pfleiderer regungslos saß. »Und sogar schlechte Menschen.«

»Du willst ihn dort verstecken?«

»Vor allem ihn. Wenn rauskommt, was er damals mit Röhle gemacht hat, wird jeder gewaltbereite Linke und jeder Polizeibeamte bald Jagd auf Pfleiderer machen. Verräter, Umfaller, RAF-Aussteiger, Unmensch und so.« Trester überlegte einen Augenblick. »Außerdem, da er die meiste Zeit schweigt, ist klar, dass er mehr weiß, als er sagt ...« Er unterbrach sich, hörte seinem allzu einfachen Satz hinterher, um dann festzustellen, dass er vielleicht gerade deshalb gut war.

Squaw Hoffmann hatte die Weckfunktion bei ihrem neuen Handy auf 6:00 Uhr gestellt. Als es um diese Uhrzeit in ihren Schlaf hineinpolterte, hatte sie zunächst Orientierungsprobleme. Ihr Rücken schmerzte und ihr rechtes Bein war eingeschlafen. Außerdem war ihr kalt, und die Fenster waren so beschlagen, dass man nichts mehr sehen konnte. Sie wischte sich ein Stück frei, warf einen Blick auf das Haus gegenüber und schaltete das Autoradio ein.

»... ist der Polizei in der Nacht ein spektakulärer Fahndungserfolg gelungen. Wie berichtet, gab es Gerüchte, dass die seit dreißig Jahren für tot gehaltene Terroristin Monika Gütle noch am Leben sei. Ein grauenhafter Fund im Bodenseekreis brachte nun die Gewissheit, dass Gütle tot ist. Wie ein Sprecher des LKA in Stuttgart erklärte, sind in einem

Erddepot der RAF Leichenteile der Frau gefunden worden. Der Zustand der Leiche lasse aber darauf schließen, so der LKA-Sprecher, dass Gütle erst wenige Wochen tot sei. Zur Stunde werden die Überreste der Terroristin weiter untersucht. In den nächsten Tagen will die Polizei genauere Erkenntnisse über die Todesursache bekanntgeben. Offenbar hatte die RAF-Terroristin jahrelang unter falschem Namen in der DDR gelebt. Nach der Wiedervereinigung soll sich Gütle zunächst an wechselnden Orten in Deutschland und schließlich bis zu ihrem Tod sogar wieder in Baden-Württemberg aufgehalten haben.

Im Zusammenhang mit dem mysteriösen Fund wurde der Anführer der linksextremistischen Organisation ›Stammzelle‹, Daniel Röhle, verhaftet. Röhle sieht sich und seine Organisation in der politischen Tradition der RAF, bisher konnte ihm aber keine Straftat nachgewiesen werden. Röhle wurde bei einer großangelegten Polizeiaktion heute Nacht vorübergehend festgenommen, seine Organisation wird vom Verfassungsschutz überwacht.

Aufgegriffen wurde der Extremist in der Nähe eines RAF-Depots. Die Rote-Armee-Fraktion versteckte in solchen Depots in den Siebzigern und Achtzigern vor allem gestohlene Waffen, Geld aus Banküberfällen, gefälschte Ausweispapiere sowie Listen mit konspirativen Wohnungen. Die Funde könnten möglicherweise helfen, frühere Attentate und Banküberfälle der RAF aufzuklären, so der Polizeisprecher.

Der 46-jährige Daniel Röhle stand schon einmal im Zentrum der Ermittlungen. Im Zusammenhang mit einer Tübinger Wohnungsrazzia des Landeskriminalamtes vor knapp vier Jahren. Die Ermittlungen endeten im Chaos, ein verdeckter Ermittler hatte einen unschuldigen Studenten niedergeschossen, der seither schwerbehindert im Rollstuhl sitzt. Röhle wurde bei der Aktion damals zwar kurzfristig verhaftet, musste aber gleich danach wieder auf freien Fuß gesetzt werden.«

»Natürlich halten wir Sie auf dem Laufenden«, band die Moderatorin den Reporterbericht ab. »Mehr zu dem spektakulären Fund vom Bodensee hier bei uns in einer Stunde.«

Squaw Hoffmann starrte vorne auf die beschlagene Scheibe. Sie war wie gelähmt. Nicht einmal das Radio konnte sie ausschalten. Irgendeine Musik dudelte, jede Musik klang plötzlich wie ein Requiem. Dann hob sie mechanisch den rechten Zeigefinger und malte ein Fragezeichen auf die beschlagene Frontscheibe. Mit den Lippen formte sie dazu ein leises »Warum?« Gleich kroch ein Tropfen die Scheibe hinunter, erst langsam und dann ganz eilig.

Trester hatte es nicht verhindern können. Katja hatte das Radio eingeschaltet. Obwohl der Empfang auf dem hügeligen Waldweg schlecht war, hatte sie genug gehört. »... Der Zustand ... lasse aber ... schließen, so der LKA-Sprecher, dass Gütle erst wenige Wochen tot sei. Zur ... werden die Überreste der Terroristin ...« Katja sagte zunächst nichts. Dann verzog sie ihr Gesicht zu einem Grinsen, die Lippen zitterten. Schlagartig kam der Weinkrampf. Als ob ihr Gesicht zerfiel, als ob sie den Tod sah. Katja drehte sich langsam zu Trester, der sich bemühte, sie zu beruhigen. Die junge Frau sah ihn, wie er ruhig auf sie einredete, hörte ihn aber nicht.

»Du hast es gewusst, du hast es gewusst, du hast es gewusst«, wie ein Mantra wiederholte sie diesen Satz, zog ihn immer länger, »... h-a-s-t e-s g-e-w-u-s-s-t« tobte gegen seine aufgesetzte Ruhe an. Und plötzlich, als ob die Zündschnur abgebrannt war, explodierte Katja, schlug auf ihn ein. Mit der Faust, mit der flachen Hand, mit den Füßen. Trester erschrak und zog den Wagen nach links. Neben ihnen fiel der Weg zu beiden Seiten in einen Nadelwald ab. Trester schrammte gegen einen Baum, fand aber wieder auf den Weg.

Von hinten versuchte jetzt Pfleiderer auf Katja einzureden. »Frau Gütle, Katja, bitte, Sie bringen uns alle in Gefahr.«

Trester versuchte sich zu schützen und gleichzeitig die Kontrolle über den Wagen zu behalten. Im Radio sangen jetzt die Beatles »I Wanna Hold Your Hand«. Genauso plötzlich, wie sie angefangen hatte, ließ sie nun wieder von Trester ab. Katja bückte sich und grub hektisch in dem Rucksack, den Trester aus dem Depot mitgebracht hatte. Deutlich war ihr Atem zu hören, ihr Herz schlug so stark, dass sie kaum Luft bekam. »Was ist da drin ...? Trester!« Fast im gleichen Augenblick hielt Katja eine Pistole in der Hand. Sie starrte auf die Waffe.

Trester trat auf die Bremse und schrie: »Runter mit dem Ding, sofort, Katja!«

Katja drehte sich nach hinten und hielt die Pistole auf Pfleiderer. Ihre Hände zitterten. »Du warst es, du Schwein, du warst es.« Pfleiderer fing an zu wimmern und schüttelte langsam den Kopf.

Der Motor war jetzt aus, aber noch immer lief das Radio. Pfleiderer schaute auf den Boden, seine dünnen grauen Haare zitterten am Kopf, sein Gesicht war grünlich, in seinen Falten klemmte der Schweiß.

»Katja, bitte. Denk an dein Leben.« Trester streckte langsam den Arm nach ihr aus. Katja umklammerte die Pistole, legte ihre Hände auf die Kopfstütze, zielte aber weiterhin auf Pfleiderer, der immer noch den Kopf gesenkt hielt. Als ob er auf seine Exekution wartete. Katja entsicherte die Pistole. Eilig zog Trester seine Hand zurück.

»Pfleiderer! Schau mich an.« Der Soziologieprofessor hob langsam seinen Kopf und schaute in Katjas blutunterlaufene Augen. Ihr Grün und die aufgebrachten Adern, alles leuchtete fiebrig. »Ich frage dich nur ein einziges Mal.« Pfleiderer nickte devot. »Hast du meine Mutter getötet, ... hast du?« Katja blinzelte mit den Augen und wischte sich mit der Schulter den Schweiß von der Stirn. »Na, schau mich an!«

Pfleiderer sprach ruhig, flüsterte fast. »Nein, ich habe Ihre Mutter nicht getötet, ich weiß nicht mal, wer es war.« Pfleiderer fing an zu heulen wie ein kleines Kind. »Ich weiß es nicht, keine Ahnung, ich schwöre es.«

Der Lärm war ohrenbetäubend. Für Sekunden war nichts als ein Pfeifen zu hören. Mit einem Ruck hatte Katja die Waffe zur Seite gezogen und einen Schuss auf die Heckscheibe gefeuert. Eine kleine Rauchwolke zog nach hinten hinaus. Das Heckfenster war größtenteils herausgeflogen. Pfleiderer hatte sich nach unten geduckt, die Arme immer noch auf dem Rücken gefesselt. Seine Augen zuckten unentwegt, sein Körper schüttelte sich, die Angst rannte mit dem Blut um die Wette.

Trester starrte mit offenem Mund zu Katja. Die öffnete gerade die Wagentür. Wie ferngesteuert stieg sie aus und warf die Waffe vor sich auf den Boden. Trester kletterte über den Beifahrersitz und setzte seinen rechten Fuß auf die Pistole. Die junge Frau mit den kurzen schwarzen Stoppelhaaren zündete sich eine Zigarette an. Eine kleine Rauchwolke stieg auf, dann lief sie runter in den Wald.

Zielfahnder Böse schaltete sein Handy aus und grinste seinen Kollegen Gut an. »Der Chef sagt, wir sollen die Observierung beenden. Es gibt jetzt jemanden, der interessanter für ihn ist als Kühn.«

In diesem Augenblick verließ der Polizist Martin Kühn seine Wohnung in der Bergstraße, um die paar Meter zu seinem Revier in der Ostendstraße zu laufen. Frühdienst. Kühn machte einen zufriedenen, fast munteren Eindruck.

Zielfahnder Gut deutete mit einem kurzen Nicken auf Kühn, der auf der anderen Straßenseite mit geschwollener Brust vorbeilief. »Scheint wirklich 'ne total tolle Nacht gehabt zu haben, wir könnten ja nochmal in der Dillmannstraße vorbeischauen, aber ...«

Böse fiel seinem Kollegen ins Wort. »... aber wir dürfen unsere Aufgabe nicht vergessen, und die heißt: Das Böse aus der Welt schaffen.«

»Das ist gut.« Zielfahnder Gut blickte seinen Kollegen erstaunt an. »Aber wie?«

Jetzt schaute Böse seinen Kollegen fragend an, hatte sich aber schnell wieder gesammelt. »Der Chef sagt, wir sollen jetzt ein paar Stunden schlafen. Heute Nacht dann sollen wir Daniel Röhle verhören.« Böse klappte den Spiegel über dem Beifahrersitz herunter und betrachtete sich darin. »Ich bin gar nicht müde, am liebsten, also ich könnte ...«

»Verzeih mir, dass ich dich unterbreche, aber ich glaube schon, dass ein paar Stunden Schlaf wirklich förderlich wären.« Gut betrachtete seinen Kollegen, wie der sich im Spiegel betrachtete. »Ich meine, auch im Sinne eines guten und effektiven Verhörs.«

Böse lachte dreckig und gab seinem Kollegen ein Zeichen, endlich loszufahren.

Sie hatte ein paar Bilder, Erinnerungen und Gedanken zugelassen. Alte Eindrücke neu ausgestattet, angereichert mit dem Jetzt, mit der Erfahrung heute, einfach mit all dem, was so hinzugekommen war. Und hatte sie, Monika, neu belichtet. Monika! Wie sie das Leben spielte, so leicht, so selbstverständlich, fehlerfrei und ohne Misstrauen, jeder Tag ein Hauptgewinn. So war das bei Monika. Wie hätte sie da Misstrauen oder Zweifel entwickeln können, dürfen, damals? Bis der Regisseur wechselte, bis Mohr die Bühne betrat. Der schwarze Schatten. Kann man Glück aufbrauchen, vielleicht, wenn es dicht gedrängt über einen herfällt?

Das Fragezeichen an der Scheibe war zerronnen. Zeit, um pathetisch zu werden? Ja, verdammt! Wer steuerte das alles? Das Leben ... Der Zufall? Squaw Hoffmann hielt sich am Lenkrad fest und entlockte dem Lederüberzug ein paar jämmerliche Geräusche. Sie schaute auf ihre Hände. Altes vertrautes Fleisch. Die Zeit. Ein paar blonde Locken im Augenwinkel. Squaw Hoffmann drehte ihren Kopf und sah, wie die junge Frau in ein Taxi sprang. Ohne nachzudenken startete sie den Golf, drehte mitten auf der Straße und fuhr dem Taxi hinterher. Eine kleine schnörkelige Tour durch den Stuttgarter Westen, die nach zehn Minuten vor einem Fitnessstudio in der Hasenbergstraße endete. Die junge Frau stieg aus, warf sich eine Sporttasche über die Schulter, schaute sich einen Moment um und lief dann am Fitnessstudio vorbei in Richtung Reinsburgstraße.

Squaw Hoffmann parkte den Golf in zweiter Reihe und stellte die Warnblinkanlage an. Sie folgte der Frau, lief auf der anderen Straßenseite auf gleicher Höhe. Zum ersten Mal sah sie etwas mehr als blonde Locken und lange Beine. Die Frau war nicht viel älter als Mitte zwanzig und trotz ihrer Größe sehr zierlich. So stellte sich Squaw Hoffmann ein Fotomodell vor, das für die großen Designer über die Laufstege schwebte. Obwohl sie nur eine Jogginghose und ein Kapuzenshirt trug, wirkte sie sehr edel. Die Squaw zog ihr Handy heraus und schoss ein paar Fotos von der jungen Frau.

Wieder dachte sie an Monika. Mit ihrem Aussehen hätte sie damals auch Model werden können, alles hatte ihr offengestanden. Gedankenverloren steckte sie das Handy ein. Als Squaw Hoffmann die Schöne wieder auf der anderen Straßenseite suchte, war sie verschwunden.

Ein paar Meter zurück klaffte eine Einfahrt zwischen den Häusern. Hier musste sie hineingegangen sein. Sie überquerte die Hasenbergstraße und bog in den Hinterhof ein. Niemand war zu sehen. Die Geräusche der vorbeifahrenden Autos sammelten sich hier wie in einem Trichter. Der kleine Hinterhof war U-förmig umrahmt von einem Haus mit Ziegelsteinfassade. Squaw Hoffmann dachte an eine ehemalige Fabrik. Ihr Blick fiel auf eine moderne Edelstahltür gleich rechts. Sie lief darauf zu und versuchte das kleine Schild neben der Klingel zu entziffern. Club Circe stand da, in Runenschrift. Wieder machte sie ein Foto mit dem Handy und schaute dann auf die Uhr. Kurz vor sieben.

Sie verstaute ihr Mobiltelefon, drehte sich um und lief direkt in die Arme eines Mannes. Groß, stattlich, Anzugträger, Aktenkoffer.

»Verzeihung.« Der Mann schaute sie nicht einmal an, ging an ihr vorbei, drückte den Klingelknopf. Sofort öffnete sich die Tür. Ein elektronisches Schnarren und der Anzugträger war verschwunden. Squaw Hoffmann verließ den Hinterhof und schaute die Hasenbergstraße hoch und runter. Gegenüber war ein Pizzaservice, der noch oder vielleicht überhaupt geschlossen hatte. Direkt daneben ein Laden, der mit den günstigsten Telefontarifen nach Afrika, Asien und nach Südamerika warb. Am Fenster klebte auch eine selbstgeschnippelte Folie, auf der »Internetcafé« stand. Squaw Hoffmann überquerte die Straße und steuerte auf den Laden zu. Durch die Scheibe sah sie, wie gerade ein junger Schwarzer die Tür aufschloss und sie anlächelte.

»Kommen Sie nur, wir öffnen gerade.«

»Haben Sie Kaffee?«

»Alles, was Sie wollen, wir haben eine ganz neue Maschine, macht tolle Geräusche.«

»Einen Cappuccino und dann ...«, sie zeigte auf einen Computer, der direkt am Fenster stand, »dann würde ich gerne ein bisschen im Internet ...«

»Kein Problem, die Computer fahren gerade hoch, wenn Sie sonst noch etwas brauchen ...«

»Wie?« Squaw Hoffmann war in Gedanken schon wieder auf der anderen Straßenseite. Dort waren inzwischen zwei weitere Herren im Hinterhof verschwunden. Ein junger Mann, Typ Porschefahrer, und ein älterer Herr, Typ Geschichtsprofessor. »Entschuldigung, was hatten Sie gesagt?«

Wieder lächelte der junge Mann. »Ich sagte, wenn Sie sonst noch etwas brauchen. Ich meine, wir Menschen mit Miggerrationshintergrund müssen doch zusammenhalten, oder?«

Squaw Hoffmann fing an zu prusten. »Es heißt Migrationshintergrund.«

Der junge Mann war kurz verunsichert, fing dann aber lauthals an zu lachen.

»Sicher«, quetschte Squaw Hoffmann kichernd heraus und hielt ihre Zöpfe hoch, »sicher«. Fast gleichzeitig fiel ihr ein, dass ihr Golf immer noch in zweiter Reihe auf der Straße stand. »Bin gleich wieder da.« Sie lief auf die Straße. Gut, der Wagen stand noch da. In einer Seitenstraße fand sie einen Parkplatz und war nach wenigen Minuten wieder im Internetcafé. Als ihr Cappuccino kam, hatte sie bereits eine Metasuchmaschine geöffnet. Diese Suchmaschinen, die mehrere andere Internetsuchmaschinen gleichzeitig ausbeuteten, hatte sie während der Arbeit an ihren verschiedenen Fachbüchern zur Heilpflanzenkunde schätzen gelernt. Noch einmal schaute sie rüber zu dem Hofeingang. Perfekt, von hier hatte sie ihn bestens im Blick. Sie gab »Club Circe Stuttgart« ein. Unter den verschiedensten Einträgen fand sie auch das Gesuchte. Sie öffnete die Internetseite.

Noch immer klammerte sich der Rauch an die Zacken der gesplitterten Heckscheibe. Konzentriert lauschte Trester in alle Richtungen. Aber das Schlottern, diese Mechanik, dieses Programm eines geschockten Körpers, überlagerte alles. Wie welkes Herbstlaub musste Pfleiderer die Angst von sich schütteln, erst dann würde er wieder sprechen können. Trester kannte diese Gewalt, er wusste, was es heißt, wenn die Kugel einschlägt. Er drehte sich um die eigene Achse, versuchte dennoch die Welt da draußen zu belauschen. Hatte jemand den Schuss gehört? Trester lief ein Stück den Waldweg zurück. Da unten zwischen den Tannen stand Katja. Mit verschränkten Armen, steif, knochig und eingereiht, wie eine abgestorbene Fichte.

Katja drehte sich um, ihr Gesicht war gerötet, wie Dornen ragten ihre Sommersprossen in den Wald. »Vorbei. Kein Ziel mehr. Es gibt nichts, nichts.«

Trester wollte sie berühren, doch er hatte das Gefühl, Katja würde zerbrechen, so morsch war das Leben. »Komm jetzt.« Er sammelte die Glassplitter vom Waldboden, warf sie in den Kofferraum. Dann nahm er den Rucksack mit den Waffen und Dokumenten, stopfte die Pistole wieder hinein und verstaute alles im Kofferraum.

Katja hatte ihm dabei zugesehen. »Hast du ihn jemals besucht?«

»Wen?«

»Den Studenten, den du ...«

»Nein, er lehnt jeden Kontakt zu mir ab.«

»Du musst es weiter versuchen, Trester.«

Eine weitere Stunde schaukelten sie durch den Forst, rollten über Land und schwiegen. Von hinten entlud sich Pfleiderer immer wieder mit einem röchelnden Grollen. Wie ein Blitz, der seinen Weg suchen muss, bis der Donner ihn befreit.

Die Startseite war animiert. Eine Frau mit stechend gelbgrünen Augen und roten Haaren begrüßte die Besucher der Internetseite. Wütend zeigte sie mit ihren langen schwarzen Fingernägeln auf diejenigen, die vor dem Bildschirm saßen, zwinkerte dann mit dem rechten Auge und forderte dabei mit dem Zeigefinger zum Eintritt auf. Dazu leuchtete ein roter Knopf auf. »Zutritt ab 18 Jahren.«

Squaw Hoffmann hob erneut den Kopf, um einen Blick auf die Hofeinfahrt zu werfen, schaute aber gleich wieder auf den Bildschirm. Sie drückte die Entertaste. »Willkommen im Club Circe« stand da. Wieder diese Runenbuchstaben. Sie klickte weiter, um auf die Seite »Unser Service« zu kommen. Im Zentrum der Seite tauchte nun wieder die rothaarige Frau auf. Ronja, wie sie sich nannte, war ganz in ein hautenges dunkelblaues Latexkleid gehüllt, balancierte auf Stiefeln mit unendlich hohen Absätzen und schlug wild mit einer Peitsche um sich. Direkt über Ronja tauchte nun eine Symbolleiste auf. Man konnte wählen zwischen Dominas, Fetischladys und Zofen/Sklavinnen. Squaw Hoffmann unterdrückte ein Gähnen und entschied sich für die Dominas.

»Herrin Tyranna« tauchte auf dem Bildschirm auf. Eine ältere, äußerst beleibte Dame. Man konnte sich durch eine Bildergalerie klicken, offenbar um besser entscheiden zu können, ob einem dieses Angebot zusagte. Gleichzeitig wurden ihre sadistischen Vorlieben beschrieben. Fesselspiele, Fußerotik, Flagellation und weitere Begriffe, die Squaw Hoffmann nicht kannte. Sie sichtete ein paar weitere Dominas im Schnelldurchlauf und entschied sich dann, bei den Fetischladys reinzuklicken.

Gegenüber verließ gerade der stattliche Herr, in dessen Arme sie gelaufen war, den Hinterhof. »Lacklady Lydia« grinste herablassend von der Internetseite. Auf einem Bild ließ sie sich von einem Sklaven die Füße lecken und schlug ihn dabei mit einer Reitgerte. Genug! Wahllos klickte Squaw Hoffmann auf einen anderen Namen. »Fetischdiva Vanessa« stand da. Um die »Diva« besser betrachten zu können, rückte sie näher an den Bildschirm. Hey, war sie das? War das die junge Schönheit, die vor einer halben Stunde da drüben hinter der Stahltür verschwunden war? Squaw Hoffmann klickte auf die Bildergalerie. Kein Zweifel, das war ihr blondgelockter Engel. »Fetischdiva Vanessa«, las sie leise vor sich hin.

»Noch einen Cappuccino?« Sie hatte den jungen Mann nicht bemerkt, so vertieft war sie in ihre Recherche.

»Ja, sehr gerne.«

Der Café-Betreiber lächelte wieder und warf einen Blick auf den Bildschirm. »Interessant, die Ladys von gegenüber, nicht?«

»Aus welchem Land kommen Sie eigentlich?«, fragte ihn Squaw Hoffmann, um die Aufmerksamkeit in eine andere Richtung zu lenken.

»Aus Kenia, wie Obama.« Wieder dieses freundliche Lächeln. »Und Sie?«

»Obama? Aus Stuttgart-Gablenberg.« Noch einmal prusteten beide los. »Ich meine aus Deutschland.«

»Ein schönes Land, Deutschland-Stuttgart-Gablenberg.«

Squaw Hoffmann gab ein zögerndes »Ja« von sich und schaute ihn fragend an.

Der Mann nickte. »Ich bringe den Cappuccino.«

Squaw Hoffmann warf erneut einen Blick über die Straße. Im Augenblick kam niemand heraus oder verschwand in der Einfahrt. Wahrscheinlich waren diejenigen, die den Service vor der Arbeit in Anspruch nahmen, bereits durch. Wahrscheinlich würden die nächsten Kunden um die Mittagszeit kommen.

Ach ja, Vanessas Bildergalerie. Man konnte sich durch 24 Bilder klicken. Vanessa in einem weißen Latexkleidchen und weißen Gummistrümpfen und Häubchen als Krankenschwester, Vanessa als Vamp in schwarzem Leder und Plateaustiefeln, die an Hochhäuser erinnerten, Vanessa in einem Gummianzug mit einer seltsamen Maske, Vanessa als strenge Herrin, auf einem Thron sitzend, in schwarzen Nylons und messerscharfen Highheels, ein kräftiger Kerl mit einer Schweinsmaske ihr zu Füßen.

Der junge Mann stellte den Cappuccino vorsichtig neben die Tastatur. »Ist Ihr Mann Kunde bei ihr?«

»Mein Mann?« Squaw Hoffmann erschrak. »Nein, ich ... mein Mann ist ... ich ...«

Der Internetcafébetreiber schaute verständnisvoll und nickte. »Sie ist Ihre Tochter.«

»Ja ... meine Tochter.« Sie war wirklich dankbar für diesen Vorschlag. Vielleicht wusste er ja mehr über Vanessa. »Kommt Vanessa öfter zu Ihnen hier rüber, ich meine, wissen Sie etwas über sie?«

»Sie haben keinen Kontakt mehr zu ihr?«

»Nein, schon länger nicht.«

»Schauen Sie«, er lehnte sich über Squaw Hoffmann und nahm ihr die Computermaus aus der Hand. Er klickte auf einen Button, über dem »Termine« stand. Eine Tabelle mit Vanessas Servicezeiten leuchtete auf. »Hier, sie hat diese Woche Frühschicht. Termine Montag bis Samstag von 7–14 Uhr. Und hier können Sie eine Session mit Vanessa vereinbaren, da, ihre Handynummer.«

Squaw Hoffmann notierte sich die Nummer. »Kann ich hier ein paar Fotos von ihr ausdrucken?«

»Kein Problem.«

»Und ich möchte dann gleich bezahlen.«

Der Cafébetreiber kam mit den Ausdrucken. »Waren Sie zufrieden, kommen Sie wieder?« Da war es noch einmal, dieses herzliche Lächeln.

»Ja, um 13.30 Uhr.«

DREIZEHN

Das war nicht echt. Das war Disneyland auf der Alb, religiöser Erlebnispark. Milchige, kleine Wolken machten dekorativ an den Bergkuppen fest. Stolz erhoben sich die nackten Felsen über Beuron. Die Alb zeigte an dieser Stelle ihre Zähne, hielt dem Kloster den Rücken frei. Die Erzabtei St. Martin war perfekt ausgeleuchtet. Wie für einen Historienfilm. Die Sonne hatte ihre Strahlen voll und ganz über das Reich der Benediktiner ausgelegt. Der Volvo, die drei rollten auf den heiligen Komplex zu, und mit jedem Meter wurde die Kulisse unwirklicher.

»Gott ist tot!« Dieser Satz aus einem Lied von Nina Hagen rumpelte durch Katjas Schädel. Hohl und laut. Sie forstete nach dem Original. Von wem ...?

Gott ist tot! Das war die Vernunft, die verdammte, säkularisierte Wut. Ist er doch, oder? Sie wusste nicht, warum jetzt und hier. Nietzsche, klar! Warum diese Gedanken? Aber diese heilige Postkarte, diese Mönchsburg, schien den Konflikt zu befördern. »Du wirst glauben!«, hatte die Nonne im Religionsunterricht in der Schule gesagt. Wie eine Prophezeiung klang das damals.

»Heißt nicht wissen«, hatte Katja ihr reflexartig entgegengeschleudert.

»Zweifel kann man hier kriegen. Sowohl als auch.« Trester sagte das zu sich und doch auch als Antwort auf die nicht gestellte Frage. Er blickte in den Rückspiegel. Selbst der vor einer Stunde fast gestorbene Pfleiderer hatte wieder ein wenig Licht an den Augenrändern hängen.

Katja klappte den Sichtschutz herunter. Um sich zu schützen. So gleißend spiegelte sich das Licht in der Klosterfassade. »Was hast du hier nur gesucht, du ... als Mönch?«

»Immer das Gleiche, die Ruhe in mir.«

»Und was machen wir hier?«

Trester lächelte müde und flüsterte: »Zur Ruhe kommen.« Und dachte weiter: »Schlafen. Meditieren, ordnen, sehen, wie es weitergeht.«

Ein kurzer, prüfender Blickwechsel hatte genügt. Natürlich hörte man hier Radio, las Zeitung, wusste von Tresters Reise. Gästepater Wendelin fuhr mit seinen mattschwarzen Augen prüfend über Tresters Gesicht, nickte dann ganz leicht und beschaffte den drei Weltflüchtigen Zimmer im Gästehaus. Ruhe.

Squaw Hoffmann warf einen flüchtigen Blick aus dem Wohnzimmerfenster. Dass ihre besten Freunde, ein Ornithologen-Ehepaar, für ein halbes Jahr auf Forschungsreise in Venezuela waren, war wirklich ein Glücksfall. Der Stälinweg, an dessen Ende sie ihr großzügiges Zweifamilienhaus stehen hatten, war eine schmale Sackgasse. Von hier aus führte ein Fußweg über den Gablenberger Weg direkt in den Wald. Von hier konnte die Frau mit dem Indianerponcho und den Hirschlederhosen ihr kleines Haus in den Schrebergärten in wenigen Minuten erreichen. Die Wangener Höhe war vielleicht zweitausend Meter entfernt.

Sie legte sich auf das breite Sofa, das vor einem großen Panoramafenster stand. Der weite Blick über den Stuttgarter Osten. Dahinten mogelte sich der Neckar vorbei, als ob er hoffte, keine weitere Last mehr aufnehmen zu müssen. Die Kähne auf dem Fluss schienen zu stehen. Direkt davor schoben sich Autos über die Bundesstraße.

Der Kopf, ein Sumpf, in dem jemand kräftig rührte. »Monika! Vanessa? Kühn? Katja? Trester? Ich! Heiß! Leben! Circe? Gliederschmerzen! Müde! Circe!« Ein letztes Tremolo der Nerven, man kann sie nie ganz kontrollieren, der Sturm vor der Ruhe und umgekehrt.

Der Himmel war ganz klar. Nur über Neckar und Bundesstraße zog sich eine blassgraue Wolke lang. Der Schweif der beiden Lebensadern, ein Bandwurm aus Wasserdampf und Abgasen. Der Bildausschnitt wurde schmaler. Nur noch ein dünner Schlitz, mit zarten Schatten, schon siebten ihre Wimpern das Licht. Ein paar Stunden Schlaf, nur ein paar Stunden, dann würde sie sich wieder ins Internetcafé setzen und warten, bis Vanessa von der ... der Arbeit kommen würde.

Ein Schrei, unendlich lang, nicht abstellbar. Trester hatte sich vielfach gewunden, lag nun mit dem Kopf am Fußende und röchelte sein erschöpftes Ich ins Kissen. Halb bewusst, in kurzen flackernden Momenten, spürte er klebrigen Schweiß im Nacken und auf der Brust. Sein Herz eilte unrund, klopfte gegen die Grenzen. Jetzt sterben und alles war umsonst. Solche Gedanken. Die Beine wie taub, man kann nicht schnell genug vor dem – ja, was denn? – weglaufen. So geht das nicht. »Leben muss erledigt sein, dann kannst du gehen.« Das durfte Trester nun wirklich nicht seinem Arzt erzählen. Dass da immer wieder so ein väterlicher Vollbarttyp in seinen Träumen auftauchte. Ihm Ratschläge erteilte und so hilfreich tat.

Eine Hand legte sich auf seine Schulter. Erwachen und Atemstillstand. Die schwarzen Augen von Gästepater Wendelin blickten ihn freundlich an. Er streckte Trester die Hand entgegen. »Der Abt möchte dich sprechen. Amon.« Dieser Name, Tresters Name, er klang wie »Amen«.

Eine Stunde später saß Amon Trester im Arbeitszimmer des Erzabtes Raphael Bränder und wartete. Die Tür ging auf, fest und bedächtig zugleich. Der Abt floss in seiner schwarzen Kutte an Trester vorbei. Das sperrige Rascheln des Habits, sein fester Stoff, das Klimpern des Kruzifixes an der langen Metallkette. All das wurde von einem leichten Windstoß begleitet, vom Geruch von frischen Kräutern. Der Erzabt kam aus dem Klostergarten. Noch ohne Blick und Begrüßung, setzte er sich hinter seinen schweren Eichentisch. Ein gewohntes Bild. Drei, vielleicht vier Mal hatte Trester das persönliche Gespräch mit dem Erzabt gesucht. Wie lange war das her? Zwei Jahre! Vor kaum zwei Jahren hatte er sich hier von seinem Abt, von seinem Kloster verabschiedet.

Raphael Bränder trug die Güte nicht in den Augen. Sein Blick forderte den geistigen Offenbarungseid. Metallisch grau ritzten die Augen das Gegenüber, ihr Schauen konnte Schmerzen verursachen. Diese seltsame Form von Betroffenheit, die sich bei seinen Gesprächspartnern einstellte, bis die Erlösung kam. Doch er bestimmte den Zeitpunkt.

Wie immer bei solchen Gesprächen lag vor ihm ein Holzbrett, auf dem ein faustgroßer Tonklumpen ruhte. Seine Mundwinkel zuckten leicht, ganz leicht nach oben. »Wir haben viel über Gerechtigkeit gesprochen. Das war dein Thema, immer.« Der Erzabt nickte, um mit sich im Dialog zu bleiben. Er hatte beschlossen, dass jetzt noch nicht die Zeit für Antworten war. Raphael Bränder schlug die weiten Ärmel seiner Kutte zurück. Feingliedrige flinke Finger griffen nach dem Tonklumpen.

»Amon Trester, hast du etwas für die Gerechtigkeit getan?« Noch immer war dies keine Frage, die eine Antwort wollte. Trester sah es an der Haltung des Abtes. »Du hast mir von Aristoteles vorgeschwärmt und vom Ziel der Eudämonie, der griechischen Glückseligkeit«, er machte eine Kunstpause, »ich dir von Gott.«

Die Stimme klang jetzt angestrengt. »Am Anfang muss man den Ton immer besonders intensiv kneten. Sonst lässt er sich später nicht gut formen.« Der Erzabt legte den Tonklumpen wieder auf das Brett und lächelte zufrieden. »Philosophie und Religion.« Raphael Bränder malte mit dem Finger zwei Kreise auf den Tisch, die eine kleine Schnittmenge hatten. So, wie er es auch beim letzten Gespräch gemacht hatte. »Das Metaphysische ist das Gemeinsame. In der Übersinnlichkeit, im nicht Sichtbaren, haben Philosophie und Theologie ihre Wurzeln. Jesus ist so eine Wurzel, Lebensader, Gottperson.« Raphael Bränder schloss die Augen. »Physisch gewesen und doch nicht mit den Sinnen greifbar, ebenda auch nicht zu richten.«

Der Erzabt hatte den Tonklumpen wieder aufgenommen und öffnete langsam die Augen. Mit wenigen Bewegungen ließ er daraus ein Kruzifix entstehen. Der leidende Sohn Gottes am Kreuz. Seine Rippen glänzten. Hier hatte er den Schmerz des Körperlichen schon überwunden, lächelte sanft und blass. »Wir nehmen jetzt weißen Ton.« Raphael Bränder prüfte sein Werk mit leicht schaukelnden Kopfbewegungen, hob den Blick und las im Gesicht des Privatdetektivs. Noch einmal spürte Trester die grauen Augen auf seinem Körper, den Schmerz.

»Amon, wir haben in den Nachrichten von dir gehört. Du bringst viele Menschen in Bewegung. Sie haben dich bewertet.« Der Erzabt machte eine kleine Pause und deutete mit den Augen auf das von ihm geformte Kruzifix. »Aber sag du mir, bist du weitergekommen, mit der Gerechtigkeit? Hast du dafür gearbeitet?« Er strich über den weißen, fast vollendeten Tonkörper. »Hast du dich geformt? Tust du es, mit dem, was du tust?«

Trester erwiderte den Blick des Abtes und genoss die Stille. Da hinein sollte er jetzt antworten. Den Klang von Überzeugung tönen lassen. Also: »Ja.«

Die lederne Gesichtsmaske, diese christliche Landschaft, diese 71 Jahre Dienen und Leben strafften sich. Die metallische Schärfe im Grau dieser Augen verlor sich. Raphael Bränder nickte zufrieden. »Gut, dann lass uns wissen, was du brauchst.«

»Cappuccino kommt.«

»Ich möchte auch gleich zahlen …« Squaw Hoffmann schaute in die großen braunen Augen, lächelte und setzte sich an den Computer. 13.25 Uhr, es war noch etwas Zeit, bis Vanessa ihren Dienst beenden würde. Sie streckte ihren Rücken durch, spürte, wie steif sie war, und kreiste ein wenig den Kopf auf dem blockierten Nacken. Unbedingt musste sie sich mit ihrer Wirbelsäule beschäftigen. Bald!

Dann legte sie ihre Hände auf die Tastatur, öffnete ein Onlinelexikon und gab den Namen »Circe« ein. Sofort tauchte eine Kurzbeschreibung inklusive einer Liste mit Literaturempfehlungen auf. Circe, auch Kirke, Name aus der griechischen Mythologie. Tochter des Sonnengottes und der Perse. Circe, große Zauberin. Goldlockige Nymphen, Göttinnen wie sie, waren ihre Dienerinnen. Männer, die an ihrer Insel strandeten, verfielen ihr, verliebten sich in sie, warben um sie. Doch Circe verwandelte sie in Schweine und hielt sie eingesperrt in einem Stall. So erging es auch den Männern des Odysseus, die er zur Erkundung der Insel vorausgeschickt hatte. Als Odysseus selbst die Insel betrat, nahm er ein Kraut, Moly genannt, das ihm Hermes gegeben hatte. Das Kraut schützte ihn vor dem verheerenden Zauber, so dass ihn Circe nicht verwandeln konnte. Beeindruckt von dessen Widerstandskraft verliebte sich die mächtige Circe in den großen Seefahrer und Abenteurer. Odysseus verlangte die Freilassung der Gefangenen. Daraufhin verwandelte Circe die Schweine wieder zurück und entließ die Männer in die Freiheit.

Es folgten Querverweise, Literaturhinweise, die Adresse eines Circe-Forums und mehrere Internetblogs zum Thema.

Squaw Hoffmann warf einen Blick drüben auf die Einfahrt. Dort kam gerade ein Mann um die Vierzig heraus und hielt sich den Rücken, als ob er einen Hexenschuss hätte. Vielleicht war er gerade erst von einem Schwein in einen Mann zurückverwandelt worden, probte erst seit kurzem wieder den aufrechten Gang? Squaw Hoffmann unterdrückte ein Grinsen und schüttelte dabei den Kopf. Sie hatte sich vorgestellt, wie der Mann bei jedem seiner Schritte aufgeregt grunzte und quiekte.

Das Klappern beim Servieren des Cappuccinos bannte ihren Blick kurz auf den cremigen Schaum. Was war das? War nicht gerade noch jemand aus der Einfahrt gekommen? Diese graue Kapuzenjacke. Das war sie! Squaw Hoffmann sprang auf, hob den Arm zum Gruß und war schon auf der Straße. Sicher, das war Vanessa. Der Jogginganzug, die Sporttasche, die blonden Locken. Eine halbe Stunde zu früh. Squaw Hoffmann ging auf der anderen Straßenseite auf gleicher Höhe. Vanessa hatte es eilig.

Ohne sich umzuschauen, lief sie in Richtung Rotebühlstraße. Kurz danach verschwand sie im Untergrund, S-Bahn-Haltestelle Feuersee. Als der Zug hielt, stieg sie ein, und Squaw Hoffmann folgte ihr, setzte sich direkt hinter sie. Sie roch nach einem herben Aftershave. Vanessa sah aus wie heute Morgen. Nur trug sie statt der offenen Haare nun einen dicken geflochtenen Zopf, der streng nach hinten gebunden war. An der Haltestelle S-Bahnhof Untertürkheim stieg Vanessa aus.

Während sie in eine Seitenstraße einbog, telefonierte sie mit dem Handy. Dann, zwei Straßen weiter, blieb Vanessa plötzlich vor einem Haus stehen, prüfte die Briefkästen, zog einen DIN-A4-Umschlag heraus und steckte ihn in den mittleren der drei Schlitze. Squaw Hoffmann hatte Mühe gehabt, ihr zu folgen. Jetzt drehte sich Vanessa plötzlich um, winkte dem Taxi, das sie wohl gerade bestellt hatte, und war verschwunden.

Squaw Hoffmann blickte dem Taxi nach, atmete durch und stand dann vor dem Briefkasten. S. Baldini stand da. Ohne zu zögern, langte sie hinein und versuchte, den Umschlag zu fassen. Ihre Finger waren zu dick und zu kurz. Hektisch kramte sie in ihrem Hirschlederbeutel. Ein Messer, Taschentücher, ein Stift, das Notizbuch ... ihre Schlüssel, die mit einem Stück Gartendraht zusammengebunden waren! Sie nahm den Draht, formte ihn zu einem Haken und angelte. Nach einigen Versuchen schaffte sie es, den Draht unter den Briefumschlag zu schieben und den Fang etwas nach oben zu ziehen. Beim zweiten Versuch konnte sie ihn mit den Fingerspitzen greifen. Jetzt bloß vorsichtig. Sie blickte sich um. Niemand zu sehen.

Die Sonne brütete über der kahlen, ausgedörrten Straße. Langsam nur hoben ihre Strahlen den bitteren Taxiqualm vom Asphalt. Die kleine runde Frau verstaute den Umschlag und lief los. Noch einmal blickte sie zurück. Wie ein ausgedörrter Tierkadaver im Wüstensand lag die Straße da.

Als die S-Bahn losfuhr, zog sie den Umschlag heraus. Ein brauner DIN-A4-Umschlag ohne Aufschrift. Squaw Hoffmann hielt ihre Nase daran. Wieder der herbe Duft. So also roch Vanessa. Oder ihr letzter Kunde.

Sie öffnete den Bogen und hielt ein kleines Videoband in der Hand. Keine Aufschrift, einfach eine kleine Kassette. Sie schaute aus dem Fenster, draußen war Stuttgart in Bewegung. Ihr Kopf aber war wie gelähmt. Wo? Wo könnte sie dieses Band anschauen? Oder sollte sie sich gleich wieder vor Vanessas Wohnung postieren? Was denn nun? Squaw Hoffmann war müde, und da bekam sie immer schlechte Laune. Sie hasste sich, wenn sie so auf andere Menschen traf. Jeder Satz ein Duell. Sollte sie sich nicht doch noch ein paar Stunden hinlegen? Die Wohnung im Stälinweg. Sicher würden auch Katja und Trester dort irgendwann auftauchen. Wenn ihnen nichts passiert war.

Trester, der eben das klarste und eindeutigste »Ja« von sich gegeben hatte, fühlte nun die vertraute Unordnung im Kopf. Alles war da, jeder Schraubenschlüssel, Zange, Hammer ... nur: Jemand hatte den ganzen Werkzeugkoffer auf dem Boden ausgeleert. Auf dem Boden knien, darin kramen, so war sein Gefühl. Der Erzabt und seine Dom-Baustelle der Gerechtigkeit. Diese große Idee.

Trester dachte an sein Philosophiestudium. Aufgegeben, für was Reales, die Polizei. Uni Tübingen. »Gerechtigkeitstheorien von Aristoteles bis zu John Rawls« hatte das Seminar geheißen. Schön war das, weil eben so klar. Endlich Antwort auf die zentrale Frage: Was ist Gerechtigkeit? Damals wusste er es. Wie ist man, wenn man gerecht ist? Damals glaubte er es zu wissen. Fast immer war Theorie schlüssig, weil, ja, weil pickepacke durchkonstruiert, entzweifelt. Dann aber rieb sich Theorie an Praxis, die Sau an der Eiche. Nein, das passte nicht! An seinem Leben rieb sie sich und erwies sich eben als Theorie, als etwas Anpassungswürdiges. Denken, Veredelung der Synapsen, gütige Evolution.

So eine Gerechtigkeit war eben nichts Starres. Und sie hatte so ihre Blickwinkel, Standpunkte, von denen aus sie dann gerecht war. Politisch vor allem, aber auch ganz egozentrisch, egomanisch, missbräuchlich. Jetzt mal ganz objektiv gerecht? Oho! Und weiter? Wieder über Gerechtigkeit nachzudenken kam ihm vor wie eine Trockenübung: Wir treffen uns heute Abend im VHS-Altbau, Raum 012, zur Skigymnastik ...

Der goldene Hirsch. Na der, von der Kuppel des Kunstgebäudes in Stuttgart. Wo kam der plötzlich her? Keine Zeit! Der Hirsch setzte an, zum Gedankensprung, überdeckte die Lücke oder den Weg, den Tresters Kopf eingeschlagen hatte. Er sprang so: Wer sich gegen die Zukunft absichern will, lebt doch in der Vergangenheit. Mit der Erfahrung das Ungewisse bekämpfen, statt es zuzulassen. So waren die Menschen. Alles wegkalkulieren, bloß nichts Unvorhergesehenes, damit es sie dann erst recht umbürstete, wenn es kam. Es könnte ja tief drinnen etwas nach Entwicklung schreien, sich vorbeimogeln wollen am Stillstand. Etwas rasselte da ganz fürchterlich. Trester erwachte während des letzten Zyklus seines Schnarchens. Er war wohl nochmal eingedöst.

Der Kiesweg. Diese hellgrauen Steine, die sich lauthals aneinander rieben, sich mit mahlendem Geräusch aneinander vorbeischoben. Sie holten ihn aus diesem nachklingenden

Fratzendiskurs. Ein paar Schritte lang hörte Trester nur seinen Weg. Das Gesicht des Erzabtes blitzte irgendwo im Kopf. Die Brüder, die Mönche würden helfen. Aber brauchte es jetzt noch Hilfe? War das Ziel nicht verfehlt? Die Aufgabe »Bring mir meine Mutter« war auf grausame Weise erfüllt. In einer Plastiktüte. Was sollte noch die Hatz? Sollten sie sich jetzt nicht stellen?

»Meine Mutter«. Monika Gütle, sie hatte nie aufgegeben. Wie stark sie gewesen sein musste. Dreißig Jahre auf der Flucht und dann der Tod? War das der Preis für die andere Sichtweise, für den radikalen, den unüblichen politischen Blick, den Glauben an ein Gerechtsein?

Es war doch richtig, die braune Kruste abzutrennen. Aber nicht mit der Bombe, sondern mit dem Skalpell, mehr ein Eingriff, eine operative Korrektur, keine Systemsprengung. Das war das Problem, das zentrale. Wer sich bekämpft, kann nicht gerecht handeln. Oder gibt es einen Gegner der Gerechtigkeit, also einen Kampf für die Gerechtigkeit? War das dann kein Krieg? Verdammt, Trester war da wirklich nicht weitergekommen! Er fluchte, trieb wütende Schritte in den Kies. Über sich selber erschrocken schaute er hinüber zum Kirchturm von St. Martin. Ein paar Tauben ruderten auf dem First der Kirche. Es war nach halb zwei. Mittagsruhe im Kloster Beuron, Silentium. Trester störte heute so wie damals, daran hatte sich nichts geändert. Das war sein Gefühl, als er den Essraum des Gästehauses betrat. Seine Wut gegen die Welt, seine fiebrig rumpelnde Unbeherrschtheit gehörte nicht an diesen Ort. Wo seit eintausend Jahren gebetet wurde. Für einen Frieden unter wechselnden Vorzeichen. Die Kirche, vor allem sie, hatte die Gerechtigkeit immer wieder radikal anders sortiert. Klar, den Teufel bekämpfen, das ist gerecht. Aber wer wählt den Dämon aus, nennt ihn beim Namen ...

Schlachtplatte aus der Klostermetzgerei. Katja und Pfleiderer gruben ein wenig darin herum und schwiegen. Fleisch, ein warmer Leib, das ging jetzt nicht.

»Schloß-/Johannesstraße«, kündigte eine Frauenstimme mit schwacher Modulation an. Nicht weit von hier war auch das Internetcafé. Ein paar Minuten gehen, das war jetzt gut. Ohnehin war sie vorher rausgerannt, ohne zu zahlen. Vielleicht konnte ihr ja der junge Mann aus dem Café helfen?

»Das ist eine Kassette aus einer Videokamera.«

Squaw Hoffmann nickte. »Können wir schauen, was da drauf ist?«

»Kein Problem, ich habe eine Kamera, wir können das Band ansehen.«

Der junge Mann kam mit einer kleinen handlichen Kamera zurück. »Alfred.«

»Wie bitte?«

»Ich heiße Alfred.« Er reichte Squaw Hoffmann die Hand.

»Anneliese Härle.«

»Oh.«

»Was denn?«

»Ich habe einen anderen Namen erwartet.«

Squaw Hoffmann grinste. »Ich ehrlich gesagt auch ... Alfred.«

Alfred klappte das kleine Display an der Kamera aus, spulte ein wenig in das Band hinein und drückte auf Play. Sofort erkannten sie Vanessa. Vanessa die Herrin, die Diva, ganz in schwarzem Latex. Zu ihren Füßen ein älterer Mann, ganz nackt, mit einem Hängebauch.

Ungeduldig rutschte Squaw Hoffmann vor dem kleinen Display hin und her. »Können Sie etwas weiterspulen?«

»Klar.«

Der Mann kniete jetzt zwischen Vanessas Beinen. Sie saß auf einem Bett und schaute streng auf ihn herab. Vanessas Befehle schepperten aus dem kleinen Plastiklautsprecher. Squaw Hoffmann rückte ganz nah an den kleinen Bildschirm.

»Warten Sie, Anneliese, ich schließe die Kamera an einen Computerbildschirm an. Dann sehen wir besser.« Alfred steckte ein paar Kabel um und kurz danach lief das Video auf einem großen Flachbildschirm weiter.

»Kleines Schwein, du sollst für deine Herrin grunzen.« Ein leises Röcheln war zu hören. Vanessa zog an der Kette, die der Mann wie ein Hund um den Hals trug, und stellte ihre Füße links und rechts auf seine Schultern. Der Mann stöhnte vor Schmerz, denn Vanessas spitze Stiefelabsätze bohrten sich nun in seine Brust. »Vanessa, Schatz ... bitte, ich ...« Vanessa zog erneut an der Kette. Jetzt erst hob der Mann den Kopf. Deutlich konnte man den Polizisten Martin Kühn erkennen. »Los, setz deine Maske auf«, scharf und blechern krochen Vanessas Befehle aus der Videokamera. Sie griff nach einer rosa Gummimaske, auf der ein Schweinekopf abgedruckt war, und zog sie Kühn über. »Willst du mit deiner Herrin Gassi gehen?«

»Stopp, das reicht.« Squaw Hoffmann versuchte die Geschichte einzuordnen.

Alfred spulte das Band zurück, nickte respektvoll und zog dabei die Augen zu Schlitzen, als ob er Vanessas Manager wäre. »Sie ist mächtig im Geschäft, Ihre Tochter.«

Squaw Hoffmann schaute aus dem Fenster, über die Straße zur Einfahrt. Gerade jetzt würden andere Herrinnen anderen Herren ihre Wünsche erfüllen. Göttinnen! Aber wer kontrollierte am Ende wieder das Ganze? Egal, Mensch, das brachte jetzt nichts. Sie hatte Mühe, Alfred in die Augen zu schauen. Je mehr sie mit ihm sprach, je mehr er ihr half, umso schwerer fiel es ihr, ihn zu belügen. Vanessa, ihre Tochter! Deshalb schaute sie nur flüchtig zu ihm rüber. »Können Sie mir davon eine Kopie machen?«

Alfred lächelte wieder. »Kein Problem.«

»Schnell?«

»Das Band ist sechzig Minuten lang, so lange wird es schon dauern.«

Irgendwas hatte Alfred noch gesagt, aber sie hatte es schon nicht mehr mitbekommen. Ihr Kopf erbrach Halbverdautes: Gedanken, zerfetzt und fehlgeleitet. Ein Gewitter, Kopforgie. Eindrücke paarten sich, trieben es wild mit alten Gedächtnisablagerungen.

Was sollte dieses Video hier? Was war das mit Kühn? Wer hatte das in Auftrag gegeben? Irgendjemand wollte den Polizeibeamten Martin Kühn erpressen. Seine Frau? Wollte sie ihn erpressen, damit er wieder zu ihr zurückkäme? Quatsch. Dann hätte sie wohl kaum Vanessa, seine Geliebte, dazu noch Domina, damit beauftragt. Dicker, zäher Teig rollte sich durch Squaw Hoffmanns Kopf. Zu viele Gedanken, zu wenig Brauchbares. Verkettungen? Mager. Weiter, los! Kühn war um die fünfzig. Zweiter? Nein, dritter Frühling! Verliebte sich in Vanessa. Für Vanessa aber doch nur eine Sau mehr im Schweinekoben. Oder? Polizist. Kein attraktiver Kunde, zu wenig Geld. Warum dann Kühn? Squaw Hoffmann schob ihr Stirnband hoch, rieb sich die Schläfen und stieß lange die verbrauchte Luft nach draußen. Sie hatte sich Notizen gemacht. Immer, wenn die Klarheit nicht kam, schrieb sie wild drauf los in ihr Notizbuch, bis sich eine Idee formte. Wer ist S. Baldini? Das-Band-muss-sofort-wieder-in-den-Briefkasten!

Kriminalkommissar Böses runder, breiter Kopf vibrierte vor Freude. Zwischen den Vorderzähnen zeichnete sich jeweils eine Zahnlücke ab, aus denen ein Speichelregen auf sein Gegenüber niederrieselte. »Oh, entschuldigen Sie, Röhle, Herr, ich freue mich einfach so auf unser Gespräch.«

Mit dem roten Gesicht und den lila Adern, die sich wie bei einer Feuerqualle durch seine Wangen trieben, war er ein fleischgewordenes Gemälde von Otto Dix. Nichts Karikierendes, nichts Dramatisches hätte dem LKA-Mann hinzugefügt werden müssen. Röhle saß dem Verhörspezialisten gegenüber. Ihre Knie stießen fast zusammen, kein Tisch trennte die beiden. Der kräftige Mann war an Händen und Füßen gefesselt. Ein fensterloser Raum. Kriminalkommissar Böse nickte Röhle zu und reichte ihm ein Papiertaschentuch.

Seine aufgeworfenen Lippen rollten nach oben bis zu den paradontoseumkämpften Zahnhälsen. Der LKA-Mann schien im Glück. Dann, als ob es ihm gerade eingefallen sei, fasste er sich an den Kopf. »Klar, Sie sind ja gefesselt.« Böse machte Anstalten, seinem Gegenüber das Gesicht mit dem Taschentuch abzuwischen, doch Röhle drehte seinen Kopf angeekelt weg.

Böse hob ratlos die Schultern. »Tja, eine Weile dürfen wir Sie ja befragen.« Böse leckte sich nachdenklich seine Lippen. »Ganz legal, alles hier.«

Röhle schwieg.

»Gewaltanwendung, auch um eine tiefe Schuld zu heben, das ist ja verboten.« Böse stellte sich jetzt direkt vor Röhle hin. »Aber was ist Gewalt, ist das körperlich?« Böse nickte: »Ja, nicht?« Seine schwere, gedrungene Gestalt wippte. Wieder schüttelte er sich vor Lachen. »Jetzt hat man Ihnen die Gewalt genommen. Ihre Kraft liegt in Ketten.« Böse tat so, als ob er eine Zwangsjacke tragen würde. »Wenn ich jetzt zu Ihnen schaue, nach unten, sehe ich Sie nicht mal mehr. Nichts mehr. Röhle, H-e-r-r, warum ist das so? Na? Weil da mein Bauch ist.« Böse lachte ausgiebig über seinen Witz, wusste, dass der Mann schweigen würde, zunächst. Aber Zeit war doch da, zuhauf, na also. »Keine Frau, keine Familie.« Böse zog eine Fernbedienung aus der Hosentasche. »Ein einsamer Tiger, oder doch nicht?« Er gab dem Beamer über seinem Kopf einen Impuls. Ein kurzes Schnaufen der Maschine, dann formte ein Lichtbündel Fotos auf der grauen, vernarbten Betonwand. Junge Männer, knackig und auffordernd, räkelten sich. Alle sechs Sekunden ein anderes Angebot.

»Der da oder der davor? Worauf stehen Sie, auf knackige, kleine Ärsche?« Böse hatte sich schnaufend neben Röhle gehockt, so dass er ihn jetzt im Profil sah. Röhle verzog keine Miene, starrte geradeaus auf die Bilder.

Der Beamte beugte sich ganz nah an das Ohr seines Gefangenen. »Ich sag Ihnen was. Für mich sind Schwule krank.

Sie stehen auf Schwänze. Das ist gegen die Natur.« Es folgte jetzt ein versöhnliches Hauchen: »Ich glaube aber, dass man sie heilen kann.« Böse richtete sich auf und nickte auffordernd, wobei sich seine Oberlippe wieder hochrollte und die Zahnlücken freimachte. »Sie müssen das nur wollen.«

Die Fotoreihe war die ganze Zeit weitergelaufen. Jetzt sah man Jungen, Kinder, die offensichtlich zu sexuellen Handlungen mit erwachsenen Männern aufgefordert wurden. Ein kleiner Junge, der auf einem Bett kniete und unschuldig den Hintern in die Luft streckte. Ein anderer, vielleicht vierzehn Jahre alt, lag nackt und breitbeinig auf einem Teppich. Das nächste Foto zeigte einen nackten Mann, dessen offenbar erigiertes Geschlechtsteil unkenntlich gemacht war. Der Mann beugte sich über einen kleinen Buben. Das Kind schaute mit leerem Blick in die Kamera.

Röhle schloss die Augen, ganz fest.

»Verdammt, oh nein, halt, stopp!« Mit theatralischer Geste, die Arme schützend ausgestreckt, als ob ihm der Teufel erschienen wäre, sprang der LKA-Mann zur Wand, an der die Fotos sichtbar wurden. »Das geht nicht, das ist, oh Gott, keinem zumutbar, nicht, wirklich keinem.« Mit dem Rücken zur Wand, die Arme ausgebreitet wie der Gekreuzigte, stand er nun da, als ob er die Bilder mit seinem Leib verdecken könnte. Wie in Trance rollte Böse mit den Augen, fast sah man nur noch das Weiße in seinen Augäpfeln.

Die Szene erinnerte an den Auftritt eines Stummfilm-Schauspielers. Die ganze Zeit über war ein Bild nach dem anderen zu sehen. Der Beamer warf Puzzleteile auf den schweren Körper des Kriminalkommissars. Zarte Kinderkörper krochen über das fette, schwitzende Gesicht. Ein paar Bilder verendeten so auf Böses Fratze, bis er plötzlich aus der Trance zu erwachen schien, die Augen scharf zog und auf Röhle zurannte. Der wuchtige Leib bremste direkt vor dem Gefesselten ab. So, als ob er gerade eine Bowlingkugel auf den Weg gebracht hätte und nun an einer imaginären Linie prüfte, ob der Wurf gelungen war.

»Aber wen ...«, er schrie das, so laut er konnte, »wen soll ich hier eigentlich vor was schützen?« Böse rang nach Luft, die Stimmbänder kratzten, das Folgende kam, als ob ihm ein Stück Kreide im Rachen steckte. »Dieser Dreck, das, das ... wir haben das von deinem Computer, Röhle, Herr.« Der Polizist stemmte seine kurzen Arme ins Hüftfleisch und schnaufte. Wie zwei gerupfte Hühnchen hingen seine Unterarme im Raum. Nackt, fast unbehaart, mit zarter, erregter Gänsehaut. Er war zufrieden mit seiner Dialektik, bereit für den Showdown. Ja, seine Auftritte hatten grausame Klasse. Hatten sie doch, oder! So gelassen er konnte, drehte sich Böse um die eigene Achse, blieb dabei mit dem Fuß an Röhles Stuhl hängen. Mit einem heftigen Ruck zog er sein Bein nach, so dass der Stuhl schlagartig nach hinten kippte und Röhle mit dem Hinterkopf aufschlug.

Wie in Zeitlupe drehte sich der LKA-Beamte verwundert um. »Das ... das war keine Absicht.« Wieder brüllte er, so laut er konnte. »So was lasse ich mir nicht unterstellen, Röhle, Herr. Nein! Ich habe mich entwickelt.« Böse hob den Stuhl samt Daniel Röhle wieder auf, war jetzt direkt hinter ihm und schlang seine Arme sanft, wie eine Geliebte, um den Gefesselten. Röhle versuchte sich mit hektischen Kopfbewegungen von seinem Peiniger zu befreien. Der Beamte wich ihm aus, ließ ihn aber nicht los. »Sch, sch, ruhig, mein Junge. Schau, jetzt kommen ein paar Bilder, die du noch nicht kennst.«

Röhle starrte auf die Fotowand. Schwarz-Weiß-Bilder. Erst eine Ahnung. Dann wie Blitze. Der Staatsanwalt. Die Schläge. Härter. Es tut so weh. Die Worte, Drohungen, schlagen ein. Daniel fühlt die Taubheit, wieder. Dann so leer. Nichts. Der Körper ist eingeschlafen, gelähmt, lässt über sich ergehen, erduldet. Wie eingesponnen. Ein Kribbeln an den Rändern, draußen der Körper, nur Hülle. Die Spinne vergreift sich an ihrem Opfer, der Mann macht sich zu schaffen. Stöhnen, Schmerz. »Lass mich, bitte!« Aber da sind noch mehr Bilder, immer mehr. Die Augen wieder auf. »Nein!« Zittern und Kälte, das Blut wie Tod.

»Ja. Wir waren vor Ihnen beim Extremistenanwalt. RAF, kalter Fall, unsere Arbeit. Schneidmann hat geholfen, wir haben auch geholfen, Ihre Bilder gefunden, Röhle, Herr.«

Daniel Röhle konnte das nicht mehr hören. Er war weg, sehr weit weg. Schweiß, Tränen, dann Erbrechen und Bewusstlosigkeit.

Wie ein Exorzist nach der Teufelsaustreibung betrachtete Böse seine Arbeit. Er sah zufrieden aus. Er war zufrieden. Hatte er nicht Gerechtigkeit im Sinne des Gesetzes hergestellt? Mit völlig entspanntem Gesicht schaltete Böse den Beamer aus und kratzte mit seinen dornigen Augen sanft über den vollgekotzten Körper. »Erst die Polka, dann die Katharsis. Die Reinigung, der erste Schritt zur Heilung, Röhle, Herr.« Ruckartig hob Böse seinen Kopf und stocherte mit den Augen in einer Ecke des Raumes. Dort oben hockte eine kleine hellgraue Kamera. »Kriminaler! Hey, Kollege Gut, das ist dein Mann jetzt!«

Vierzehn

»Fertig.«

Squaw Hoffmann zuckte zusammen. Sie hatte Alfred überhaupt nicht bemerkt. Sie nahm die Kopie und steckte das Original wieder in den Briefumschlag. »Ich danke dir ... Ihnen, Alfred. Ich werde ...«

»Hauptsache, Sie kommen wieder, Sie sind eine interessante Kundin. Und nett.«

»Ja.« Squaw Hoffmann stand in der Tür und hörte ihrem letzten Wort nach. Was für ein Blödsinn, dieses »Ja«. Sie drehte sich um und öffnete die Tür.

Alfred rief ihr nach: »Sie können bloß nicht lügen.« Er winkte. Sie konnte ihn durch die Scheibe sehen.

Das verdorrte Straßengerippe schien inzwischen ein Stück den Weinberg hochgekrochen zu sein. Auf der Suche nach Nahrung. Fast so, als ob es dort nach den winzigen, grünen Trauben langen wollte. Das Licht fiel hart auf die grauen Fassaden, die Fenster trugen schwarze ausgefranste Schattenränder. Schiefe Brillengestelle, die herunterschielten auf die kleine, runde Frau.

Die alten, buckligen Häuser, wie sie ihre offenen Beulen müde in die Straße hängten. Squaw Hoffmann hatte Mühe, sie auseinanderzuhalten. Einfach langsam gehen, bis die Erinnerung kommt. Gehen und schauen, bis ... Baldini. B-a-l-d-i-n-i, klingt wie der Damenduft eines Discounters, nur drei Euro fünfundneunzig. Ohne langes Zögern warf sie den Umschlag in den Briefkasten.

Als 30 Meter davor ein Parklatz frei wurde, holte sie ihren Golf und stellte ihn dort ab. Wieder warten. Oder? Ja. Warten auf S. Baldini.

Grabsteine, eine Mauer, Hecken, Bäume. »Ich hatte andere Bilder erwartet«, murmelte Trester. Langsam hatte das Entwicklungsbad seine Arbeit getan, die Belichtung wiederbelebt. Bilder aus der Vergangenheit auftauchen lassen.

»Ein Schwarz-Weiß-Film, extrem lichtempfindlich«, hatte Bruder Bertram erklärt, während er den Film aus dem kleinen Plastikröhrchen schüttelte und aufmerksam untersuchte. »Diese Agfa-Filme gibt es heute nicht mehr.«

»Dreißig Jahre«, hatte Trester leise gesagt.

»Ja, das könnte die Zeit sein.« Bruder Bertram arbeitete für den Beuroner Klosterverlag. Der Entwicklungsraum war ein Überbleibsel aus früheren Zeiten. »Ich gehe immer noch gerne mit den Bildern baden«, hatte er gesagt und war eilig vor Trester hergelaufen. Nur noch selten wurde der Raum für die Entwicklung alter Filme, meist aus dem hauseigenen Archiv, verwendet. Hier im Kloster lief auch längst alles digital.

Eine Totale des Gaisburger Friedhofs war jetzt zu erkennen. Nachtaufnahmen. Wie die Figuren eines Schachbretts ragten die kleinen Schatten empor. Das waren die Grabreihen, hinter ihnen, auf der anderen Straßenseite, stieg der graue Steinturm der Herz-Jesu-Kirche wie eine Rakete in die schwarze Nacht. Schmale Wege kreuz und quer über den Friedhof, die Ein- und Ausgänge, alles war sorgfältig Foto für Foto protokolliert. Die Schurwaldstraße, die Friedhofsausfahrt, der Abschnitt, auf dem der Polizeibeamte Andreas Kleemann erschossen wurde, die Stelle, an der sich das Leben von Monika Gütle entschieden hatte, war von allen nur denkbaren Blickwinkeln fotografiert worden. Jemand hatte die Aktion akribisch vorbereitet. Monika Gütle sollte hier wohl ganz sicher in die Falle gehen. »Oder wer sonst?«, dachte Trester.

»Das ist seltsam.« Bruder Bertram zog den Filmstreifen nachdenklich durch seine kurzen Finger und kniff dabei die Augen zusammen.

»Was meinst du?«

»Das sind nicht nur einfach Fotos, um der Fotos willen.«

»Ja, Bertram, das weiß ich auch. Wenn du wüsstest, was hier passiert ist ...«

»Nein, warte. Hier hat jemand nach dem optimalen Blickwinkel gesucht, um etwas zu zeigen.«

»Ja, das weiß ich doch.«

»Etwas ganz Bestimmtes.«

»Bertram, bitte.«

Bruder Bertram griff nach der zweiten Filmrolle, die nicht in einem Schutzröhrchen steckte. »Was ist damit, wir sollten sie auch entwickeln.« Ohne eine Reaktion abzuwarten, machte sich der Mönch an die Arbeit. Während er den Film im Entwickler schüttelte, mutmaßte er weiter. »Was ich meine, ist, dass die Fotos so gemacht wurden, als ob jemand einen bestimmten Ort gesucht hat.«

»Bertram!« Trester hatte ihn angebrüllt. Verdammt! Wieder hier, gerade hier konnte er sich nicht beherrschen, immer da, wo Beherrschung Gesetz war.

Bruder Bertram zuckte zusammen, redete aber unbeirrt weiter. »Amon, der Fotograf hat nach der Stelle gesucht, von der aus er etwas am besten beobachten konnte. Und vielleicht«, Bruder Bertram zog den Film vorsichtig aus dem Entwickler, »hat er es dann auch tatsächlich fotografiert.«

Der Privatdetektiv schwieg. Die Tat gewissermaßen als Beweismittel dokumentiert? Das traute er nicht mal der RAF zu. Das gab es doch nur bei Triebtätern, Perversen, die mochten vielleicht ihre Opfer, ihr grausames Werk dokumentieren.

Die Luft in dem kleinen Raum war verbraucht und roch jetzt sauer, nach Chemikalien. »Nichts! Da muss etwas reingelaufen sein. Der Film ist defekt, zeigt nur helle und dunkle Blasen. Völlig zerstört. Ich weiß nicht, ob ...«

»Lass, Bertram, ist gut, hab Dank, mein Lieber.« Trester strich dem kleingewachsenen Mönch mit der Rechten anerkennend über den Nacken.

Bertram zuckte mit den Schultern. Draußen schlugen die Glocken zum Abendgebet. Die Mater Dolorosa, die große Glocke, rief die Mönche aus dem Tal zusammen. Zeit für das lateinisch gesungene Abendgebet. Es war 18 Uhr.

In Gedanken sah Trester die Mönche aus allen Richtungen strömen. Schwarze, fließende Schatten, die ihre Plätze im Chorraum der Abteikirche einnahmen. Trester hatte es gemocht. Sehr. Wie sie die Hektik, die Arbeit mit liturgischen Weisen aus dem Tag vertreiben konnten, einfach so. Ruhe und Schweigen dann. Trester dachte an seinen Novizenmeister, Bruder Simon. Der hatte ihn in den ersten Wochen mehrfach zu sich zitiert, weil Amon nicht hatte ruhig sitzen können. Das Knarren im Chorgestühl, sein Knarren, fahre den Brüdern ins Gebet. Nach seiner Entlassung aus der Klinik hatte Trester die Beruhigungsmittel abgesetzt und hatte seither einen ganzen Bienenstock im Hintern. Die Tabletten, die Aufarbeitung seines Traumas, das wurde zu einem schiefen Mischding. »Ich habe geschossen. Ein Mensch wurde dadurch zum Krüppel ...« Das regte ihn so auf, immer wieder.

Päng! Trester hatte seine Idee von Gerechtigkeit verzockt. Die Pillen, die schufen Illusion. »Herr Trester, Sie können das nicht verarbeiten. Versuchen Sie aber damit zu leben«, hatte dieser Arzt gesagt. Die Therapeuten konnten ihn nicht aufrichten. Überhaupt hatte ihn die Klinik von jeder Gemeinschaft entfremdet. Gemeinschaft und Vertrauen und das Leben hatte er hier im Kloster wieder finden wollen ...

Bruder Bertram schlug die Kapuze seines Habits über den Kopf und eilte zur Tür der Dunkelkammer. »Wahrscheinlich ist es sogar die Kamera. Sicher hat sie etwas abbekommen. Hat es da geregnet oder war es dort sehr feucht?«

Die Kamera! Die hatte er ganz vergessen. Trester griff nach dem Rucksack und zog die Canon AE1 heraus. »Aber der erste Film, der war doch unbeschädigt!«

Bruder Bertram zupfte sich am Ohr. »Vielleicht, weil er zu einem anderen Zeitpunkt aufgenommen wurde, als die Kamera noch in Ordnung war.«

Das Objektiv und noch ein paar andere Metallteile waren mit einem feinkörnigen Rostfilm überzogen. Schwer lag die alte Spiegelreflexkamera in der Hand. Der Privatdetektiv versuchte sie zu öffnen.

»Was ist, kommst du mit?«, wollte Bruder Bertram wissen.

Trester war weiter damit beschäftigt, die Kamera zu öffnen.

»Amon?«

»Ich brauche einen Schraubenzieher ... und einen Hammer.«

Bruder Bertram schlug seine Kapuze wieder zurück und öffnete eine Schublade. »Einen Schraubenzieher habe ich, aber ...«

»Gib her.«

»Amon, kann das nicht warten, ich muss jetzt ... das Abendgebet.«

»Geh nur, ich komme schon klar.«

Trester nahm den Schraubenzieher und brach damit den verklemmten, angerosteten Deckel der Kamera auf. Sofort drängte der Geruch von oxidiertem Metall heraus. Bruder Bertram war gerade wieder an der Tür, als der Privatdetektiv ihn rief. »Schau mal!« Er hielt die aufgeklappte Kamera hoch, wie eine Trophäe. Ein Film klebte darin, die Blechummantelung hatte nur an der Oberseite Rostflecken, an den Rändern aber sah sie aus wie eine angekokelte Bratenkruste.

Der Film war offenbar noch nicht ganz voll. Trester spulte ihn vorsichtig mit der Kurbel zurück und nahm die Rolle heraus. Wieder das gleiche Fabrikat. »Wenn du mir den noch entwickeln könntest. Möglicherweise hat er in der Kamera besser überlebt.«

Pater Bertram lächelte. Genauso lange, bis die Glocken aufhörten zu läuten.

Trester schaute ernst. »Der Erzabt wird es schon verstehen … los jetzt.«

Die Frau hatte ihre Arme auf den Küchentisch gelegt. Schlanke Arme mit ersten Altersflecken und schmalen Händen daran. Lange Finger formten sich zu einer Art Schablone und überprüften den Sitz der Frisur. Eine tausendfach ausgeführte Bewegung. Ihre Haare schwarz und akkurat geschnitten, wie sie der Prinz auf der Prinzenrolle heute noch trägt. Nach einer Perücke sah das aus, alles so gerade. Dünne Falten zogen sich über Nase und Wangen, bildeten kleine Wellen. Die Augen fixierten einen DIN-A4-Umschlag, der vor ihr auf dem Tisch lag, auch ganz gerade. Die Frau trug schwarze Seidenhandschuhe und öffnete nun behutsam, fast feierlich den Umschlag. Ein kühler Blick auf eine kleine Kassette. Sie ging ins Wohnzimmer, steckte das Band in eine Videokamera und ließ es laufen. Fast unmerklich nickte sie. Wieder dieser Schablonengriff, die Korrektur der Haare. Sie hatte sich informiert. Mit eingeübten Handgriffen verband sie die Kamera mit ihren Videorecorder und drückte auf Aufnahme. Unbedingt brauchte sie hiervon eine Kopie.

Als die Aufnahme lief, hatte sie die Reste von gestern aufgewärmt und sich im Wohnzimmer an den Couchtisch gesetzt. Abendessen und zuschauen. Die Frau hatte erwartet, dass sie keinen Bissen runterbringen würde. Doch seltsamerweise hatte sie großen Appetit, fast gierig schob sie das Kalbsfrikassee in den kleinen geschwungenen Mund. Sie hatte sich sogar einen Trollinger dazu aufgemacht und gleich ein paar kräftige Schlucke genommen. Kalt fuhr das Licht des Fernsehbildschirms über ihr Gesicht. »Goldlockige Nymphen waren ihre Dienerinnen, Göttinnen wie sie«, flüsterte die Frau, als ob das Orakel von Delphi in sie gefahren wäre. Dann musste sie sauer aufstoßen.

Wieder zog Bruder Bertram den Film durch die kurzen Finger. Auf diesem war auf jeden Fall etwas drauf. Bilder, die schemenhaft Menschen zeigten. »Das sieht aus wie mit dem Teleobjektiv aufgenommen und ...«

Trester schob den Mönch beiseite, schnappte sich den Film und ließ ihn durch seine Finger laufen. »Eine schnelle Folge von Bildern, kurz nacheinander gemacht.« Trester bemühte sich, die Gestalten zu erkennen. Eine Uniform war deutlich zu sehen. Polizeibeamte. Dann waren ein paar Negative fleckig, mit großen Schlieren überzogen, völlig zerstört, und dann wieder folgten ein paar brauchbare. »Kannst du hiervon schnell Abzüge machen?« Der Privatdetektiv lief jetzt kurze Bahnen, wie eine Raubkatze im Käfig. »So groß es geht.«

Der Mönch kramte nach Fotopapier und kurz danach winkte er mit einem flachen Karton im DIN-A4-Format.

Wenig später hatten sie die großformatigen Schwarz-Weiß-Fotos auf einem Tisch im Nebenraum ausgelegt. Insgesamt acht Fotos hatten sich entwickeln lassen. Der Rest war unbrauchbar. Vermutlich hatte der Fotograf wesentlich mehr Aufnahmen gemacht, doch die waren für immer verloren.

Die beiden schwiegen und betrachteten angespannt die Bilderfolge. Das erste Bild zeigte eine Art Draufsicht. Der Polizeibeamte Andreas Kleemann lief mit gezogener Waffe auf einen VW Variant zu. Das zweite Bild, deutlich näher herangezoomt, zeigte die junge Monika Gütle, wie sie mit erhobenen Händen auf den Polizeibeamten Kleemann zuging. Dann fehlten zwei Bilder. Hierfür legte Trester jeweils ein weißes Blatt zwischen die Bildfolge. Auf dem dritten Bild lief Monika Gütle mit nach vorne ausgebreiteten Armen auf Kleemann zu. Offenbar redete sie auf den Polizeibeamten ein, der nun seine Dienstwaffe nach unten hängen ließ. Foto Nummer vier war stark verwackelt und sehr grobkörnig, man konnte aber sehen, wie Monika Gütle dicht bei dem Polizeibeamten Kleemann stand. Während Andreas Kleemann den Kopf rechts nach hinten gewandt hatte, versuchte Monika offenbar mit beiden Händen nach seiner Waffe zu greifen.

Trester ließ den entwickelten Film erneut durch die Finger gleiten. Verdammt, direkt nach dieser Aufnahme waren ganze vier Negative unbrauchbar.

Bruder Bertram nickte und ergänzte die fehlenden Fotos durch vier weiße Blätter. Das fünfte brauchbare Foto zeigte Monika Gütle, wie sie den blutigen Kopf des niedergeschossenen Polizeibeamten Kleemann im Schoß hielt und gleichzeitig eine Waffe auf seinen Kollegen Martin Kühn richtete. Bild Nummer sechs war eine Naheinstellung auf den Polizisten Martin Kühn, der wütend mit der Waffe herumfuchtelte. Gut zu erkennen an der Unschärfe des rechten Armes, die in Richtung Hand zunahm. Dann noch einmal fast die gleiche Einstellung. Nur stand jetzt ein junger Mann hinter Kühn. Er hatte dem Polizeibeamten mit einer Waffe auf den Kopf geschlagen.

Das Foto zeigte, wie Kühn gerade in sich zusammenbrach. »Der da«, Trester hing jetzt über dem Bild, auf dem der junge Mann zu sehen war, »ist Christoph Mohr.« Der Privatdetektiv wandte sich zu Bruder Bertram, als ob der sein neuer Streifenpartner wäre. »Immerhin, RAF-Terrorist Mohr bei einer Straftat. Bisher hatte man ihn nicht als Tatbeteiligten identifizieren können, man hat das nur angenommen.« Trester ging noch näher an das Foto. Die langen Haare, der wilde Bart, die Augen tot, schon damals. Er dachte an die Bilder von Mohrs Festnahme, sein Gebrüll, seine Drohungen. »Wer mit dem Schweinesystem fickt, wird zurückgefickt.« Wieder musste er jetzt an diesen Satz, an Mohrs herausgeschleuderten Hass denken. Sicher, die halbe Welt hatte den Mann gefürchtet ... Trester verdrängte diese Gedanken, indem er seine Aufmerksamkeit auf das letzte Foto richtete.

Da konnte man wieder Monika Gütle sehen. Sie war aufgesprungen, sah aus, als ob sie gerade losrennen würde. Eine Tasche unter den linken Arm geklemmt, wahrscheinlich mit den heißbegehrten Dokumenten, die den Staatsanwalt als Sexualstraftäter entlarven sollten.

»Fertig.« Bruder Bertram riss Trester aus seinen Gedanken. »Mehr haben wir nicht.« Der Mönch zog eine große beleuchtete Lupe heraus und fuhr damit über die Bilder. Stopp! Der Lichtstrahl bündelte sich auf dem Abzug, auf dem Monika den Kopf des Polizisten im Arm hielt. Der Ordensbruder nahm das Bild auf und drehte es leicht in der Hand. Lichtblitze reflektierten immer wieder auf der glänzenden Oberfläche. »Die junge Frau, Tränen ... warum weint sie?« Bruder Bertram schaute über seine linke Schulter hinauf zum Privatdetektiv.

»Ich weiß nicht, vielleicht, weil sie unter Schock stand, nachdem sie auf den Kleemann geschossen hatte und ihn da liegen sah. Sie war sicher keine kaltblütige Mörderin.«

Bruder Bertram schüttelte den Kopf. »Nein, das da ...«, der Geistliche drehte seinen Kopf leicht hin und her, als ob er so die Perspektive des Fotos verschieben, tiefer eindringen könnte. »Das ist wie ein Heiligenbild. Schau doch.« Bruder Bertram deutete die Haltung an und bewegte dazu die Lippen. »Sie hält ihn im Arm, fast wie die Mutter Gottes ...« Der Mönch warf einen kurzen Blick auf das Kruzifix über der Tür und hielt dann das Foto wie ein Kreuz, genau vor Tresters Augen. Er wollte jetzt Bestätigung. »Es ist Trauer, es drückt ihren Kummer aus.« Die Augen des Mönchs spiegelten diese Ergriffenheit.

Trester langte nach dem Bild. Nachdenklich fuhr er mit der Hand darüber. Immer wieder. Dann schloss er die Augen, fühlte, versuchte hineinzuhören. Waren da Geräusche? Töne? Erzählte da was? Nichts. Der Privatdetektiv öffnete die Augen und schaute direkt in das Gesicht von Bruder Bertram, der ihn erwartungsvoll beobachtet hatte.

»Pfleiderer ist abgehauen, er ist weg.« Die Tür war aufgeflogen und Katja schoss herein. Ihre Wut spie ätzenden Staub, wie bei der Sprengung eines Steinbruchs.

Direkt hinter ihr stand Erzabt Raphael Bränder. »Amon, das geht so nicht.« Mit einer energischen Bewegung schob er sich an Katja vorbei und war bemüht, sie nicht zu berühren. »Diese junge Frau stürmt schreiend durch unser Kloster, als sei es ein Fußballstadion. Kaum je hat eine Frau das Innerste der Erzabtei betreten, ich ...«

Katja war inzwischen an den Tisch zu Trester und Pater Bertram getreten, hatte die aufgereihten Fotos entdeckt. Ruhig, als ob sie noch nicht fassen konnte, was sie da sah, blieb sie stehen. Zwischen den Fotos lagen Zeichnungen, Skizzen, die offensichtlich fehlende Fotos ersetzen sollten. Daneben lag ein ganzer Stapel mit schnell hingeworfenen Bleistiftskizzen, Kreise mit Namen darin, Pfeile, die in verschiedene Richtungen führten, die Abläufe simulierten, angefangen, durchgestrichen, übermalt, verworfen und zerrissen.

Trester stellte sich neben Katja und legte den Arm um sie. Sofort stieß sie ihn weg und schaute die Bilder an, immer wieder.

»Jemand hat die Nacht dokumentiert.« Trester wollte ganz langsam erklären, Stück für Stück.

»Jemand? Du meinst Pfleiderer, dieses feige Schwein.«

»Das ist nicht sicher, sicher ist aber, dass ...«, Trester schaute zu Bruder Bertram, »wir denken, wir sind uns sicher, dass deine Mutter nicht auf den Polizeibeamten Kleemann geschossen hat.« Trester hielt jetzt das Bild des Polizeibeamten Martin Kühn in der Hand. Das Foto, auf dem er wütend mit seiner Waffe herumfuchtelte. »Wir glauben, dass dieser Mann auf ihn geschossen hat. Sein eigener Kollege.« Der Privatdetektiv machte eine kurze Pause und schob dann dessen Namen nach. »Der Polizeibeamte Martin Kühn.«

Noch einmal folgte Katja der ausgelegten Bilderreihe, betrachtete die ergänzenden Skizzen, schüttelte abwesend den Kopf und nahm dann ein Foto in die Hand. Es zeigte ihre Mutter, wie sie den blutüberströmten Kopf des sterbenden Andreas Kleemann im Schoß hielt.

Oft hatte sie sich das vorgestellt. Wie sie im Leib ihrer Mutter, einer gesuchten Verbrecherin, umhergereist war. Die schwangere Frau auf der Flucht. Ihr Bauch, der sich wie zum Trotz immer bedrohlicher, angriffslustiger allen Feinden entgegenwölbte. Die nächste kriminelle Saat lauerte da doch schon im Bauch! Jetzt betrachtete sie dieses Bild. Da unten, unter diesem Sterbenden, unter diesem Kopf, unter diesem Blut, wuchs sie gerade heran. Blinde Zeugin eines Mordes. Sie stellte sich vor, wie das Blut in den Leib ihrer Mutter gesickert war, und dachte an ihre roten Haare, die jetzt schwarz waren.

Katja spürte das kalte Kribbeln im Nacken, es kroch zu ihr hoch in den Kopf, bis sie nichts mehr sah, dann knickte sie zur Seite weg. Eine schwarze Tulpe, die einen Tritt gegen den zarten Stiel bekommen hatte.

Es waren nur ein paar Sekunden, aber die waren nötig. Katja wirkte aufgeräumt, als sie die Augenlider wieder hochzog. »Erklärt mir das!«

Trester nickte und konzentrierte sich auf den Zeitabschnitt, in dem der Schuss gefallen sein musste. »Dieses Bild, deine Mutter läuft mit ausgebreiteten Armen auf Kleemann zu. Kleemann lässt die Waffe nach unten hängen. Er ist sich offenbar sicher, dass von deiner Mutter keine Gefahr ausgeht.« Der Privatdetektiv unterbrach seinen Vortrag. »Katja, ich mache das jetzt kurz ...«

»Nein, nein, du erklärst mir das ganz genau. Ich will das wissen! Alles.«

Trester deutete auf die Zeichnungen, die nun die fehlenden Bilder ersetzten. »Wir haben es lange probiert ... dann haben wir von hinten angefangen.« Trester griff erneut nach dem Bild, auf dem Monika Gütle den Kopf des sterbenden Polizisten im Arm hielt. »Hier, die linke Gesichtshälfte deiner Mutter ist mit Blutspritzern übersät.« Er reichte ihr eine Lupe. »Das hat mich stutzig gemacht. Wenn sie aus nächster Nähe auf Andreas Kleemann geschossen hätte ... das Blut hätte sich anders auf ihrem Gesicht verteilt.« Trester nahm ein leeres Blatt und zeichnete einen Kreis, der von einem Geschoss getroffen wurde. »Ich bin darin kein Spezialist. Aber die Streuung der Blutspritzer müsste, wenn überhaupt, eher kreisförmig um das Eintrittsloch verteilt sein. Der Schütze dürfte also wenig davon abbekommen haben.«

Der Privatdetektiv nahm das Foto von Martin Kühn in die Hand. Die Aufnahme, auf der er mit seiner Waffe herumfuchtelte. »Kein Blut, das Gesicht von Kühn ist sauber. Aber hier«, Trester deutete auf Kühns rechte Hand, »hier sind viele Blutspritzer.«

Katja hatte sich die Fotos unter der Lupe angesehen. »Warum hätte Kühn seinen Kollegen erschießen sollen?«

»Das wissen wir noch nicht.« Trester nahm die Zeichnungen in die Hand, die sie direkt vor dem sterbenden Andreas Kleemann eingereiht hatten. »Monika ging auf Kleemann zu, stand nun dicht bei ihm. Offenbar redeten sie miteinander. Hinter Kleemann tauchte Kühn mit gezogener Waffe auf. Er war bis dahin am Einsatzwagen gestanden.« Trester hob eine Zeichnung auf. »Kühn tritt näher heran und greift plötzlich nach Kleemanns Waffe. Kleemann dreht sich überrascht zu ihm um. Deine Mutter greift ein, will sich auf Kühn stürzen. Andreas Kleemann steht dazwischen. Kühn drückt ab und ...« Der Ermittler machte eine kurze Pause, fuhr dann erneut über das Foto, auf dem Monika Gütle den sterbenden Kleemann im Arm hielt. »Martin Kühn hat ihm von vorne in den Kopf geschossen. Das Blut tritt hinten seitlich am Kopf aus, das sind die Spritzer auf dem Gesicht deiner Mutter. Die Bilder dazwischen, das ist der wahrscheinliche Ablauf, schlüssig, aber nicht zwingend ...«

»Dreißig Jahre, und sie hat nichts getan. Sie konnte es nicht mal mehr erleben, dass ...« Katja spürte wieder dieses Kribbeln im Nacken, nein, nicht wieder. Sie atmete tief ein und aus, wartete, bis die kleinen hellroten Flecken vor den Augen verschwunden waren. Warum starrten sie plötzlich alle an? »Was, was ist denn?«

Trester traf den Blick des Erzabtes, der die ganze Zeit schweigend hinter ihnen gestanden war. »Pfleiderer kann nicht weit sein, ich habe den Autoschlüssel.« Trester wartete auf eine Antwort, die nicht kam, füllte schließlich die Stille. »Pfleiderer war auf der Suche nach diesen Bildern und ich dachte, es gehe ihm um die Röhle-Fotos, die ...«

Der Erzabt richtete sich auf und spannte seine Lippen, bis weiße Risse hervortraten. Er ließ seine Augen sinken. »Dieser Mann ist ohne Hoffnung.« Erzabt Raphael Bränder wandte sich an Pater Bertram. »Hol die Brüder zusammen. Im Kapitelsaal. Subito!«

Fünfzehn

Er war die Treppen hochgestiegen. Langsam. Feuchte, kühle Luft zog von der jungen Donau hoch. Die Glieder schmerzten, seine Kniegelenke waren wieder entzündet. Links am Eingang litt der Sohn am Kreuz. Er streifte die gewaltige Bronzestatue mit steifen Fingern, hörte dem seltsam hohlen Geräusch nach und betrat die Klosterkirche St. Martin. Die Stille hier machte jetzt keine Angst mehr, er spürte innere Ruhe. Innen gab es nur sparsames Licht, Kerzen in Bewegung, ewiges Licht. Draußen, vor den Fenstern, stand noch ein gares Stück violetter Dämmerung. Sein Blick streifte die Deckengemälde, Geschichten von Heiligen, konsequent durchgeführt, die Beuroner Kunstschule. Da vorne der Hochaltar. Maria wird gerade gekrönt. Das mag gut sein.

Wie auf Schienen zog es ihn durch die Sitzbänke, scharf links die Gnadenkapelle. Das war die richtige Stelle. Wie eine Schutzglocke spannte sich das Apsisgewölbe über ihn. Schön, direkt vor ihm, gleich über dem Kreuz, die Pietà. Trauer und doch Gewissheit – Gnade. Schaute sie ihn an, prüfte sie ihn? Er setzte sich auf den Boden, schrieb etwas in seine linke Handfläche. Noch einmal schaute er hoch zu Maria, wie sie Ihn im Arm hielt, ihren Weltenbummler, den Gerechten. So lässt es sich gut Ade sagen. Trauer und Gewissheit. Die Waage. Dann schluckte er die Kapsel und wartete.

Es brannte, Wände lösten sich auf, der Magen platzte, Säfte verschmolzen machtvoll miteinander, sein Körper konnte dagegen nicht an. Implodierender Leib. Das Blut wollte nicht mehr im Kreis gehen, die Lungen krampften, die Zunge wollte raus, weiter ... weiter ... Gegen die innere Erstickung gab es keinen Widerstand. Aber da schaute doch jemand zu ihm herab, oder?

Der Erzabt sah ihm zu, beim Sterben. Die letzten Sekunden. Und betete still. Für ihn, Pfleiderer. Er war nicht alleine. Ein fester Biss noch und der Körper verdrehte sich zu einer Schraube.

Noch nie hatte der Klostervater einen Selbstmörder gesehen. Brüder, die man pflegte, die dann aus dem Leben schieden, alt und krank, die Hand in seiner ruhend. Aber so zu gehen ... Dieser Mann hatte keinen irdischen Weg mehr gesehen. Der Erzabt ließ die Glocken von St. Martin läuten.

Die Mater Dolorosa trieb ihre Trauer durch das Donautal. Ein langsam ertrinkender Widerhall über dem lebendigen, jungen Fluss. Die Mönche hatten sich eilig vor der Klosterkirche eingefunden. Trester bahnte sich den Weg, rannte die Treppen hoch, vorbei an dem großen Bronzekruzifix. Drinnen, in der Gnadenkapelle, kniete der Erzabt vor dem Toten und sprach das Gebet. Als er geschlossen hatte, richtete er sich auf und drehte sich um. Der Privatdetektiv stand wenige Meter entfernt ihm gegenüber. »Amon Trester, ist das dein Weg?«

Trester wich den Augen des Erzabtes aus und hörte sich reden. »Jan Karl Pfleiderer hat so viel Schuld auf sich geladen, dass er nicht mehr konnte.« Auch Trester betete nun, es floss einfach so raus.

> Oh great creator of being
> grant us one more hour to
> perform our art
> & perfect our lives

Ein paar Zeilen von Mr. Jim Morrison, dem singenden Poeten, die er, auch schon fast im Jenseits, geformt hatte: An American Prayer. »Nur ein kleines bisschen mehr Zeit«, flüsterte der Privatdetektiv.

Trester trug Handschuhe, hielt eine Taschenlampe in der Hand. Er wollte am Erzabt vorbei.

»Amon, wer hat ihm seinen Ausweg verstellt, sag es mir!«

Trester nickte und versuchte gleichzeitig, am Erzabt vorbeizukommen. »Du willst über Schuld sprechen?« Trester leuchtete nun in das Gesicht des Erzabtes. »Mir alles zumuten, ich, immer ich, ich habe die Schuld, bin ich denn der Einzige? Warum immer ich? Was ist das ...? Ich kann das nicht, aus! Will das nicht ...« Wieder schrie Trester, konnte nicht an sich halten. »Das hier ist das Leben, kein heiliger Fahrplan, Raphael.« Der Privatdetektiv beugte sich über Pfleiderer und begann ihn abzutasten. Wie bei einem Pferd, dessen Gebiss er untersuchen wollte, griff er dem Toten in den Mund. Die Zunge, dick und aufgequollen, wuchs ihm entgegen. Trester schob sie beiseite, um die Backen zu betrachten. Hellrote Schleimhautblutungen, eine Vergiftung. Trester schob die Lider nach oben, leuchtete in die Augen, auch hier waren starke Rötungen. Gleich danach prüfte er die Hände. Weiße knochige Finger mit dünnen blauen Würmern unter der Haut. Starke Kontraktionen hatten die Hände zu Klauen entstellt. Der Privatdetektiv drehte Pfleiderers linke Hand so, dass er die Innenfläche betrachten konnte. Da stand etwas. Klein und krakelig, die Linien vom Schweiß leicht angefressen. »Verzeih, vivat Maria«, las er.

Katja lief am Erzabt vorbei, blieb aber sofort stehen, als sie Pfleiderer am Boden liegen sah.

Raphael Bränder hatte die eintreffenden Brüder nach draußen geschickt und wandte sich nun wieder Richtung Gnadenkapelle. »Amon Trester, du hast eine Stunde Zeit, um die Erzabtei St. Martin zu verlassen. Danach werde ich die Polizei rufen.« Hatte der Erzabt das gesagt oder hatte Trester sich das nur eingebildet?

Es roch nach Erbrochenem. Deshalb und weil er fror, wachte er auf. Jemand machte sich an ihm zu schaffen, band ihn los. Daniel Röhle öffnete die Augen. Ein schmaler Mann mit freundlichen Augenringen reichte ihm eine Schüssel mit Wasser und ein Tuch. Doch er konnte nicht danach greifen, alles war taub. »Möchten Sie einen Kaffee?«

Röhle schüttelte den Kopf.

»Wasser?« Er nickte. Weil seine Arme eingeschlafen waren, ließ er sich das Glas an den Mund führen. Langsam kam er zu sich.

Gut setzte sich auf den Stuhl, auf dem zuvor sein Kollege gesessen hatte. »Ich bin gegen diese Art und Methodik. Das werden Sie mir nicht glauben, aber das ist so.«

Der LKA-Beamte Gut sah freundlich aus, ehrlich und aufrichtig, nichts deutete auf einen Hinterhalt hin. Aber einem Bullen vertrauen, da konnte man sich ja gleich selbst die Kugel geben. Andererseits musste man irgendwann jemandem vertrauen oder wenigstens das Gefühl haben, es zu können, weil man sonst verrückt würde ... Misstrauen ist Wahnsinn und Vertrauen Unsinn.

»Ich habe hier einen Zigarillo für Sie, die mögen Sie doch, oder?« Röhle nickte, alles war jetzt recht, um den schlechten

Geschmack loszuwerden. Er dachte an die letzten Stunden. Mit Böse. Dieses Schwein! Dieser Staat und dessen Gehilfen, sie nannten sich demokratisch. Aber wie brutal, wie bestialisch griffen sie ein. Bis sie ihre Gerechtigkeit beisammen hatten. Da war dann auch Vergewaltigung recht. Erst körperlich und dann auch noch mal seelisch, getrennt und gemeinsam. In einem aber hatte Foltermeister Böse recht. Daniel Röhle fühlte sich auf eine sonderbare Art erleichtert und befreit.

Gut zündete sich ebenfalls einen Zigarillo an. Das schuf Gemeinschaft. »Nach allem, was Ihnen angetan wurde, Herr Röhle, könnte ich verstehen, dass Sie den Rechtsanwalt Schneidmann getötet haben, haben Sie, nein, nicht?«

Gut paffte nur, er war kein Raucher, er genoss eher den Kult. »Sie sind gar kein Mörder, ich bin mir, na ja, fast sicher. Sie haben ihn bedroht, ja, das wohl. Mit Ihrer Kraft, Ihrem starken Körper.«

Röhle nickte.

Böse strich dem athletischen Mann sanft über die muskulöse Schulter. »Dieser Anwalt, er war ja auch der Rechtsbeistand von Christoph Mohr.«

Wieder nickte Röhle.

»Der Mann sah keinen Ausweg, nicht?«

Aus Daniel Röhles Gesicht schossen jetzt Tränen. Er versuchte das sofort in Ordnung zu bringen, wischte sich wild über die Wangen. »Schneidmann hat gesagt, dass er die Unterlagen nicht rausgeben dürfe. Mohr würde ihn sonst töten lassen. Außerdem hätte er sie auch nicht hier in der Kanzlei.«

»Haben Sie ihn geschlagen?«

»Das war nicht nötig. Er zitterte am ganzen Leib, Schneidmann hatte Todesangst. Ich habe es mit Alkohol versucht, hab ihn abgefüllt, Cognac. Nichts, er sagte nichts. Dann zog er plötzlich ein Bündel Visitenkarten aus einer Schublade, ging sie durch und legte eine kurz auf den Tisch. Es war die von Pfleiderer. Das Schwein hat die Bilder gemacht ...«

»Und die Tabletten?«

Röhle schluchzte, wie ein kleines Kind, zog die Nase hoch. »Nicht von mir. Ich hab die Kanzlei gefilzt, nichts. Hab ihn so sitzen lassen.«

Kriminalkommissar Gut war aufgestanden und lehnte jetzt an der Betonwand, in die die Fotos eine tiefe Wunde gerissen hatten. Gut hatte die Hände auf dem Rücken verschränkt. Der Beton war kalt, und seine Hände spürten die Poren darin, kleine, schwarze Löcher, mit dünnen Häuten darüber. Der Beamte bohrte mit dem Zeigefinger in eines der Löcher. »Rechtsanwalt Schneidmann war vollgepumpt mit einer Designerdroge, eigentlich ein hartes Aufputschmittel.«

Er löste sich jetzt von der Wand, strich sich über die Hände und griff in seine Rocktasche. »Sein Herz ... wir haben ihn so«, Gut hielt jetzt ein Foto vor sich, »in der Badewanne gefunden.« Das Bild zeigte einen aufgedunsenen, nackten Körper. Schneidmann musste viele Stunden so gelegen haben, die Haut, grünlich weiß, war an der Oberfläche völlig zersetzt. So sah der Mann noch unförmiger aus, eher wie eine Gruselpuppe aus einem Scherzartikelladen. Gut schaute Daniel Röhle mitleidig in die Augen und lenkte die Mundwinkel nach unten.

Röhle war wieder blass geworden. Dennoch, oder gerade deshalb, zog er heftig an seinem Zigarillo.

»Das Beweismaterial, Abzüge, das, was Sie gesucht haben, war in einem Bankschließfach. Sie hätten da nie Zugang bekommen. Es gestaltet sich folgendermaßen: Herr Rechtsanwalt Schneidmann hat ganz nebenbei sein eigenes Geschäft gemacht. Er hat den Staatsanwalt Dr. Hagen Herber mit den Bildern, mit Ihren Bildern erpresst.« Gut lief nun auf Röhle zu. »Aber nun sind beide tot. Ich danke Ihnen für Ihre Offenheit.« Der Polizist deutete eine schwache Verneigung an und verließ den Verhörraum mit flinken Schritten. Gerade so, als ob er nun schnellstens seinem Harndrang nachgeben müsste.

Sie hatte mal gut ausgesehen. Gewiss, sie war keine Schönheit gewesen. Doch es gab immer genug Bewerber, außerdem hatte sie ja noch andere Qualitäten, die bindend waren. Überhaupt, Schönheit verging. Die Gesichter glichen sich im Alter an. Die Hässlichen schienen schöner, als ob sich ihre Makel dann in den Falten verschanzen dürften, und die Schönen kamen ihnen mit jeder Falte näher ... Ausgleichende Gerechtigkeit?

Andererseits, was konnten die wirklich Schönen dafür, dass man ihnen nachstellte, sie vergötterte, sie feierte, liebte und belästigte? Die Frau betrachtete sich im Spiegel, während sie konzentriert die Lippen nachzog. Kräftiges Himbeerrot. Passte gut zu ihren schwarzen Haaren. Ja, Monika hatte ihn ihr ausgespannt, damals. Das konnte man nicht verzeihen, obwohl sie eigentlich nur gelächelt hatte, die Monika, aber das reichte eben bei ihr. Doch was dann geschah, dass war für keinen, auch für sie nicht zu fassen. Wie sie dann da vor der Tür stand, die Monika, wie ein hungriger Wolf, dieser unruhige Blick. Ja, sie wollte ihr glauben, hatte ihr geglaubt und ihr schließlich ihre Hilfe zugesagt. Sie war ja jetzt auch nicht mehr schöner, besser und was sonst noch. Sie waren wieder wie Schwestern, wie damals, als alles gut war.

Den Kopf etwas nach unten neigen, das ist vorteilhafter. Wegen der Nasenlöcher, das hatte ihr mal ein befreundeter Fotograf geraten, auch so ein ewiger Anwärter. Tja! Die Augen? Den Lidstrich ein wenig, nicht zu viel, nachzeichnen. Heute konnte sie sich gut sehen. Heute war der Spiegel Freund. Ein guter Tag! Noch mit dem Schablonengriff übers Haar, ja, und gut ist's.

Squaw Hoffmann hatte die Frau nur von hinten gesehen. Die schwarzen, gerade geschnittenen Haare – war da nicht sogar ein bläulicher Schimmer? Wie sie den Briefkasten öffnete, den Umschlag herausnahm und in der Haustür verschwand. Gerade jetzt, eine Stunde später, ging die Tür wieder auf, und die Frau bog nach links in die Straße ein, so dass sie direkt an Squaw Hoffmanns Golf vorbeikam. Sie trug einen eleganten schwarzen Hosenanzug, hohe Pumps, und darin steckte ihr schlanker Körper. Aus der Sitzposition im Auto war ihr Gesicht nicht so genau zu erkennen. Aber Squaw Hoffmann bekam einen kurzen Blick auf das Profil der Frau, wie ein Scherenschnitt. Er zeigte eine immer noch schlanke Frau, doch wölbte sich der Unterleib vor. Ein kleiner tiefliegender Bauch zeichnete seine Fracht darüber. Nur zwei gebrochene Wellen am Jackett. Das war der Körper einer älteren Frau. Auch, wenn die sich gut im Griff hatte. Und was Squaw Hoffmann noch sah: Sie trug, trotz des warmen Herbsttages, schwarze Seidenhandschuhe. Im rechten Außenspiegel konnte sie dem geübten Gang nachstaunen. Diese Frau war es gewohnt, auf Highheels zu stolzieren. Eine Akrobatin.

Squaw Hoffmann schaute auf ihre ausgetretenen Mokassins, ihre Überbeine hatten es anarchisch getrieben in den letzten Jahren. So verschieden waren die Menschen. Sie arbeitete sich aus dem Autositz, stieß dabei klingend mit dem Ellenbogen an die Tür und folgte mit schmerzgespanntem Ausdruck ihrem Beobachtungsobjekt.

Die Stadtbahnlinie 4 hatte sie ausgeworfen und nun kreuzte die schwarze Frau quer über die Königstraße, arbeitete sich durch nervöse Menschenwolken, kaufgeil und büromüde. Vor der Hauptpost, am Rande der Stuttgarter Prachtmeile, warf sie einen DIN-A4-Umschlag in den Briefkasten, um kurz danach wieder im Leib der nächsten Stadtbahn zu verschwinden. Das war zu schnell. Squaw Hoffmann sah sie noch, mit verschränkten Armen stand die Frau an der Bahntür, flog an ihr vorbei. Der Stadtzug hatte den Untergrund schon mit warmem Windhauch verlassen. Aufgeregtes Quietschen wirbelte in der Tunnelröhre.

Circe

Es ist schön, ein Mythos zu sein. Ihn zu leben. Macht haben und ein wenig Furcht verbreiten. Auch Angebetete sein. Wenn ich durch meine Stallungen wandle und all die kleinen und großen Schweine dort sehe, ja, das erfüllt mich mit Stolz. Wie sie mir mit ihrem Gegrunze aufgeregt huldigen. Meine Glückseligkeit ist dann nah. Der Zauber, flammende Königin, sie ist erregend, diese Herrschaft. Ich kann richten.

Ah, aha ... so? Mein Volk grunzt nur? Na was, was beherrschen denn andere Herrscher mehr? Ich frage euch allen Ernstes. Welches Volk dieser Welt kann mehr als das? Und wo geht es gerechter zu? Ich bestimme das Leben auf meiner Insel und damit ist es gut. Wölfe und Löwen streichen mir um die Beine. Meine Armee. Soldaten, Gefolgsleute, sonst immer eine Gefahr, für jeden Staat. Diese aber sind nicht Überzeugte oder Söldner, sondern Verzauberte, nur so kann man sich seiner Regentschaft sicher sein.

Meine Ministerinnen, meine süßen, goldgelockten Nymphen, sie können sich nicht retten vor Unterwerfern. Wie sie sich verausgaben für das Wechselspiel von Macht und Erniedrigung. (In diesem Moment wirft Circe einen roten Apfel in den Schweinekoben. Die Schweine stürzen sich wie toll darauf.) Töten würden sie einander für den süßen Schmerz, der Erste zu sein.

Sie alle, Handelsreisende, Richter und Gelehrte, schon unten im Hafen müssen sie sich entscheiden. Ob sie der großen Zauberin dienen wollen. Für immer!

Ich habe ewiges Leben, ich bin eine Göttin, die stößt man nicht vom Throne.

Odysseus? Ach ja, mein tapferer Seefahrer. Ich ... wir sind ein Stück weiter als die Vorlage, die Welt hat sich gedreht. Dieses Mal ist kein Kraut gegen mich gewachsen! Moly, ich kenne deinen Namen, aufgepasst. (Circe geht ab, mit wehendem Gewand).

Monika G.
Jetzt bin ich tot. Mal wieder. Für die Welt, für die anderen. Und eben doch nicht tot. Wer so oft gestorben ist, kann nicht mehr richtig leben. Aber ganz tot sein eben auch nicht. Außerdem ist da eine Aufgabe, die Mission. Man hört erst auf,

wenn man sein Werk verrichtet hat. Gewähre uns noch eine Stunde, unsere Kunst vorzuführen, huch!

So habe ich es gelernt, in der Schule. In meiner Zivilgesellschaft, die alles Andere, vor allem das Anderssein mit militärischem Eifer bekriegt, führt man etwas zu einem guten Ende. Zum ersten Mal werde ich nun meine Grenzen und meine eigenen guten Regeln überschreiten. Das ist dann nicht mehr gerecht. Oder, aber ... Zumindest bringt es etwas an den Tag, eine alte schmerzhafte, verdammte Ungerechtigkeit.

Wie gerne hätte ich ein Leben geführt. Das Normale getan, mit meiner Tochter. Meine Tochter. Aber ich war für dich ein Fluch. Eine Last, ein wütendes, verzweifeltes Erbe. Zumindest der Wundbrand wird danach, nach meiner Aufgabe, gestillt sein. Was bleiben wird, ist eine große hässliche Narbe. Ich tue es für dich, Katja. Nur!

Squaw Hoffmann war dem Untergrund entstiegen und stand nun wieder vor dem Königsbau. Sie setzte sich dort auf die Steintreppe, betrachtete das anarchische Leben in ihren Mokassins und sah dann die vielen trappelnden Füße der vorbeiwehenden Passanten. Der Himmel stand vor einer Entscheidung. Regen oder bloß weitreichendes Grau? Das beschleunigte die Frau mit den Indianerzöpfen.

Ein Telefonat. »Nuntius, alter Seelenkämmerer. Hast du einen Moment für mich? Ich brauche deinen Kopf.« Sie hatte das Handy fest ans Ohr gedrückt und blickte angestrengt in den Himmel. »Und vielleicht auch dein Herz.«

»Wir haben gerade Gesprächskreis«, kam es trocken.

»Nuntius, bitte!« Sie hörte den Therapeuten atmen. Sekunden vergingen.

»Gut, einen Moment.« Er stand jetzt im Garten und wartete. »Ja.«

»Ich brauche jemanden, an den ich hinreden kann. Die letzten Tage ...«

»Sag mir, was du gerade denkst. Du willst doch das Dialogische, also ...«

»Sie ist tot, Monika ist tot. Dabei war sie doch schon so lange tot für uns. Dann hat sie wieder gelebt und jetzt ... Nuntius, ich weiß nicht warum, aber ich kann nicht aufhören zu suchen.«

»Was suchst du, was ist es?«

«Ich weiß nicht, das ist ein Gefühl, nein ... Quatsch, ich handle nur.« Squaw Hoffmann fing still an zu weinen, nur mit den Augen.

»Möchtest du vorbeikommen, wir sind gerade ...«

»Nein, warte, ich kann nicht, was sagt dir der Name Circe, rede einfach mit mir, ja?«

»Circe?«

»Ja, sag einfach.«

»Na, griechische Mythologie. Zauberin, Göttin. Hat die Freier, die auf ihrer Insel landeten, in Schweine verwandelt. Moment, da gab es so ein Kraut ...«

»Moly, ja.« Squaw Hoffmann schniefte. Plötzlich stand eine Frau im Bankerkostüm und kess gebundenem Seidenhalstuch vor ihr und hielt ihr mitleidig lächelnd einen Euro hin. Sie schüttelte nur den Kopf und versuchte, sich wieder auf das Gespräch zu konzentrieren.

»Mit dem konnte sich Odysseus vor ihrem Zauber schützen. Circe ist dem Seefahrer dann verfallen, oder?«

»Mhm.«

»Anni, was ist?«

»Das bringt nichts.«

»Aber, ich meine, du bestimmst die Richtung, nicht ich ...«

»O.K., Nuntius, danke, aber ... ich bin so allein, wie noch nie ... ich ...« Squaw Hoffmann wurde von Weinkrämpfen geschüttelt, der Körper krampfte, als ob er ein bestimmtes Programm wiederkehrender Zuckungen beschreiben müsste.

Nuntius Müller stand immer noch in seinem Garten und betrachtete die herannahende, dunkle Wolkenwand. Der Wind trieb sie direkt auf die Heidelberger City zu.

»Therapeut«, schluchzte Squaw Hoffmann, »bist du noch da?«

Nuntius Müller schwieg, er grübelte.

»Nuntius, das ist wirklich nicht fair ...«

»Es gibt da einen Psychoanalytiker, ein Schwede, viele betrachten ihn als Spinner, aber ...«

»Nuntius! Was soll das jetzt? Verdammt, ich brauche keinen ...« Squaw Hoffmann war aufgestanden, durchbrach den Strom der Fußgänger Richtung Neues Schloss. Der Körper musste jetzt Energie ausschütten, Wege suchen.

»Arne Therwaldson, er spricht vom Circe-Syndrom, es gibt da eine Studie, die ...«

»Eine Studie, weiter ...«

»Seine Theorie besagt, dass Menschen, die lange verfolgt und unterdrückt wurden, das Circe-Syndrom entwickeln können. Durch die andauernde Verfolgung verändert sich das Bewusstsein. Ein grundsätzliches Misstrauen gegenüber den Menschen stellt sich ein. Ein Wahn entsteht. Weil das der Verstand auf Dauer nicht aushält, schafft er sich Ruhepausen. Erst durch Verdrängung, dann durch Abspaltung von Teilen des Bewusstseins, der realen Welt. Eine spezielle Form der Schizophrenie, möglicherweise als Überlebensstrategie. Hinzu kommt die erlebte Unterdrückung, die ab einem bestimmten Punkt in ihr Gegenteil umschlagen kann ...«

Wie eine Schamanin, die man nach den Dreharbeiten für einen Fantasyfilm vergessen hatte einzusammeln, stand sie jetzt mitten in der Fußgängerzone. Passanten umspülten ihren runden Körper. Ein Fels, der sich in einem Fluss behauptet. Squaw Hoffmann versuchte, sich weiter auf Nuntius' Worte zu konzentrieren.

»Therwaldson hat Frauen untersucht, die jahrelang für verschiedene Geheimdienste tätig waren. Weltweit, aus fast allen westlichen Spionageeinrichtungen ...«

»Halt, stopp, was heißt ... du hast gesagt: in sein Gegenteil umschlagen kann? Was bedeutet das?«

Nuntius Müller hatte den Faden verloren, sammelte sich wieder. »Es ist eine Form der körperlich nicht begründbaren Psychose. Früher hätte man wohl Spaltungsirresein dazu gesagt.«

»Nuntius, bitte einfacher, klarer, bitte!«

»Therwaldson sagt, dass es unter besonders schwerwiegenden disharmonischen Bedingungen ... also das Ganze muss einen Schwellenwert überschritten haben, dann ... dann dreht sich das um. Vereinfacht gesagt: Der Gejagte wird zum Jäger oder besser zur Jägerin.«

Squaw Hoffmann nickte. »Monika, wenn sie, solange sie gelebt hat, auf der Flucht war, dann ...« Jemand hatte sie angerempelt. »Nuntius, es gibt da einen Club, ein SM-Studio, Club Circe. Ich meine, ich weiß nicht ... könnte Monika nicht ...«

»Anneliese«, Nuntius Müller machte eine Pause, die offenbar beruhigend wirken sollte, »Monika ist tot, man hat ihren Leichnam gefunden, sie wurde identifiziert, das haben sie in sämtlichen Nachrichten gebracht ...«

Squaw Hoffmann versuchte, ihren letzten Gedanken zu retten. »Weißt du, jemand will den Polizisten, diesen Kühn, der bei der Schießerei damals dabei war ... jemand will ihn erpressen, jemand aus diesem Circe-Club, das ist doch seltsam, nicht?«

»Das ist es, sicher.« Nuntius Müller zog seine Tunika zu, die Wolken brachten jetzt kühle Luft. Er ging auf das Haus zu. Durch die Fensterfront im Erdgeschoss konnte er die Gruppe sehen, seine Gruppe, wie sie wartete, im Stuhlkreis. »Ich bin Therapeut, auch ein Ermittler, aber kein Detektiv, Anneliese.« Er hatte einfach aufgelegt.

Fast gleichzeitig entleerten sich die Grauwasser über der Königstraße. Harter, dichter Regen brachte die Fußgängerhorden auf, trieb sie unter die Dächer. Squaw Hoffmann ließ sich mittreiben. Ihre rechte Hand zuckte ein wenig. Sie drückte die Wahlwiederholung und presste das Telefon gegen ihr nasses Ohr. Ohne abzuwarten, sprach sie ihren Gedanken aus. »Ein grundsätzliches Misstrauen gegen die

Menschen stellt sich ein. Was soll das? Hat sie denn wirklich niemandem mehr getraut? Ohne einen Menschen, da wird man doch verrückt.«

Nuntius Müller schien sich zu ordnen, vielleicht überlegte er sich auch, ob er überhaupt antworten sollte.

Squaw Hoffmann ärgerte sich über sich selbst. Verrückt, ja, das hatte Nuntius doch auch gesagt. Spaltungsirresein. Also mal verrückt sein, dann wieder nicht, oder wie war das dann? Mal in der einen Person, mal in der anderen Person gefangen?

Eine abgesprengte Gruppe hatte sich unter der Bedachung eines Geschäftes verschanzt. Der war sie gefolgt und schaute nun dem schäumenden Regen zu.

Nuntius Müller hatte ins Handy geschnauft, so dass die Lautsprechermembran sich am andern Ende überschlug. »Menschen vor dieser Zeit, vor unserer gemeinsamen Zeit. Vielleicht aus ihrer Kindheit und Jugend, Schule, ich weiß nicht. Vielleicht auch ihrer Mutter mag sie noch vertraut haben.« Er hatte wieder aufgelegt.

Sechzehn

Der Volvo wiegte sich in Kurven, stöberte in den Organen des Donautals. Die Straße, eine schwarze dicke Schlange, die sich durchs Jura bohrte. Weit weg leuchteten noch ein paar mondsüchtige Kreidefelsen, ansonsten war nur Schwarz.

Wieder war Trester dem Glauben an die Gerechtigkeit entkommen. Nicht einschlafen! Ein paar Synapsen schleuderten einander Fragmente zu. So was: In der Aktion, im Rausch legte das Böse seine Kleider ab und erschien gut, weil so beherrschend. Das war ein Problem. Wie ein Gangsterpärchen auf der Flucht. In einem geklauten Auto. Aktion war Stärke, bestärkte und gab vorübergehend Recht. Stalin gegen Hitler, Bonnie für Clyde, Baader für sich und ein bisschen Ensslin ... Alles Gangster. Klar, man tat ja eigentlich Schlechtes für das Gute. War es gut, wenn ein Schlechter starb, oder war es einfach nur schlecht, wenn ein Guter starb? Das Gute konnte ja auch das Schlechte befördern. Die Augen des Erzabtes feuerten mahnend dazwischen. Mahnen, immer mahnen, das konnte er, von seiner Wolke herab. Nichts tun war auch schon weltgefährdend erfolglos, mein Lieber ... tun aber auch, leider. So befühlte Trester seinen Kopf. Eine ganze Stunde lang.

Katjas Körper drückte gegen den Sitzgurt, die Lichter der Straßenlaternen schlugen gegen ihre Wangen. Als sie die Weinsteige hinunter in den Stuttgarter Kessel rollten, zitterte da unruhig das Lichtermeer. Ein umgekippter Sternenhimmel. Odysseus mit seinem letzten Mann an Bord, der eine Frau war. Da kommt man leicht vom Kurs ab. Trester dachte an einen Satz von Aristoteles: »Die Mitte ist das Gerechte.« Aha, da macht es sich einer einfach in seiner Klarheit. Sicher, wenn man weiß, wo was ist, geht die Mitte als Ziel in Ordnung. Und das kommt dann raus, wenn man den ganzen Tag nur denkt und einen kein Leben dabei stört. Ohne Einmischungen ist ein Gedanke ganz prächtig ... da kann so einer vielleicht überleben ...

»Trester, was tun wir?« Katja sah in den Kessel.

Trester schaffte am Ruder, steuerte direkt in das Sternenmeer. »Wir treffen die Squaw, unsere letzte Verbündete.«

Sie hatten Pfleiderers Volvo in einem Parkhaus gegenüber dem Hauptbahnhof abgestellt, waren in die U15 gestiegen, wieder aus dem Kessel aufgetaucht und hatten die Bahn an der Haltestelle Geroksruhe verlassen. Das Kunstlicht in der Bahn hatte geblendet, ihre Gesichter ausgeleuchtet. Jetzt kroch da wieder die Dunkelheit, machte blind, zwei Maulwürfe, die sich aneinander rieben.

Eher eine dunkle Schneise als eine Straße war der Gablenberger Weg, den sie nun immer wieder abbremsend herunterstolperten. Zwischen zwei Hecken, die wie der Eingang zu einem Labyrinth wirkten, stand das Straßenschild. Stälinweg.

Die Frau hatte sich verkleidet. Aber als was eigentlich? Als ältere Frau oder so. So wie man dann wohl aussah, wenn man nicht auffallen wollte. Eine Bluse, einen Rock, fleischfarbene Strumpfhosen, einen Mantel drüber und unten rum ein paar flache Pumps. Komisch sah sie aus, fand sie. Sie hatte ihre kräftigen Beine, die festen Waden betrachtet, als sie die Treppe zum Wohnstift Weitblick nahm. Die Haare hatte sie zu einer Art Dutt zusammengebracht und sich sogar die Lippen und die Augen angemalt. Jetzt bestieg sie diese fremde Welt. 20 Uhr, hier war schon die Nachtschicht zugange.

»Ilse Gütle? Erster Stock«, hieß es, und die Frau nickte. Sie klopfte an die Tür. Von drinnen waren Nachrichtengeräusche zu hören, ein Fetzen Tagesschau. Die Frau klopfte fester. »Ja, Moment bitte«, war zu hören, dann ging das Türschloss und Ilse Gütle schaute die Frau fragend an.

Squaw Hoffmann hielt ihr die Hand entgegen. »Ich bin Anneliese Härle, eine Freundin von Monika, wir haben zusammen studiert und ...«

»Kommen Sie.« Ilse Gütle schien nicht überrascht, schlurfte an den Wohnzimmertisch, zeigte einen Schmerz im Gesicht und ließ sich langsam ins Sofa zurückfallen. »Eine Freundin?«

»Ja, das ...«

»Freundinnen helfen einander, nicht?«

Squaw Hoffmann schwieg.

»Haben Sie Monika geholfen? Hat sie Ihnen zu danken?« Ilse Gütles kleine Hände ruhten auf ihrem Schoß und waren doch unentwegt in Bewegung. Kurze Bahnen, wie kleine Pleuelstangen, die ihren vorgezeichneten Weg nehmen mussten. Sie schaute ihre Besucherin auffordernd an. »Aber was heißt da schon helfen, nicht?«

Squaw Hoffmann stand immer noch vor dem Sofa, wie ein kleines Mädchen, das darauf wartete, dass man ihm einen Platz anbietet. »Nein, wir hatten uns aus den Augen ... wir haben uns nicht mehr gesehen.« Hinter ihr lief immer noch die Tagesschau, nur der Ton war jetzt abgestellt. Bilder aus Afghanistan, offenbar ein Anschlag auf deutsche Soldaten.

Ilse Gütle zeigte auf den Bildschirm und setzte sich. »Tote, überall Tote. Wenn man sich einmischt, gibt es Tote, wenn nicht, dann ... auch, ein Dilemma.« Ihre wässrigen blauen Augen schauten wieder zu der Besucherin. »Was wollen Sie? Wissen Sie, ich hatte in der letzten Zeit nur von der Polizei Besuch, mehrmals. Es ist unheimlich, wenn nur noch Offizielle kommen. Das ist vielleicht so am Ende, aber ...«

Sie machte eine kleine Pause und schaute wieder auf den Fernseher. »Jetzt ist auch noch meine Enkeltochter Katja verschwunden.«

»Ich erwarte sie bald.« Squaw Hoffmann hatte aus Gewohnheit nach ihren Zöpfen gegriffen, um sie nach hinten zu werfen, und griff ins Leere. »Katja und ein Privatdetektiv, der sie unterstützt, müssten bald wieder in Stuttgart eintreffen.«

»Wirklich?«

Squaw Hoffmann wollte jetzt fest daran glauben. »Ja, das ist sicher.«

»Das ist schön, grüßen Sie meine Enkeltochter bitte von mir.«

»Frau Gütle, Sie können mir helfen.«

»Ich, helfen?«

Squaw Hoffmann war jetzt vor der alten Frau in die Hocke gegangen und schaute sie beschwörend an. »Monika, hatte sie gute Freunde, eine enge Beziehung, irgendwelche Menschen, in der Schulzeit zum Beispiel?«

Ilse Gütle hatte beiläufig nach der Fernbedienung gegriffen und den Fernseher ausgeschaltet. »In der Schulzeit? Das ist, wissen Sie, wie lange das her ist?«

»Was ich meine, ist, haben Sie vielleicht ein paar Bilder, Fotos, manchmal erinnert man sich dann wieder?«

»Es gibt ein Album, mit Monikas Bildern. Da, in der Kommode unter der Flimmerkiste.«

Squaw Hoffmann erhob sich. »Darf ich?«

Die alte Frau nickte, beobachtete aber jeden Handgriff ganz genau. »Nein, nicht das, es ist das rosablaukarierte.«

Squaw Hoffmann zog ein stoffbezogenes Fotoalbum heraus, strich sorgsam mit der Hand darüber und öffnete es. Auf der ersten Seite war mittendrin ein Foto eingeklebt, das ein zierliches Baby zeigte. Darüber stand in einem Halbkreis mit schnörkeliger Schrift geschrieben: »Hurra, es ist ein Mädchen. 3225 Gramm«. Und darunter: »Monika Maria Gütle, geboren am 22. September 1950.« – »Eine Herbstbotin, schon immer.«

»Wie?«

»Ach, es ist nur ...«

»Kommen Sie, setzen Sie sich zu mir. Wir wollen gemeinsam schauen.« Ilse Gütle war auf dem Sofa ein Stück nach rechts gerückt. Als sich Squaw Hoffmann neben sie fallen ließ, sanken beide noch etwas tiefer, kippten leicht zueinander.

Ilse Gütle griff nach dem Album und fing einfach an zu erzählen. Ein Mann in Uniform, ein US-Soldat, Monikas »Erzeuger«, hatte sich sauffreudig in den Vietnamkrieg verabschiedet und war nie mehr aufgetaucht im Leben der Gütles. Neues Abenteuer, neue Frau oder tot. Nichts mehr! Geblieben waren seiner Tochter Monika die erobernden Augen und die feine Nase. So ein bisschen Genroulette des großen Wolkenschiebers eben. Der Vater ein Schatten, der immer kleiner geworden war.

Squaw Hoffmann war dem Vortrag der alten Frau zunächst gefolgt, Bild für Bild, hatte sich darauf eingelassen, zwischendrin, wenn es um eine Tante oder allzu entfernte Verwandte ging; wenn sich die Familie in ihrer Zerrissenheit aufstellte, hatte sie ihre Augen durch das vollgestopfte Zimmer geschickt und hatte das Leben des Alters gespürt. Ein Blick in eine vorgestellte Zukunft, die Squaw Hoffmann jetzt beschwerlich, ja bedrohlich schien. Das Leben in Auflösung. War das so, steckte man dann in der Vergangenheit fest, in der Wiederholungsschleife, verbrauchte die Gegenwart für das Gestern, weil ja auch das Morgen nichts Neues mehr versprach, einfach alles zerbröselte?

Absurd, dass man gerade diese wenige verbleibende Zeit der Vergangenheit schulden sollte. Genauso galoppierten die Gedanken über Squaw Hoffmanns innere Bühne. Die Ohren aber folgten weiter dem eingeübten Vortrag.

»Ich war so stolz, als Monika aufs Gymnasium kam. Wir waren ja aus einfachen ... und ich als alleinerziehende Mutter ... mittellos ... das war schon schwer. Aber es war eine gute Zeit. Monika war eine gute Schülerin ... wir waren ...« Monikas Geschichte aus der Sicht der Mutter zog vorbei, gefiltert, geschönt, geklärt, erklärt. »Die Abiturfeier«, die alte Frau fuhr mit ihrer kleinen Hand über das Klassenfoto der 13a. »War sie nicht verdammt hübsch?«

Squaw Hoffmann nickte beiläufig und gefällig, schaute sich das Foto an. »Wer war ihre beste Freundin? Oder hatte sie einen Freund?«

»Einen Freund, nein, das wäre nicht gegangen, schauen Sie, ich als alleinerziehende Mutter ...«

»Aber eine Freundin, welche ist es?« Squaw Hoffmann schaute sich das Klassenfoto erwartungsvoll an, betrachtete die Mädchen, die um Monika herumstanden.

Das Gesicht von Ilse Gütle wurde grau. Als ob sie gerade an etwas Schreckliches denken musste. »Ich kann mich nicht erinnern.« Die alte Frau klappte das Album zu und legte es vor sich auf den schmalen Wohnzimmertisch.

»Sie hatte keine Freunde? Das kann doch nicht sein.« Squaw Hoffmann griff erneut nach dem Fotoalbum.

»Lassen Sie das.«

»Bitte? Ich verstehe nicht ...«

»Monika hatte in ihrer Klasse keine Freunde, fertig, aus und basta.« Ilse Gütle zitterte, war aber weiter bemüht sich nichts anmerken zu lassen. »Gehen Sie jetzt bitte.«

»Frau Gütle, ich dachte, Sie wollen mir helfen? Es geht um Monika.«

»Monika ist tot. Meine Tochter hat jetzt endlich Frieden, noch ein paar Wochen und dann ...«

»Frieden, das nennen Sie Frieden, eine Frau, die ...«

»Sandra Baldini.«

Squaw Hoffmann schaute die alte Frau überrascht an.

»Na, ihre beste Freundin. Sandra Baldini. Sie ist nicht auf diesem Klassenfoto.«

Squaw Hoffmann verstand immer noch nicht.

»Monika und Sandra waren bis zur 12. Klasse zusammen. Monika musste die Klasse wiederholen.«

Squaw Hoffmann stutzte. »Sie haben sich geschämt, weil Monika die Klasse wiederholen musste.«

Ilse Gütle hatte das Album wieder aufgenommen und blätterte. »Hier, Monika und Sandra. Bilder von der Klassenfahrt nach Paris.« Das Foto zeigte zwei junge Mädchen, die die Köpfe zusammensteckten und in die Kamera grinsten. Hinter den beiden wuchs der Eiffelturm in den blauweißen Himmel. Monika, ihr Gesicht noch etwas rundlicher, die Züge noch nicht so ausgeprägt. Ihre Schönheit schälte sich aber schon heraus. Neben ihr Sandra, ein Mädchen mit kurzen schwarzen Haaren. Frech, niedlich sah sie aus, aber wohl eher der Typ guter Kumpel. Vielleicht waren die Jungs bei ihr mutiger. Direkt davor steckte ein Foto der gesamten Klasse 12a, aufgestellt wie ein Chor waren sie, auf einer steilen Treppe. Squaw Hoffmann erkannte die Kirche im Hintergrund, das war Sacré-Coeur, Montmartre.

»Diese Sandra, wissen Sie, was die heute macht?«

»Nein, mit den beiden war es nach Monikas Sitzenbleiben schlagartig vorbei. Als ob sie nichts mehr miteinander zu tun haben wollten.« Die alte Frau fing an zu weinen. »Wissen Sie, Monika hatte einfach die Leistung verweigert, war nicht mehr wiederzuerkennen. Als ob sie absichtlich sitzen geblieben wäre.«

Squaw Hoffmann zeigte auf die Fotos. »Kann ich mir die beiden ausleihen? Sie kriegen sie garantiert wieder.«

Ilse Gütle löste die Fotos aus dem Album und hielt sie für einen kurzen Moment prüfend in die Luft.

Sie hatte woanders geklingelt, um ins Treppenhaus zu gelangen. Jetzt drückte sie auf die Klingel direkt neben der Wohnungstür. Drinnen, im Wohnzimmer, saß Bärbel Kühn, und ihr schmaler Körper zuckte zusammen. Es lief doch ihre Ratesendung. Und wenn ihre Sendung lief, dann fühlte sie sich wohl. Weil man da Aufgaben lösen konnte. Weil etwas eine Auflösung haben konnte. Wieder klingelte es. Wieder ein Zucken, jetzt aber schon etwas leichter. Auch Störung ist ja Gewohnheit, nicht? Bärbel hatte ein paar Tabletten genommen, zwei abends, das brachte eine Atempause.

Die 100 000-Euro-Frage, da konnte man schon was mit anfangen. Früher hatte Martin immer davon gesprochen, vom Wegziehen, von Mallorca. »Warte mal, bis die Kinder aus dem Haus sind und ich in Pension gehe, dann ...« Bärbel lächelte über sich, über ihre Naivität, über ihr ganzes verdammtes Warte-mal-Leben. Jetzt klopfte es, mit dünnen Knöcheln. Nein, das war nicht Martin, das wäre dumpfer, fleischiger, da hätte die Tür schon gewackelt. Er würde auch nicht zurückkommen, der war weg, hatte sie verlassen, für immer. Und doch stand da Martins Fernsehsessel, als ob der auf ihn warten würde. Die Armlehnen aufgerieben, weil er sich daran abgearbeitet hatte, wenn er die Politik, die Nachrichten, den Staat, die Welt und all das kommentierte, Gut und Böse voneinander schied, ihnen das Leben erklärte, seins und Bärbels. Rechts gut, links schlecht, das hatte auch der Sessel so erlebt. Links war die Lehne tief vertikutiert. Jahrzehntelanger Widerstand, Opposition, Aufstand aus dem Wohnzimmer, rein in den Eichenschrank, da wo die Fernsehbilder rauskamen.

Alles machten die falsch, wenn nur er ... Wie lange war das her? Wenige Wochen. Nein, vor wenigen Wochen war er ausgezogen. Weg war Martin Kühn da ja schon längst, sein Herz hatte sich davongeschlichen.

Noch mal ein Klopfen, jetzt mischte sich ein wenig Metall hinein. Ein Ehering oder ein Schlüssel. Vielleicht Frau Binder, die alte Nachbarin, sie brauchte Hilfe, ihr Mann war ...

Halt, konzentrieren, die nächste Aufgabe. »Kommen wir gleich zur letzten Frage: In welchem Jahr wurden die Vereinten Nationen gegründet?« 1945, flüsterte Bärbel und richtete sich auf. Sie wartete nie, bis die vier unterschiedlichen Antworten eingeblendet wurden. Niemals!

»Richtig, 1945, das sind hunderttausend Euro, gratuliere.« Ach, wie gut das Lob des Moderators tat, ein Mann mit Charme, und diese wunderschöne Krawatte. Bärbel klatschte in die Hände, wie ein Kind, lief zur Tür und öffnete.

Die Frau schaute auf sie herunter, mindestens einen Kopf war sie größer. Bärbel guckte automatisch auf ihre Füße, ja, die Frau trug hohe, hochhackige Schuhe. Sie machten sie größer, als sie war. Extrem spitze Pfennigabsätze. Die Frau schaute immer noch auf sie herunter, machte gleichzeitig einen Schritt in die Tür. Bärbel trat automatisch einen Schritt zurück.

Die Frau dachte: »Was für schöne große braune Augen. Kleine Audrey Hepburn, gleich wird das Reh sich ins Dickicht schlagen, ich muss dich einfangen.«

Bärbel versuchte die Frau aus der Tür zu drängen, doch sie war stärker.

»Ruhig, ganz ruhig«, sagte die Frau, »ich muss mit dir reden.« Sie schob sich in die Wohnung, schloss die Tür hinter sich und umarmte Bärbel. »Das wird schwer, aber es muss sein, sei ganz ruhig.« Die Frau wiegte Bärbel in den Armen, während sie ihr ins Ohr flüsterte, und Bärbel überkam ein seltsames Gefühl. Angst und Zuneigung vermischten sich. Die Frau ließ sie nicht los, blies ihr ins Gesicht, redete einfach weiter. »Hör mir gut zu.« Sie ließ einen Moment verstreichen und schaute ihr dann in die Augen. »Ich kannte deinen Mann.«

»Martin ist nicht mehr ...«

»Nein«, die Frau lächelte freundlich. »Andreas, ich kannte Andreas.«

Bärbel löste sich vorsichtig aus den Armen der Frau. Sie verstand nicht. Der zierliche Körper, die hohlen Wangen, die großen runden Augen. Wie ein Kind, das Hilfe von der Mutter erwartet, stand sie nun da und drehte den Kopf flehend zur Seite.

»Ich kannte Andreas gut, war mit ihm zusammen ... wie Monika, halt stopp, warte doch ...« Da schlug sich das Reh doch ins Dickicht, als ob es einfach nur wieder in den Ratewald zu flüchten brauchte, um dort im Lichtkegel des Fernsehers weiterzuäsen. »Das geht jetzt nicht mehr, mein Mädchen. Du kannst nicht dein ganzes Leben unschuldig sein.« Die Frau sagte das in einem schroffen, sehr bestimmenden Tonfall. Dann schaltete sie den Fernseher aus.

Sie hatten die Geschwindigkeit gedrosselt, das Getriebene herausgenommen. Ein Pärchen beim abendlichen Spaziergang. Stälinweg 35, hatte Squaw Hoffmann in der SMS geschrieben. Ein großes weißes Haus mit einem Garten darum. Alles war dunkel. Als Trester mit Katja an der Hand den Eingangsbereich betrat, schlug der Bewegungsmelder an, warf beißendes Licht auf die beiden. Sie zogen die Köpfe ein, zwei Ertappte, Trester schaute aber auf das Klingelschild. Fender. Er schellte. Nichts. Ein zweites Mal. Wieder nichts. Aus der Nachbarschaft zog das Bellen eines betagten Hundes herüber. Eine Wohngegend zum Altwerden.

»Und jetzt?« Katja hatte ihren Willen verloren, leer war das alles.

»Jetzt?« Trester hob den Kopf. »Jetzt weiß ich nicht, jetzt ...« Er drehte seinen steifen Nacken und hörte ein leises Knirschen den Kopf herunterwandern, wie Liebesperlen, die an den Halswirbeln herunterrieseln. Da rieb etwas, schon zu lange.

Sie warteten vielleicht eine Stunde. Dann gingen sie zurück auf die Straße, schauten ein letztes Mal an dem Haus hoch und drehten sich nach links, um wieder Richtung Stadtbahnhaltestelle zu laufen.

Von oben kam etwas. Ein leicht schwankender Schatten. Trester und Katja sahen hinauf. Eine ältere Frau. Mit der Linken hielt sie sich am Eisengeländer, seilte sich förmlich ab in den Gablenberger Weg. Beschwerlich sah das aus. Jetzt war die Frau genau zwischen zwei Lichtkegeln, eine graue wankende Masse.

Als die Frau die zwei Gestalten unten sah, griff sie mit der Rechten in ihre Tasche. Gut, der vertraute Holzgriff.

Noch mal zehn Meter. Jetzt wurde die Frau direkt vom Lichtkegel der nächsten Laterne erfasst. Mit dem knielangen Rock und dem Kurzmantel sah sie aus wie eine ehemalige DDR-Grenzerin.

»Dass ihr doch noch mal kommt.« Squaw Hoffmann lächelte und schob den Holzgriff ihres Tomahawks wieder in die Handtasche zurück.

SIEBZEHN

Sie hatten zunächst geschwiegen, Tee getrunken und durch das Panoramafenster das funkelnde Stuttgart bestaunt. Die Fußballarena lag da wie eine gestrandete Muschel. Die Gezeiten der Stadt konnte man hier sehen. Squaw Hoffmann saß zwischen den beiden auf dem Sofa und hatte ihre Knie zusammengedrückt. Sie zupfte an der Strumpfhose. »So habe ich mich schon lange nicht mehr gesehen.«

»Mir gefallen Sie auch besser als Indianerin.« Trester wusste, dass der Satz jetzt unpassend war, blöd und überflüssig. Aber er wollte einfach etwas sagen, gegen die Stille.

»Lass das.«

Trester drehte sich zu Squaw Hoffmann. »Was denn?«

»Das mit dem Sie.«

Trester nickte.

»Es ist viel passiert, ich weiß nicht, wo ich anfangen soll.« Squaw Hoffmann schlürfte ihren Tee. »Ich soll dich auf jeden Fall von deiner Oma grüßen, Katja.«

Nun drehte sich auch Katja zu Squaw Hoffmann. Ihre Pupillen hatten sich so geweitet, dass man ihre Augenfarbe kaum noch erkennen konnte. »Wie geht es ihr, weiß sie …«

»Kind, sie schaut jeden Tag Nachrichten, sie ist äußerst wach, was glaubst du ...«

»Schon gut, was wolltest du bei ihr?«

Squaw Hoffmann zog ein paar Haarnadeln heraus, löste den engen Dutt und schüttelte sich vorsichtig die Haare aus. Dann griff sie nach einer Schachtel, die vor ihr auf dem Wohnzimmertisch lag, und zündete sich eine Zigarre an. »Was ich bei ihr wollte?« Sie sagte das so, als ob sie ernsthaft darüber nachdächte. »Ich habe einen Anfang gesucht, einen Grund.«

Katja nickte abwesend, die blauen Zigarrenwolken vernebelten das Panorama ein wenig.

Squaw Hoffmann machte ein Gesicht, bei dem man nicht genau wusste, ob es sich zum Lächeln oder zum Weinen hin auflösen wollte. »Es ist einfach komisch.«

»Was meinst du?« Trester hatte sich eingemischt, schien sich ein wenig erholt zu haben.

Squaw Hoffmann stieß eine weitere Rauchwolke aus, teilte dann den Qualm vor sich, indem sie die Bewegung eines Scheibenwischers nachahmte. Gerade so, als ob sie dadurch wieder mehr Klarheit für alle schaffen könnte. »Ich habe die ganze Zeit das Gefühl, dass der Geist von Monika noch wirkt. Ich meine, als ob sie noch da wäre.«

Trester wippte jetzt unruhig auf dem Sofa hin und her. »Bitte, nicht so was ... erzähl doch einfach, was du ...«

»Einfach ist das nicht. Nichts ist einfach. Da müsstest du doch Bescheid wissen.« Squaw Hoffmann hatte die Zigarre in den Aschenbecher gelegt und fuhr Trester über die Wange. Eine spontane Geste, die den Privatdetektiv tatsächlich beruhigte. Er schien jetzt bereit zuzuhören.

»Nach dem Verhör im LKA habe ich mich gefragt, was ich tun könnte, um noch irgendwie zu helfen.«

»Was für ein Verhör?« Trester wurde nervös.

»Ich habe die Scherben aus meinem Leben gekehrt und habe Martin Kühn observiert.«

»Du hast was von einem Verhör gesagt.«

»Kiefer, dieser Exorzist, er hat mich auseinandergenommen.«

»Wie bitte?«

»Ich war bei Mohr im Knast und danach ... Keine Angst, ich habe nichts gesagt.«

»Na, klar. Und wer sagt dir, dass jetzt nicht das halbe LKA da draußen spazieren geht?« Trester lachte, weil er nicht wusste, was er sonst tun sollte.

»Da ist niemand, ich habe meine Lektion gelernt, klar?« Squaw Hoffmann versuchte, Tresters Verhalten zu ignorieren, und fuhr angenervt fort. »Also, dann dachte ich, dass Kühn, wenn er hört, dass Monika eventuell doch noch lebt, nach ihr suchen würde. Na ja, die Mörderin seines Freundes und Kollegen zur Strecke bringen oder so.«

Sie machte eine kurze Pause und entschied sich dann, sich kürzer zu fassen. »Kühn wird erpresst, eine junge Frau aus einem SM-Club hat Aufnahmen von ihm gemacht, Kühn als grunzendes nacktes Schwein und so ...«

»Seltsame Geschichte.« Trester war aufgesprungen und hatte sich, das Fenster im Rücken, vor den beiden aufgestellt. »Wir haben Beweise ... wir glauben, dass Kühn, dass er seinen eigenen Kollegen, dass er Andreas Kleemann erschossen hat.«

Squaw Hoffmann schaute erstaunt zu ihm hoch. »Was heißt Beweise, habt ihr einen Zeugen?«

Trester schüttelte nachdenklich den Kopf. »Der Zeuge, der ist tot, aber es gibt Fotos, Aufnahmen, die ...«

»Die Tat wurde fotografiert? Welcher perverse ...«

»Jan Karl Pfleiderer, ein früherer RAF-Sympathisant, der ...«

»Stopp, stopp, Trester. Lass sie weitererzählen.« Katja war auch aufgestanden.

Squaw Hoffmann sprach jetzt etwas schneller: »Die junge Frau, die Kühn den Kopf verdreht hat, hat ein Video mit einschlägigen Bildern zu einer älteren Frau gebracht. Diese Frau lebt in Untertürkheim und hat auch irgendetwas mit dem SM-Club zu tun.«

»Du hast die ältere Frau also auch beschattet?«

»Ja, aber heute, in der Stadt, da habe ich sie verloren.«

»Das war's?« Trester hatte sich umgedreht und Halt im Stuttgarter Lichtermeer gesucht, einen Anker, damit die Augen nicht so unruhig umhertanzten. Dahinten, ganz unten, da glitzerte das neue Mercedes-Museum. Noch so eine Muschel. Wie kleine Lichtwellen plätscherten die Autos daran vorbei.

»In meiner Verzweiflung habe ich Nuntius angerufen. Er erzählte von einer seltsamen Krankheit.« Sie setzte ab, um das Ganze besser wirken zu lassen: »Das Circe-Syndrom.«

»Und?« Katja und der Privatdetektiv hatten ihre Münder fast gleichzeitig bewegt.

»Der SM-Club heißt Circe, Circe-Club.« Wie zur Bestätigung schaute Squaw Hoffmann die beiden nacheinander an. »Das ist doch kein Zufall. Die Menschen, die unter dieser Krankheit leiden, entwickeln offenbar starke Rachegefühle. Gegen ihre Peiniger.«

»Du glaubst, dass Monika Gütle von der Gejagten zur Jägerin geworden ist und dann ...« Trester drehte sich zu Katja, als ob er sich erst jetzt wieder daran erinnerte, dass diese Monika Gütle ja Katjas Mutter war.

Squaw Hoffmann schaute jetzt ein wenig beleidigt. »Ich habe das vorher schon einmal gesagt, ich glaube, dass Monikas Geist noch wirkt.« Sie zog ihre Notizen heraus. »Die Göttin Circe lebte auf einer Insel, und obwohl sie von menschlicher Gestalt war, war ihre Heimat ein Ort der Metamorphose.«

»Was?« Trester ließ den Mund leicht offen stehen.

»Metamorphose, sie wollte ihre Peiniger in Schweine verwandeln, entlarven, und jemand führt das Geschäft offenbar weiter ... Das SM-Studio ist, war ihre Insel!«

»Jemand will Monika noch nach ihrem Tod rächen. Diese Frauen, meinst du das?« Trester kreiste wieder mit dem Nacken, das Schleifgeräusch, das Rieseln wurde grobkörniger.

Squaw Hoffmann nickte. »Möglich. Nuntius hat mir erklärt, dass Menschen mit dem Circe-Syndrom durchaus nach Verbündeten, nach Helfern suchen.« Sie machte eine kleine Pause. »Nur müssen das Menschen sein, die Monika vor der Traumatisierung kannte. Vor meiner, unserer gemeinsamen Zeit.« Squaw Hoffmann wandte sich an Katja. «Deine Oma hat mir von einer Sandra erzählt, eine Schulfreundin deiner Mutter.«

»Sagt mir nix.«

»Sandra, das könnte die Frau aus Untertürkheim sein«, erklärte Squaw Hoffmann.

Trester versuchte zu folgen. Gleichzeitig lief er zum Fenster, das Richtung Straße ging, und prüfte die Umgebung. Schatten? Nein, niemand zu sehen, oder? »Schulfreunde, Schulzeit, Menschen von früher?«, fragte Trester, verkroch sich dann aber in seinem Kopf. Eine Reise in die eigene Vergangenheit. Die private Mythologie, auch so eine Odyssee, das Navigieren gegen den eigenen zappelnden Lebensstrom. Trester öffnete den Mund. »Warum ist eigentlich die Vergangenheit so wichtig?«

»Weil wir alle von da kommen.« Squaw Hoffmann grinste breit.

»Super, danke für den Tipp.« Trester stellte sich vor Squaw Hoffmann und verschränkte die Arme. »Und was war dir damals wichtig, ich meine, da wo du herkommst, aus der Vergangenheit?

Squaw Hoffmann überlegte. »Na, die erste Liebe und eine gute Freundin, so wie das auch Monika mal für mich war.«

Trester nickte. »Und je nachdem, wie sich das so entwickelt hat, mit der Liebe und der Freundschaft, ich meine in der Vergangenheit, tja, je nachdem ist man dann eben so oder so drauf in der Zukunft, nicht?«

Squaw Hoffmann drehte die Handflächen nach oben und schob das Kinn nach vorne. »Soll ich dazu wirklich was sagen?«

Trester hatte sich eine Decke vom Sofa genommen, sie sich umgehängt und wandelte jetzt wie ein antiker Dichter vor den beiden Frauen auf und ab. Dabei wirbelte er theatralisch mit der rechten Hand und begann eine Art Redeschwall. »Die Pubertät, hormongeschleudert, das Feuerwerk für das Gegengeschlecht entfacht.« Dann zeigte er auf Squaw Hoffmann: »Es drohte die Ohnmacht durch Liebe, das Ertrinken darin, und man möchte dann doch irgendwie um sein Leben schwimmen, gerade weil ... ?«

Trester schaute jetzt wütend zu Katja. »Dann aber schießt das neu bewusste, frisch erwachte Ego in den Leib. Huldige mir! Was, so frage ich euch, ist die Evolution gegen das Ich? Hä? So schreit verzweifelt derjenige, der im Strudel der Pubertät um sein Leben ringt.«

»Sag mal, ich glaube, du hast ein ganz schönes Ding in der Jugend weggekriegt, kann das sein?« Squaw Hoffmann hatte den Kopf schräg gelegt und tat so, als ob sie Trester unter sein Gewand schauen wollte.

Trester zog die Decke enger um sich, hob den Zeigefinger: »Nein, nein, nein!« Er spürte da etwas, versuchte nach dieser frühen Monika Gütle zu gründeln, konnte sie aber nicht fassen. Einsam und tastend betraten seine letzten Worte den Raum. »Das Problem ist die Liebe.«

»Was soll das denn jetzt?« Katja hatte sich ihm in den Weg gestellt.

Trester lief der Schweiß in Strömen hinunter, an den Augenbögen vorbei, auf die Wangen und fiel. Im Blau seiner Augen leuchteten die grünen Sprenkel, tanzten darin wie Glühwürmchen in der Paarungszeit. Er reagierte widerwillig. »Wie ich meine, das ist ... muss ich, ich muss erklären? Ordnung schaffen, kontrollieren?« Er hatte geschrien, wieder. Das war erst so schön entladend, so gut, dann schämte er sich, ein kleiner leerer Kerl. Jetzt, ganz leise, sprach er weiter: »Ich meine ... weiß also, dass die Liebe, sie ist der Ursprung von Krieg und Frieden, an allem Schuld, das ...«

Katja hatte ihn versucht zu umarmen, doch er wischte sie weg. »Du zum Beispiel, aus welchem Krieg bist du entstanden?« Trester senkte den Kopf. »Schau dich an, du bist wie eine Kriegerin auf Beutezug.« Er schlug sich mit der Hand auf die Brust: »Ja! Oder welche Liebe hat dich entstehen lassen? Du weißt es einfach nicht. Das ist doch dein Thema, dein Problem.«

»Nein, Trester, das nicht.« Katja wollte sich zurückziehen, machte ein paar Schritte rückwärts, stieß gegen den Tisch.

Amon Trester hatte sich direkt vor das Panoramafenster gestellt und betrachtete sich nun in der Spiegelung. »Das Tier in meiner Hose ist so bös und gut, ja, so bös und gut.« Er drehte sich wieder zu Katja um und blies die restliche Wut heraus. »Das ist nicht von mir, das ist der Trieb, das ist von Wolf Biermann. Und er hat recht, verstehst du?«

Katja hatte plötzlich einen Briefbeschwerer in der Hand, der aussah wie ein Schrumpfkopf. Mit einer kräftigen Armbewegung schleuderte sie ihn auf Trester. Der wollte sich wegdrehen, wurde aber noch am Arm getroffen.

»Trester, du Arschloch, das hier ist kein Kammerspiel. Klar? Hör auf, dir deine Realität zu zimmern, die ist schon da. Hallo!« Sie tippte sich an die Stirn. »Und das da, was dir dein blödes Hirn erzählt, ist Fantasie, also Bullshit, kapiert?« Katja ging an Trester vorbei, öffnete die Terrassentür und lief hinaus. »Und von Liebe verstehst du nun wirklich gar nichts!« Man konnte sie durch die Scheibe fluchen hören.

Squaw Hoffmann hatte den Schrumpfkopf aufgehoben und hielt Trester das hässliche Teil vors Gesicht. »Wie meinst du das mit der Liebe …«, sie zögerte einen Moment, »und der Schuld?«

»Jetzt du auch noch!«

»Ja, vielleicht hilft es uns. Es ist ja noch nicht zu Ende.« Sie betrachtete lächelnd den Schrumpfkopf. »Für uns alle nicht.« Squaw Hoffmann schob den Schädel wieder ins Regal. »Außerdem, wenn schon, ist es kein Dreieck. Es ist nicht nur Liebe, Krieg und Frieden. Wenn, dann ist es Liebe, Frieden, Hass, Krieg, vier Seiten, also ein Quadrat.«

Tresters Stimme war belegt. »Ich streite nicht.«

»Ich will auch nicht mit dir streiten, ich denke an einen Dialog, bei dem am Ende ein Lämpchen aufleuchtet, ja? Weitermachen, verstehst du?«

Trester schaute nach draußen auf die Terrasse, wo Katja steif und bebend fluchte. Ein wackliger Schattenriss, lichtumjubelt, über Stuttgart.

Squaw Hoffmann hatte sich die Pumps abgestreift, fasste sich unter den Rock und zog die Strumpfhosen herunter. »Entschuldige, aber die Dinger bringen mich um, ich fühle mich wie eine Mettwurst im Kunstdarm.« Squaw Hoffmann legte sich aufs Sofa. »Bei der Liebe zu bleiben ist sicher gut.«

Trester hatte sich ihr gegenüber auf den Teppich gesetzt. »Fällt mir schwer jetzt ... Wie meinst du das?«

»Aha.«

»Was?«

Squaw Hoffmann hatte die Augen geschlossen, versuchte sich zu entspannen. »Nichts. Die offene Frage: Wer ist Katjas Vater, wenn nicht Christoph Mohr, nicht Richie Bäder ... das ist ja was, was uns weiterführen könnte. Also die Liebe.« Schlagartig wurde sie vom eigenen Gähnen unterbrochen. »Entschuldige, die andere Sache, na ja, können wir Monikas Unschuld im Nachhinein noch beweisen? Auch schwer, sehr schwer.«

Trester nickte. »Die Frage ist, wer gibt da den Odysseus, Martin Kühn? Oh Gott, vergib mir, Homer!«

»Wie bitte?« Squaw Hoffmann öffnete halb die Augen, drehte sich wie ein betäubtes Walross zur Seite und ächzte: »Wer hat Circe in ihre Schranken verwiesen, wen konnte sie nicht in ein Schwein verwandeln? Das war doch Odysseus.«

Katja trat von der Terrasse zurück ins Wohnzimmer. Und Squaw Hoffmann schloss wieder die Augen. »Außerdem habe ich da so ein Déja-vu-Dingsda mit der Müdigkeit: Wir sind alle drei total fertig und sollten vielleicht ein bisschen schlafen, Entspannung.«

»Entspannung«, Trester wiederholte das Wort, wie ein Kleinkind, dem man gerade gesagt hatte, welcher Sinn darin steckte. Er sprach, mehr zu sich: »Widrige Ströme haben uns aus der bekannten Welt gefegt.«

»Was?« Ein letzter Reflex, danach schnaufte Squaw Hoffmann nur noch.

»Homer.« Trester lief die fremde Bücherwand ab, während Katja mit einer Decke in einem der Zimmer verschwand. »E, eF, Ge, Ha, Ho, Homer.« Da steckte sie, die Odyssee.

»Trester?«

»Was denn?«

»Da gibt es noch etwas. Ich wollte nicht, dass es Katja hört.«

»O.K.«

»Da gibt es so einen durchgeknallten Internet-Blog. Da führt die Göttin Circe einen Dialog mit Monika G., das meinte ich mit Monikas Geist. Verstehst du?«

»Sag mal, spinnst du?« Trester schlug den Homer zu und öffnete die Seite mit dem Internet-Blog.

Monika G.
Nun will ich nicht mehr, dass mir eure Gerechtigkeit widerfährt. Gar nicht. Das geht auch nicht mehr. Ich bin nicht unsterblich, habe die Hälfte des Lebens, mindestens die Hälfte, den Hass, den Aussatz geatmet. Wie? Jetzt in die Reha? Wer will da Hand anlegen, wer den Eingriff wagen? Den Glauben habe ich verloren, bevor er vorsprechen konnte. Mag sein, dass er dann in der letzten Stunde kommt, wie bei so vielen. Der kleine Diavortrag vor dem Abschied. Die Symbolkraft der Bilder, weil das Leben mir so schön gar nicht spielen wollte, erfinde ich es im Rausche des Todes neu. Tralala ...

Endlich werde ich eure Erwartung erfüllen. Ich will, dass es stumm vor sich geht. Eine leise Dramatik. Auch ich durfte nie schreien, man hätte mich ja gehört, gefunden, die Schweißhunde hätten mich aus meinem Bau gebracht, an mir gezerrt, mich zerfleischt. Da lernt man, was es heißt, still zu leiden. Du wirst es erleben ...

... Schwein.

Circe

Wir richten den Altar, den Raum, den Göttern Opfer zu bereiten. Gunst. Eine Spende macht sich gut im Himmelsgefecht. Es wird nicht ganz freiwillig gehen, jedes Schwein muss ja quieken zum Abschied. Die Angst, die Aufregung, der große, dieser einzigartige Moment, geht an keinem vorüber. Die letzten Sekunden herrscht dann eine magische Ruhe. Der Dolch, der Schnitt, das Glück. Gerade deshalb ist es ein Fest, diese Einmaligkeit des Augenblickes. Ja, das Blut schießt heraus, mir in die rechte Gesichtshälfte, immer. Manchmal einer Fontäne gleich, bis das Herz nichts mehr zuschießen kann. Fest des Gaumens, vor allem aber der Sinne dann, wenn man die Seele austreten sieht, die Augen ihr Leben lassen. Keine Gefahr mehr droht. Nur eine geile feuchte Leere bleibt zurück ...
... beim Schwein.

Monika G.

Ich will nicht, dass es dir auch noch gefällt, liebe M.G. Das ist trotz allem nicht mein Weg. Es soll schnell gehen, weil ich es hinter mich bringen will. Geständnis, Verständnis. Ich möchte nicht mit gleicher Münze zahlen. Dreißig Jahre, das würdest du ja gar nicht mehr erleben. Habe ich es schon gesagt? Es soll jetzt schnell gehen. Ich bin in Eile ...
... verdammt!

Circe

Korrespondiere! Alles andere ist scheinheilig. Niemand widersetzt sich mir. Spüre Unerbittlichkeit. Gehorche deiner Königin, deiner Herrin. Spüre den Streich ...

Monika G.

Ich bin müde, trage meine Kraft aus, dem Ziel entgegen, lass mich. Am Ende werden wir es doch alle zusammen tun. Alle, drei oder vier?

Circe
Schweig!

Monika G.
Ja, was bleibt sonst. Wieder!

ACHTZEHN

Die Frau trat auf die Straße. Sie schaute nach links und sah durch eine Träne. Der schwarze Lidstrich war abgesackt und bildete an jeder Wimper einen kleinen Zacken aus. Um ihre Augen schwammen rote Fusseln, die Bilder vom Leben waren so weicher gezeichnet. Die Frau bückte sich, korrigierte den Schlag ihrer schwarzen Hose, richtete sich wieder auf und stieg in das wartende Taxi. Bärbel Kühn war anders gewesen als erwartet. Erst hatte das zierliche Weibchen ihre Erwartungen erfüllt. Sie hörte brav zu, nickte, nahm an, warf sich in ihre Arme. Dann ließ die Bärbel die Verzweiflung toben.

Und da war die Frau sehr überrascht, über die Bärbel. Am Ende nickte sie, ging mit dem Schablonengriff durch ihr Haar, war sehr beunruhigt. Diese sensible Grausamkeit, schön und bürgerlich bedeckt.

»Hasenbergstraße, Club Circe.« Der Taxifahrer schaute in den Rückspiegel und lächelte.

Wieder einmal war das Tuten dran. Penetrant, es dröhnte in seinem Kopf. Aufgeregt klang das, schon lange wollte er sich deshalb einen anderen Anrufbeantworter zulegen. Zwischen jeder Nachricht dieses Tut, Tut, Tut, bei jedem Mal hämmerte es lauter. Oft hatte er sich vorgestellt, wie er das Ding einfach zum Fenster hinauswarf, zack!

Draußen auf dem Fenstersims ging ein Buntspecht ans Werk. Ein Irrer. Erst schaute er zum Fenster rein, glotzte ihn an, dann hob und senkte er den Kopf und quiekte dabei, als ob ihm etwas im Hals stecken würde. Ein Specht, konnte der auch die Tollwut haben?

Er drückte auf die Taste und das Piepen kündigte den aufgezeichneten Anruf an. »Mein Schatz, du musst mir helfen.« Das klang ängstlich, getrieben. Er rieb sich die feuchten Hände, wischte sie beiläufig an der Hose ab. »Vadim ist dahintergekommen. Er hat Bilder von uns gemacht. Mit der Videokamera. Mein Geliebter ... er hat mich ... Vadim will mich nach Polen bringen, schon morgen ...«, das Schluchzen kam gehäckselt aus dem Anrufbeantworter. Die Kunststoffabdeckung des Lautsprechers vibrierte so stark, dass man zeitweise kaum etwas hörte. Das war gut, denn so hatte er einen Grund, das Band immer wieder anzuhören, auch formal.

Martin Kühn drehte den Kopf Richtung Lautsprecher, versuchte, sein Ohr besser in Stellung zu bringen. Er hörte eine Tür schlagen, dann diese Schritte. »Jetzt kommt er ...« Danach hatte Vanessa aufgelegt. Das Tuten dröhnte wieder durch das Wohnzimmer, und der Cognac schmeckte immer besser, jeder Schluck brachte mehr Gewissheit.

Kühn drückte erneut auf Abhören: »Mein Schatz, du musst ...« Da mischte sich ein neues Geräusch hinein. Seltsames Hörspiel. Ein Hämmern, hatte er das bisher überhört? Kühn drehte den Kopf, sah im Augenwinkel die rote Haube. Einem Presslufthammer gleich hob und senkte sich der kleine Schädel. Ein Specht, der besessen davon war, ihm den Kitt aus den Fenstern zu fressen. »... er ist dahintergekommen. Er hat Bilder ...«

Martin Kühn machte einen Satz nach vorne und schlug mit der freien Hand gegen die Fensterscheibe, worauf ihn der Specht eindringlich anstarrte und dann anfing zu würgen.

»Er hat mich ... Vadim will mich ...«

Über die linke Hand tropfte nun der Cognac auf seine hellbraunen Lederpantoffeln, nicht der erste Fleck, aber der größte. Dieses verdammte Tuten! Kühn drehte sich. Jetzt! Er war fest entschlossen, dieses Gerät zu zertrampeln, jetzt sofort! Noch einmal drückte er die Abhörtaste und hielt den Anrufbeantworter dabei zwischen den Händen. »Mein Schatz, du musst mir helfen.« Ja, er wollte ja, verdammt. Eine Kreissäge? Dieser Lärm, überall. Er war von Geräuschen getrieben, das ... das waren die Nerven, wer benutzte jetzt schon eine Kreissäge? Aber da ist doch jemand. Niemand! Kühn warf den Anrufbeantworter gegen die Wand und Vanessa verstummte. Nur die Kreissäge, die schlug immer wieder an. Die Zähne.

Kühn beobachtete das frisch gestärkte Auf und Ab der roten Haube, registrierte erst versetzt, dass das sägende Geräusch vom Korridor hereinwuchs. Die Türklingel, die kreischte so. Die musste auch weg! Noch einen Schluck Cognac. Kühn lugte durch den Türspäher, konnte niemanden entdecken und öffnete. Ein großer Briefumschlag trieb da auf dem Fußabstreifer. Er bückte sich, griff danach, doch er trieb weiter. »Starker Seegang«, murmelte Kühn noch, dann riss ihn eine Welle mit.

Der Morgennebel streckte sich wie eine dicke Spargelfolie über Stuttgart. Hier und da hielten ein paar Gebäude das grauweiße Zelt aufrecht. Das Kraftwerk in Münster, ein Aussichtsturm, dann mittendrin ein Hochhaus, der alte Gaskessel im Osten. Der schlanke Hals der Herz-Jesu-Kirche streckte sich über dem Klingenbachpark und sein Kreuz stieß mahnend durch die Folie.

»Die Odyssee ist immer auch eine Reise nach innen, ins Innere.« Trester erinnerte sich an diesen Satz eines Philosophieprofessors. Er hatte in der Nacht wenig geschlafen, hatte im Internet gesurft und war wieder einmal zu Homers Reise angetreten. Die Odyssee, damit hatte es zu tun. Vor allem hatte er sich erneut durch den aufregenden Besuch von Odysseus' Leuten bei Circe gekämpft. Trester war sich jetzt wieder sicher, dass hier nur einer der Held sein konnte. Und wenn es hier jemanden aufzuhalten galt, dann war das Circe. Nur: Wer war jetzt Circe in diesem Stück, bei dem doch schon der Vorhang gefallen war? Auch im Übertrag, im Hier und Jetzt? Aber die Götter, konnten sie nicht auch Sterbliche wieder zum Leben erwecken?

Trester dachte an das Heldsein, wie das war. Dass er das gerne war, in Gedanken. Es strahlte so schön. Da draußen im Leben aber, wenn man ehrlich war, na ja, da musste man dazu gezwungen werden, ein Held zu sein. Ein Zwang musste her, um das Glück auch annehmen zu können. Es brauchte eine besondere Triebkraft, man musste eine Gewohnheit durchstoßen, sich von ihr befreien und das Ungewisse anschreien, damit man selbst keine Angst vor ihm hatte. Hatte das dann geklappt, ging man weiter, und schwups ging die Reise los. Berauscht am eigenen Abenteuer, an der Odyssee. Das war so die Sache mit dem Ungewissen, es gab Hiebe und Höhen. Das Ungewisse lockt, weil es ungewiss ist. Trester grinste breit in den Nebel, den Homer unter den Arm geklemmt.

Squaw Hoffmann, wieder ganz indianisch inkarniert, brachte Brötchen und Zeitungen.

Katja tippte in den Computer und nahm das Telefon zur Hand. »Ich schicke ein Taxi an die Pforte, bitte drück dem das Paket in die Hand, ja? Gut, danke, tschüssle.«

Katja drehte sich um zu den beiden, die eine Erklärung wollten. »Ich hatte eine Mail von meinem Lieblingsarchivar, schon ein paar Tage alt. Er hatte für mich recherchiert, ob es noch Rohmaterial gibt.«

Die beiden schauten fragend vom Esstisch her.

»Na dieser Nachrichtenfilm, vom Ostermarsch, der, auf dem ich meine Mutter entdeckt habe.«

»Ja.« Trester hatte reagiert, weil er das Gefühl hatte, dass sie sonst nicht weiterreden würde.

»Der eigentliche Film, der gesendet wird, ist ja immer nur ein kleiner Teil des Ausgangsmaterials. Na ja, die Volontärin, die den Nachrichtenfilm gemacht hat, hatte das Rohmaterial noch. War wohl ihr erster Film, da hebt man so was noch auf. Der Kollege aus dem Archiv war so nett und hat mir das ganze Material auf eine DVD gebrannt.« Katja lief zum Esstisch und griff nach einer Brezel. »Das Taxi ist schon unterwegs.«

Squaw Hoffmann hielt Trester den Korb mit den Brötchen hin. »Iss mal ordentlich.«

»Ja«, sagte Trester wieder und grübelte. »Jemand muss zu dieser Frau nach Untertürkheim.«

Squaw Hoffmann nickte und gleichzeitig fiel ihr ein, dass sie die beiden Fotos noch in der Handtasche hatte. Die Aufnahmen, die ihr Katjas Oma mitgegeben hatte. Die Bilder von Monika und Sandra. Sie zog sie heraus und betrachtete sie nacheinander, während sie in ein Nusshörnchen biss. Erst die beiden, wie sie die Köpfe zusammensteckten. Dann noch ein Biss und das Klassenfoto der 12a.

»Hinten«, sagte Trester und deutete mit seiner Brezel auf das Foto.

»Was?« Squaw Hoffmann schaute ihn an wie einen Buben, dem man gerade sagt, dass er erst den Mund leeren soll, bevor er spricht.

»Gib mal her.«

»Was denn?«

Trester hatte über den Tisch gelangt und sich das Klassenfoto geangelt. Er las: »Liebe Monika, wir wünschen dir alles Gute für deinen weiteren Weg, deine Klasse 12a.«

»Monika musste die Klasse wiederholen. War wohl so 'ne Art Abschiedsgeschenk«, erklärte Squaw Hoffmann.

Trester nickte und las die verblassten, handgeschriebenen Unterschriften. Der Türgong lenkte ihn kurz ab, er warf einen Blick auf Katja, die sofort aufsprang und zur Tür eilte.

Er versuchte die Namen der Schüler zu entziffern. »Stefan Meyer hatten wir auch einen in der Klasse.«

»Wie?« Squaw Hoffmann saugte genüsslich an ihrem Tee.

»Einen Meyer hatten wir ...« Trester unterbrach abrupt und las dann sehr langsam, als ob ihn eine partielle Lähmung der Mundhöhle ereilt hätte, den nächsten Namen: »A-N-D-R-E-A-S K-L-E-E-M-A-N-N.«

Squaw Hoffmann wollte gerade etwas sagen, als Katja wieder hereinkam und den Umschlag aufriss und die DVD herausholte. Nebenbei warf sie einen Blick auf die beiden, die nun zusammengerückt waren und auf ein Foto starrten.

»Neue Fotos?«

»Ja, da ist deine Mutter drauf ...«

»Zeig.« Katja wollte nach dem Klassenfoto greifen.

Trester setzte zu einer Erklärung an: »Andreas Kleemann, der Polizist, der ...«

»Mann, Trester, ich weiß, wer Kleemann ist, wirklich, das kannst du mir glauben.«

»Kleemann war bei deiner Mutter in der Klasse.«

Katja schnappte sich das Foto und las die Unterschrift. Das Gefühl kam und schlug ein wie ein Fallbeil. So, als ob ihr jemand mit einem Ruck die Wirbelsäule durchtrennen wollte. »Was ist das denn jetzt?« Sie sagte das, damit sie sich hörte, damit sie irgendetwas tat, gegen die Stille.

Auslegware. Das drückte, wie die Borsten eines Ebers stach das Zeug. Kühn öffnete die Augen und hob leicht den Kopf. Die rechte Gesichtshälfte hatte das Muster des Teppichs kopiert, wie ein feines Netz von Narben zog der Abdruck über die Wange. Ein Speichelfaden suchte Halt, machte schließlich fest am durchgeweichten Grund.

Martin Kühn hatte diesen Traum gehabt. Wieder. Der Friedhof, die Polizeikontrolle. Immer wieder. Alles war dunkel. Schwarz. Nur mittendrin leuchtete etwas, strahlten zwei in gleißendem Licht. Der Andi und die Gütle, zwei weiße Engel auf einem schwarzen Brett. Martin versuchte wegzurennen, weg von dieser überirdischen Macht, doch sie zogen ihn an. Er versuchte mit aller Kraft seine Beine zu bewegen, doch sie waren einbetoniert. Martin konnte da nicht weg. Unerträglich war das. Eine Frauenstimme sprach: »Gerechtigkeit ist eine Frage der Zeit, oh, und des Blickwinkels.

Tötest du die Schlange oder lässt du dich von ihr beißen, Martin?«

Er drehte die Augen, was seinem Kopf sofort zwei bohrende Stiche versetzte. Diese Stimme, im Traum war sie ihm so vertraut ...

Gleich neben Martin Kühn lag der Cognacschwenker, ein letzter Rest schwamm noch goldbraun im Bauch des Glases. Eine Obstfliege hatte sich darin ertränkt. Kühns Magen zog sich zusammen, er würde sich übergeben müssen, schon bald. Das war sein Korridor, er hatte hier gelegen, die ganze Nacht.

Der Briefumschlag. Hatte er das auch geträumt oder lag da wirklich ein Umschlag vor der Tür? Langsam, wie ein Faultier, das sich dem nächsten Ast zuwendet, kroch er zur Tür. Kühn zog sich an der Klinke hoch und öffnete vorsichtig die Wohnungstür. Ein Briefumschlag, ja. Das war gut, alles unter Kontrolle, alles ... Er bückte sich und griff danach, schloss die Tür.

Ungeschickt laborierte Kühn an dem Umschlag und schlich dabei ins Wohnzimmer. Seine Finger quollen wie Hefeteig über das Papier, dick und taub, er konnte schlecht greifen.

Die Wohnzimmerscheibe, warum hatte die einen Riss? Der Polizeibeamte setzte sich in einen Sessel und zog das Videoband aus dem Umschlag heraus. Kühn dachte an eine rote Haube, wusste aber nicht warum und hielt plötzlich einen Brief in der Hand. Maschinengeschrieben:

Kühn,
10 000 Euro und du kannst habn Schlampe. Heut abend 20 Uhr Club Circe, Stuttgart. Oder sie ist weg. Für immer!
P.S. Schönne Film für Fernseh, gel?

Während er sich auf dem Video grunzen hörte, lief er ins Bad. Er kniete vor der Kloschüssel und hielt sich an der Brille fest. »Knie dich nieder, hier zu meinen Füßen, los, mach schon.« Martin, das Schwein, gehorchte, um sich zu befreien, weil er sich etwas davon versprach. Kühn aber spülte seinen ganzen Ekel herunter und schaute der Auflösung hinterher. Als er ins Wohnzimmer zurückkam, führte ihn Vanessa gerade am Halsband Gassi.

»Willst du deiner Herrin gehorchen?« Dieser Mann da auf dem Bildschirm, dieser schwabbelige alte Sack, nickte devot und schaute lüstern an den langen Beinen hoch. Dafür trat ihm Kühn in die Fresse, der Fernseher blitzte kurz auf, knallte gegen die Wand und hielt endlich das Maul.

Aber das Nachbild im Auge glühte noch. Ein weißer Schattenriss auf allen Vieren und der glänzende Schatten einer goldgelockten Nymphe, die ihn in den Boden stampfte.

Diese verdammte Nutte und ihr Zuhälter hatten ihn verarscht! Kühn spürte, wie das Adrenalin seinen Körper aufblies. Das war seine Natur! Wenn er handelte, dann war er stark. Nicht aufgeben jetzt, bloß nicht. Er lud seine Pistole: Mann, die Finger, die waren jetzt wieder viel beweglicher. Er drehte den Kopf. Da, dieses Trommeln! Woher ... Er wandte sich zum Fenster und sah die rote Haube. Kühn legte an und der Specht unterbrach sein Geschäft. Der Vogel glotzte ihn an. Ein Irrer, wirklich, dachte Kühn.

NEUNZEHN

In das Schweigen hinein trieb eine Stimme, ein Megaphon: »Keine deutschen Truppen in Afghanistan. Frieden schaffen ohne Waffen. Afghanistan kann schnell zum deutschen Vietnam werden und ...« Der Mann hinter dem Megaphon wartete einen Moment, bis der Beifall abnahm. Die Kamera fuhr auf ihn zu. Er war alt geworden, die glänzende Stelle auf dem Kopf hatte sich ausgebreitet wie ein Ozean, die schmierigen Locken krochen wie eine Wanderdüne über Ohren und Nacken. Alt, aber immer noch kämpferisch. »Die Große Koalition verleiht dem Morden einen demokratischen Anstrich. Frei nach dem Motto: Mehr Mehrheit, erst mal gewählt, können wir mit denen da unten machen, was wir wollen. Wir sagen nein, wir alle können uns dagegen stemmen, dass im Namen unseres Volkes Menschen abgeschlachtet werden.«

»Auch schon wieder Geschichte«, sagte Squaw Hoffmann und lächelte in sich hinein. APO, Friedensbewegung, Stuttgarter Gründungsmitglied der Grünen, eine fast schon vergessene Sorte.

»Ich shuttle ein bisschen weiter, ja?« Katja saß vor dem Computerbildschirm und hielt die Maus fest in der Hand.

»Nein, warte.« Trester hatte sich einen Stuhl dazugeschoben. »Ich möchte alles sehen, bitte.«

Squaw Hoffmann stand hinter den beiden und starrte ebenfalls konzentriert auf den Bildschirm. Das Rohmaterial lief weiter. Die Kamera schwenkte in die Demonstranten, etwa 150 Menschen, die zum Teil Transparente ausgerollt hatten, und wieder zurück auf den Redner. »Schön gemacht«, murmelte Katja, »Immer brav hin- und zurückschwenken, dann hat man alle Möglichkeiten im Schnitt.« Die Kamera setzte ab und lieferte ein paar Schnittbilder von den Menschen der Kundgebung: Gruppen, die Beifall klatschten, einzelne Gesichter groß. Dann fuhr die Kamera auf eine weitere Gruppe zu. Das war das Bild, auf dem Monika Gütle zu sehen war.

»Stopp mal.« Trester legte seine Hand auf Katjas Schulter.

»Was denn?«

»Nichts, ist gut, mach weiter.«

Katja schüttelte genervt den Kopf und drückte wieder auf Start. Die Kamera blieb eine Weile auf der Gruppe, in deren Mitte Monika Gütle stand. Dann plötzlich wandte sich die Frau rechts daneben an sie und redete auf sie ein. Monika Gütle nickte, gab eine kurze Antwort und schaute sich vorsichtig um, deutete mit dem Kopf nach hinten.

»Man, das ist die Frau aus Untertürkheim!« Squaw Hoffmann weitete die Augen. »Dieser Haarschnitt, Prinz Eisenherz meets Mireille Mathieu, das ist sie.« Um näher an den Bildschirm zu kommen, lehnte sich Squaw Hoffmann auf Katja, die unter der Last stöhnte.

Squaw Hoffmann hatte offenbar genug gesehen. »Fahren wir endlich zu dieser Sandra, die weiß vielleicht, was mit Monika passiert ist, vielleicht ...«

»Langsam, zuerst das ganze Material prüfen.« Trester schaute weiter konzentriert auf den Bildschirm. Die Kamera setzte wieder ab, machte ein paar weitere Schwenks, filmte gleich darauf ein paar Spruchbänder, bunte Fahnen und Kundgebungsplakate. Ein weiterer Schwenk über die Friedensdemo folgte. »Stopp, kannst du noch mal ein Stück zurückgehen?« Trester deutete auf den linken Rand des Bildschirms.

»Klar, was ist denn?« Katja setzte ein kleines Stück zurück.

»Stopp, halt an.«

»Ja, ist ja gut.« Katja drückte auf Pause.

Trester rückte noch näher an den Bildschirm und drehte sich dann zu Squaw Hoffmann. »Verdammt, du warst da auch?«

Squaw Hoffmann schaute möglichst teilnahmslos. »Ist das verboten?«

»Und warum hast du nichts gesagt?«

»Was hätte das denn gebracht?«

»Am Ende haste mit Monika noch ein Teechen getrunken und verarschst uns hier!«

»Mann, Trester, ich gehe jedes Jahr zum Ostermarsch. Aus Tradition, klar?«

Trester schüttelte den Kopf. »Logisch, hätte ich ja selbst drauf kommen können, alle Weltverbesserer, Friedensbewegten ...«, er machte eine gekünstelte Pause, »und Minderheiten gehen da hin.«

Squaw Hoffmann warf Trester einen Blick zu, bei dem selbst rumänische Kopfgeldjäger ihre Waffen gestreckt hätten, und zündete sich eine Zigarre an.

Katja ließ das Filmmaterial inzwischen weiterlaufen.

»Hast du?«, fragte Trester.

»Was?«

»Ob du Monika Gütle dort oder zu einem anderen Zeitpunkt gesehen hast. Ich meine nach der Schießerei am Friedhof. Ich meine so die letzten dreißig Jahre?«

»Willst du mich jetzt verhören?« Squaw Hoffmann überlegte, ob sie sich darauf einlassen sollte. »Nein, ich habe Monika nicht mehr gesehen.«

Plötzlich brach die Aufnahme ab. »Shit.« Katja klickte sich zurück ins Menü. »Mann, da ist noch eine zweite Datei.« Katja öffnete sie und konzentrierte sich wieder auf den Bildschirm.

»Kriege ich auch eine?«

Squaw Hoffmann schaute Trester an, als ob sie ihn nicht verstanden hätte.

»Na, so ein Friedensrohr.«

Squaw Hoffmann reichte ihm die Schachtel mit den Zigarren und Trester bediente sich.

»So ein Idiot«, sagte Katja und drückte auf Pause. »Die Aufnahmen wurden offenbar in der falschen Reihenfolge kopiert.« Jetzt sah man Bilder der Ostermarschierer, wie sie durch die Königstraße liefen. Das musste wenige Minuten vor der Kundgebung am kleinen Schlossplatz gewesen sein. »Da sind Pfleiderer und ...«

»Wo?«, fragte Trester und ließ sich den Professor von Katja zeigen. Die Kamera zog auf, und neben Jan Karl Pfleiderer lief Martin Kühn und unterhielt sich mit ihm. Pfleiderer nickte und zeigte ein gezwungenes Lächeln. Dann schwenkte die Kamera weiter.

Katja redete auf die Bilder ein. »Komm, noch mal vor und zurück, los mach schon.« Tatsächlich schwenkte die Kamera wieder an die Spitze des Zuges. Fünf Reihen vor Pfleiderer und Kühn lief Monika mit ihrer Freundin, das Bild stand eine Weile in der Totalen, dann brach die Aufnahme ab.

»Pfleiderer und Kühn«, sagte Trester und atmete schwer. »Pfleiderer hat Kühn einen Tipp gegeben ...«, Trester suchte nach den richtigen Worten, »na, dass Monika Gütle noch lebt«, er verbesserte sich, »ich meine, da noch lebte und ... wollte, dass der Polizist Kühn die Terroristin Gütle umbringt.«

»Seltsame Allianz«, sagte Squaw Hoffmann und blies den Zigarrenrauch über den Bildschirm.

»Findest du?« Katja hatte sich zur ihr umgedreht. »Pfleiderer war ein feiges Schwein, er hat sich nie selbst die Finger schmutzig gemacht, war aber immer überall dabei. Passt doch. Vielleicht hatte er was gutzumachen.«

»Und er hat immer alles dokumentiert.« Trester war aufgestanden, um die Terrassentür zu öffnen. Blaue Rauchschwaden krochen um ihn herum. »Von irgendwoher muss Pfleiderer den Tipp bekommen haben, dass Monika Gütle wieder in Stuttgart war.«

Trester sprach mit sich selbst. »Vielleicht hat sie sich sogar bei ihm gemeldet. Monika hatte auf Hilfe gehofft und war in die Falle gegangen. Pfleiderer hatte Angst, dass Mohr davon erfahren könnte. Immerhin hatte er seinem RAF-Chef Mohr damals erzählt, oder sagen wir besser versprochen, dass Monika im Nahen Osten umgekommen sei. Schon damals hatte er seinen Kopf so aus der Schlinge gezogen. Die Bedingung dafür, dass er aussteigen durfte, war, die anderen Aussteiger endgültig abzuwickeln. Pfleiderer zitterte um sein eigenes Leben, seine Karriere.«

Squaw Hoffmann tränten die Augen. »Dann tauchte Monika bei ihm auf, Pfleiderer kriegte es mit der Angst und suchte sich jemanden, der es auch mit der Angst zu tun kriegte.« Sie drückte ihre Zigarre aus und versuchte, dem Qualm in Richtung Terrasse zu entkommen. »Kühn war es. Er hat Monika umgebracht, die einzige Zeugin für den Mord an seinem Kollegen.«

Trester stand in der Terrassentür, gerahmt von blauem Rauch, der sich zuckend an ihm vorbeidrückte. »Möglich ist das. Beweise haben wir keine. Ein Bild, das Kühn und Pfleiderer zusammen zeigt, mehr ist da nicht.« Trester rieb sich die Stirn. »Sicher hat Pfleiderer auch Kühn gesteckt, dass es Fotos von seiner Mordtat gibt. Kühn geriet in Panik und besuchte Rechtsanwalt Schneidmann und ...«

Katja war inzwischen auch aufgestanden. »Und was heißt das jetzt?«

»Es ist immer schwierig, wenn die Guten die Bösen sind«, warf Squaw Hoffmann dazwischen.

Trester ignorierte die Frage und stellte das Radio an, um Nachrichten zu hören.

Der Mann legte vier Fotos auf den Tisch, so dass sie sein Gegenüber in Ruhe betrachten konnte. Seine Augenbrauen schlugen solche Haken, dass die ganze Stirn in zwei Wellen lag. Er schaute auf die Uhr, nickte zufrieden, zog demonstrativ ein kleines Radio aus der Tasche und schaltete es ein.

»Beuron. Gestern Abend wurde in der Kirche der Erzabtei St. Martin in Beuron eine Leiche gefunden. Bei dem Mann handelt es sich um einen Stuttgarter Professor. Nach ersten Erkenntnissen der Polizei hat sich der 60-jährige das Leben genommen. Alles deute auf eine Vergiftung hin, so ein Polizeisprecher. Bei seinem letzten Rundgang am Abend hatte der Erzabt den Toten in der zum Kloster gehörigen Kirche gefunden.

Hintergründe zu den Umständen der Tat sind nicht bekannt. Der Professor lehrte politische Soziologie an der Uni Stuttgart und beschäftigte sich unter anderem mit dem Thema Wahlforschung. Der Wissenschaftler lebte offenbar allein und hatte keine Angehörigen. Möglicherweise sei Einsamkeit ein Motiv, so ein Polizeisprecher heute früh bei einer Pressekonferenz. Michael Freimann für SWR1.«

Felix Kiefer schaltete das Radio wieder aus und zeigte auf das erste Foto. Ein weißes Gesicht mit verdrehten roten Augen und einer dicken aufgeblähten Zunge, die weit heraushing. »So etwas beschäftigt mich normalerweise nicht, Selbstmörder gehen mir am Arsch vorbei. Das können die Jungs hier von der Kripo vor Ort auch.« Kiefer hielt den Kopf leicht schräg und beobachtete sein Gegenüber. »Als ich aber gehört habe, dass er das im Kloster Beuron gemacht hat, da ...« Kiefer deutete einen Schnitt an der Kehle an und wackelte heftig mit dem Kopf, »da läuteten bei mir die Glocken.« Der LKA-Mann ließ die Mundwinkel fallen. »Wo ist er?«

Der Erzabt griff nach einem neuen Tonklumpen und fing an ihn zu bearbeiten. »Sie sprechen in Rätseln, Herr ...«

»Kiefer.« Der Polizist schlug auf den Tisch. »Mann, was soll das!« Kiefer beugte sich nach vorne und lehnte sich auf den Tisch. »Vielleicht sind Sie stur genug, vielleicht überstehen Sie sogar ein Verhör mit unseren SPEZIALISTEN.« Kiefer deutete nach hinten zur Tür. »Aber irgendeiner von Ihrer Trachtengruppe wird schon jetzt vor Angst schwitzen, ich kann so was riechen.«

Der Erzabt formte den Leib Christi zu Ende und legte ihn dann behutsam auf ein Holzbrett. Erst jetzt schaute er Kiefer in die Augen. »Der Mann hat drüben im Hotel Pelikan übernachtet, dort bringen wir unsere Gäste unter, wenn ...« Der Erzabt setzte ab, zog seine eisgrauen Augen zusammen, nickte und fasste sich kurz, so als ob er die Gedanken des LKA-Beamten lesen würde. »Amon Trester und eine junge Frau haben ihn begleitet. Sie sind abgereist. Wohlbehalten. Mehr weiß ich nicht zu sagen.«

Kiefer zeigte auf das Kruzifix, das der Erzabt gerade geformt hatte. »Ich nehme eins.« Der Erzabt schaute ihn an.

»So ein Kruzifix. Ich will eins haben.«

Erzabt Raphael Bränder verschränkte die Arme vor der Brust. »Wir verkaufen sie. Im Klosterladen, gleich neben der Kirche, wenn Sie ohnehin noch zum Tatort ...«

»Danke.« Kiefer war aufgestanden und sammelte seine Fotos ein. Auf dem Foto, das nun obenauf lag, war Pfleiderers Innenhandfläche groß abgelichtet.

Der Erzabt las: »Verzeih, vivat Maria.« Er nickte. »Spätestens, wenn sich die Menschen vom Leben lösen, Angst vor dem Ungewissen kommt, kehrt der Glaube zurück.« Der Erzabt wartete einen Moment. »Viele Menschen werden wieder fromm, wie die Kinder. Das Ende ist ein Anfang.«

Kiefer lachte laut und sprach gleichzeitig. »Oh, Sie meinen wegen Maria?« Kiefer schüttelte sich, als ob ihn plötzlich fröstelte. »So heißen viele. Die Terroristin zum Beispiel. Mit zweitem Vornamen: Maria. Monika Maria Gütle. Oder Ihr Lieblingsnovize, Trester. Dem hat seine Mutter auch eine Maria verpasst. Amon Maria Trester. Das wären dann schon drei. Dreifache Maria, gell?«

Der Erzabt zeigte auf den Stuhl, auf dem Kiefer gerade noch gesessen hatte. »Amon, er hat vor kurzem hier gesessen. Wir haben über Gerechtigkeit gesprochen. Die Schuld verfolgt ihn, durchzieht sein Leben. Er hat viel durchgemacht.« Erzabt Raphael Bränder rieb ein paar Tonkrümel von den Fingern. »Vielleicht hat er Fehler gemacht, aber sein Ansinnen war immer gut.«

Kiefer ging zur Tür. »Wir machen alle viel mit, da draußen ...« – jetzt betonte der Polizist jede einzelne Silbe: »im rich-ti-gen Le-ben.«

»Interessante Vorstellung.«

»Was denn?« Kiefer hatte sich noch mal zum Erzabt umgedreht.

»Dass da draußen das richtige Leben stattfindet.« Der Erzabt lächelte nachsichtig, reichte Kiefer die tonverkrustete Rechte zum Abschied. »Immerhin sind Sie gekommen, um den Tod zu untersuchen. Von einem Menschen, der es da draußen nicht mehr ausgehalten hat.«

Kiefer schüttelte den Kopf. »Wir verstehen uns nicht.«

Der Erzabt lächelte wie ein Buddha. »Deshalb gehören wir auch, wie Sie es ausdrücken würden, verschiedenen Trachtengruppen an.«

Zum ersten Mal lächelte der Polizeibeamte. »Wir kriegen Trester, wir kriegen sie immer ...«

»Sicher.« Der Erzabt schaute ernst, versenkte sich und wandte sich wieder seiner Arbeit zu.

Kiefer hatte den Raum fast verlassen, als er erneut die Stimme des Erzabtes hörte, so, als ob Raphael Bränder zu sich selbst sprach. »Aber was ist, wenn das Gute plötzlich das Schlechte ist?«

Kiefer antwortete ebenfalls so, als ob er sich selbst etwas klarmachen müsste. »Dann verliert alles seine gute Ordnung.«

ZWANZIG

Bärbel Kühn hatte sich schick gemacht. Ganz in Schwarz, das war jetzt wieder modern. Und? Sie trug ja auch etwas zu Grabe. Die Liebe. Zueinander gehören, Loyalität, einem Menschen vertrauen, seinem Menschen, demjenigen vertrauen, den man liebte, darauf hatte sie immer gesetzt. Beim ersten Mann und beim zweiten Mann. Ein drittes Mal? Nein, das würde es nicht geben. Einen Heißhunger hatte sie gehabt, eine Portion Rehgulasch für zwei verschlungen, später alles wieder herausgewürgt, dann das Pfefferminz in den Mund geschoben und fertig. Wie konnte man sonst aussehen wie Audrey Hepburn, wenn man nicht sehr hart gegen sich war. Deshalb hatten sie ihr doch immer alle nachgeschaut.

Das war kein Fehler, auch wenn das jetzt nicht mehr zählte. Sie machte das nur noch aus Gewohnheit. Sie dachte an eine Freundin, die eine Freundin hatte, die sich angeblich nur von Licht ernährte. Also, das ging auch. Prima, alles eine Frage der Einstellung. Und jetzt: Handeln, das Leben in die Hand nehmen, danach konnte sie es ja jederzeit wieder auskotzen, das Leben.

Im Radio lief ein Gewinnspiel. Kein Rätsel, das hätte sie doch bewältigt. »Rufen Sie an, Sie können jetzt 100 000 Euro gewinnen, wenn Ihr 20-Euro-Schein folgende Ziffern hat ...« Da ging es um Glück, das Bärbel nicht hatte, und trotzdem, schon fast an der Wohnungstür, öffnete sie ihren Geldbeutel, kramte nach den Geldscheinen ...

Die Kinder, sollte sie die nicht doch noch anrufen? Erklärungen? Nein, jetzt nicht! Bärbel hatte überhaupt keinen 20-Euro-Schein. Sie nickte, na sicher, Glück war ja auch nicht ihr Ding, noch nie. Deshalb hatte sie jetzt die Pistole.

Das Taxi fuhr sie nach Untertürkheim, sie stieg aus und klingelte bei dieser Frau. Das Taxi wartete. Bärbel klingelte wieder. Es tat sich nichts. Der Taxifahrer schaute sie durch das Fenster fragend an. Bärbel klingelte ein letztes Mal, ihre Augen kreuzten noch über die Fassade, dann stieg sie wieder ins Taxi.

Sie hatten diskutiert, viel zu lange, wie sie fanden. Und sich darüber gestritten. Dann waren sie ausgeschwärmt. Katja sollte zu Kühns Exfrau Bärbel, Squaw Hoffmann zu Sandra Baldini nach Untertürkheim. Und Trester zu Martin Kühn, der sich auf seiner Dienststelle krank gemeldet hatte.

Fast gleichzeitig mit dem Klingeln hatte Sandra die Tür geöffnet. Und beide schauten sich erstaunt an. »Ich bin eine Freundin von Monika«, versuchte es Squaw Hoffmann. Sandra sagte kein Wort, nickte und bat die sonderbare rundliche Frau herein. Sie schleuste sie in die Küche und bat sie, für einen Moment zu warten. Kurz danach hörte Squaw Hoffmann, wie die Wohnungstür ins Schloss fiel und gleich darauf das Schloss zweimal drehte. Sie sprang auf und lief eilig zur Tür. Abgeschlossen!

Auf der Suche nach einem Zweitschlüssel landete sie im Wohnzimmer. Dort stand ein Sekretär. Sie durchsuchte die Schubladen, leerte sie aus, fand aber nichts. Squaw Hoffmann drehte sich zum Fenster, sie wollte ein wenig verschnaufen, nachdenken. Wie dämlich sie doch war!

Da unten kullerten zusammengerollte Blätter über den Fußweg, ermunterten ein paar Rabenkrähen zum Hürdenlauf.

Herbst, schon wieder. Felix Kiefer stand vor seinem Büro-
fenster in der Taubenheimstraße und sah zu, wie die Welt
langsam schwarz wurde. Ein blaues Schwarz, das ihn mit
diesem Abend versöhnte. Er mochte sich in dieser wehmüti-
gen Stimmung. Wenn es ihm so ging, wie es ihm jetzt ging,
spürte er ein warmes, strahlendes Gefühl, das von seiner
Lende her aufstieg. Er fasste sich in die linke Hosentasche,
um ein wenig darin zu kramen, und stieß zufällig an die Spitze seines Gliedes. Manchmal war es gut zu wissen, dass er
noch da war, dass er noch mitspielte, dieser Schwanz, wie der
Taktstock eines Dirigenten.

Ein paar Autolichter blitzten durch die Gerippe der
Baumreihe, die Fußweg und Straße voneinander trennten.
Ein steifer Hund hob sein Bein. Kiefer schaute zur Seite, die
Fassade entlang. Diese Waschbetonplatten! Er wollte immer
mal nachforschen, welcher Stümper das Zeug erfunden hatte. Die Platten in seinem Garten: auch dieses Zeug. Wahrscheinlich hatten die Eltern des Erfinders eine Betonfabrik
und die Großeltern gleich daneben eine Kiesgrube. Und im
Sandkasten hat der Kleine dann ...

Gerade weil er eben erst das prächtige, barocke Kloster
Beuron verlassen hatte, war der Anblick der »Taubenheim-
Festung« besonders bitter. Dann noch das Gekreische da
unten rechts auf dem Spielplatz. Dazu die scheuen Blicke
von Gut und Böse, die er in seinem Nacken spürte, und dann
die Sache mit der Leiche.

Aber da war noch etwas, das auf seine Nerven einwirkte,
eben mehr vom Unterleib her, aber ... Alles hatte irgendwie
miteinander zu tun. Zumindest in seinem Kopf: Die Kleine aus
dem DNA-Labor, die machte ihn total scharf, immer wieder
stieg ihr Lächeln bei ihm ein. Diese Diana, wie hieß die noch ...
Schon seit Längerem verspürte Kiefer Lust auf so ein Abenteuer, er dachte an ihre Brüste, groß und lachend. Ja, warum nicht,
Ekstase, richtig vollaufen lassen und dann ... hey!

Also: Es war völliger Blödsinn zu behaupten, dass man
sich auf nur eine Sache konzentrieren konnte. Jetzt zum Bei-

spiel spürte er, wie etwas zwischen seinen Beinen wuchs. Macht.

Und wo war sein Kaffee, immer sollte da frischer Kaffee und saurer Sprudel stehen. Verdammt! Kiefer drehte sich kopfschüttelnd zu Gut und Böse. Dann wandte er sich an Gut, als ob der seine Gedanken kennen müsste. »Ist sie noch da?«

»Wer denn?«

Kiefer nickte und schaute seinen Mitarbeiter gleichzeitig mitleidig und enttäuscht an. »Diese DNA-Diana ...«

Böse sprang auf und griff zum Telefon, tippte ein paar Zahlen. »Der Chef möchte Sie gerne noch mal ...«

Kiefer schickte seinem Mitarbeiter einen lobenden Blick, drehte an seinem Ehering, und kurz danach stand Diana Bäuerle in der Tür und lächelte ihr Lächeln. »Ich habe alles im Gutachten beschrieben.«

»Sicher, das haben Sie gut gemacht, gutes Gutachten, das.« Kiefers Schädel wackelte noch, so schnell hatte er seinen Geierkopf gedreht, um ihr einen Stuhl anzubieten.

Diana setzte sich. »Das ist eine seltsame Geschichte.«

Kiefer lehnte sich in seinen Sessel und schaute die DNA-Expertin verträumt an. »Was meinen Sie?«

»Na, dass die Haare von Monika Gütle stammen, die Leichenteile aber zu einer anderen Person gehören.«

Kiefer musterte die junge Frau von oben bis unten. Sie trug ein enges Top, das ihre schmale Taille betonte, ebenso enge Jeans, und sie roch nach Vanille. »Haben Sie eine Idee?«

»Die Leiche wurde wahrscheinlich auf einem Friedhof in der Nähe des Erddepots in Markdorf entwendet und dann dort vergraben. Könnte eine RAF-interne Botschaft sein, da ja wohl die Terroristen nicht geplant haben können, dass jemand ihr Erddepot aushebt.«

»Oder eben doch«, murmelte Kiefer. »Es ist nicht gut, immer nur das Naheliegende in Betracht zu ziehen.«

»Sicher.« Die junge Frau lächelte, machte eine kurze Pause. Als sie sicher war, dass Kiefer nichts mehr erwidern würde, fuhr sie fort. »Wir lassen da gerade recherchieren, bei der Polizei vor Ort, und die Kollegen von der Spurensicherung ...«

»Das wird nicht nötig sein.« Böse schnippte mit dem Finger und wartete auf ein Zeichen seines Chefs.

Kiefer zeigte auf Böse: »Erzähl schon.«

»Also, Bäder, dieser Bio... dieser Bauer, wir haben ihn befragt. Na ja, sein Sohn, wir mussten ihn vorübergehend in einem Heim unterbringen. Sie wissen, der schlechte Einfluss seines Vaters. Ja, und da hat er gestanden. Wollte wohl der Gütle helfen, faselte was von Wiedergutmachung. Also, er hat die Leiche dort verbuddelt.«

»Monika Gütle ist tot, sie lebt, sie ist tot und lebt dann wieder mal ... Irgendwie nicht totzukriegen, diese Geschichte. Na wenigstens für die Presse ist sie jetzt tot.« Kiefer war wieder aufgestanden, strich Diana mit der linken Hand sanft über die Schulter. »Danke und einen schönen Abend.«

Diana Bäuerle machte keine Anstalten aufzustehen.

Kiefer baute sich grinsend vor ihr auf. »Danke, Sie haben mir, uns ...«

Die DNA-Spezialistin war nun doch aufgestanden und schaute ihm direkt in die Augen. Ovale bernsteinfarbene Augen, so italienisch irgendwie. Jetzt sah sie besonders jung aus. Mitte, Ende zwanzig? Egal, Kiefer rang um seine innere Sachlichkeit und streckte ihr unbeholfen die Hand entgegen.

Diana ignorierte auch das und zog stattdessen einen Zettel aus ihrer Tasche. »Es gibt da noch etwas Interessantes.« Dabei sah sie ihn wieder an, erst prüfend, dann ernst und schließlich siegessicher.

Felix Kiefer schwitzte, heiß war ihm, fast unmerklich schüttelte er seinen Kopf.

»Was ist, wollen Sie nicht ...« Die junge Kollegin schloss ihren Mund und deutete ein Schmollen an.

»Doch«, sagte der Abteilungsleiter und rieb sich das Gesicht.

Diana setzte sich wieder und fing gleichzeitig an zu reden. »Ich habe noch ein paar Abgleiche gemacht.«

Kiefer nickte, er hatte sich hinter seinem Schreibtisch, seinem antierotischen Schutzwall, verschanzt. Draußen war es inzwischen stockfinster, so dass er seine Körperhaltung im Spiegelbild des Fensters prüfen konnte. Er nickte sich zufrieden zu.

Diana nahm die Geste als Aufforderung. »Diese Katja Gütle, die Tochter der Terroristin. Wir haben ja jetzt DNA-fähiges Material von ihr. Hautabschürfungen von der Fesselaktion im Stadtgarten, Haare aus dem Wohn-Dschungel dieser Anthroposophin ...«

Kiefer machte mit der Hand eine Rollbewegung, weiter, mach schon, sollte das heißen.

»Also, diese Proben habe ich mit denen verschiedener Männer verglichen, die mit dem Fall irgendwie zu tun haben ...« Diana Bäuerle machte eine Pause, so als ob man dann ihren Gedanken besser folgen könnte, »oder mit Männern, die mit dem Fall zu tun hatten ...«

»Ja«, sagte Kiefer, »und?«

»Fünf Männer, denn es ist ... es war ja immer noch die Frage, wer Katja Gütles Vater ist.«

»Ja?« Kiefer legte die Beine mit seinen schweren Budapestern auf den Schreibtisch, wobei er auf einer Akte einen schwarzen Strich hinterließ.

»Christoph Mohr ist nicht ihr Vater, dieser Kommunarde, Richard Bäder, auch negativ, genauso dieser Professor ... Pfleiderer. Und der Kollege Martin Kühn ...«

»Stopp, was ...?« Kiefer war aus dem Stuhl geschossen und lehnte sich auf seinen Schreibtisch. Seine Augenbrauen hatten sich aufgestellt wie die Räder des Pfaus, was ihn wie einen bösen Hexenmeister aussehen ließ. »Sie haben die DNA von Polizeibeamten abgeglichen? Woher ...«

Diana Bäuerle war aufgestanden und sagte es vielleicht etwas zu laut und auch sehr entschieden: »Katja Gütle ist die leibliche Tochter des ermordeten Polizeibeamten Andreas Kleemann.«

Die Beamten Gut und Böse hatten sich wie zwei Schiedsrichter links und rechts neben Kiefers Schreibtisch positioniert. Wie auf dem Tennisplatz, quasi direkt am Netz, und hatten aufmerksam den Ballwechsel verfolgt. Jetzt, nach Dianas Matchball, waren Gut und Böse aufgesprungen, blieben aber andächtig schweigend stehen.

Etwas später, in diese Stille hinein, räusperte sich Böse und öffnete den Mund, wie ein Karpfen, der gerade nach einer dicken Fliege schnappt. »Die Terroristin hat den Vater ihres Kindes ermordet.«

»Nein«, sagte der Beamte Gut. »Das glaube ich nicht, das tut keine Mutter.«

»Oder doch«, erwiderte Kiefer. »Eine Mutter lässt auch ihr Kind nicht einfach zurück. Man sollte nicht immer das Naheliegende annehmen.«

Der Chef der Abteilung politischer Extremismus drehte sich zu seinen beiden Mitarbeitern, noch immer ragten seine Augenbrauen bedrohlich in den Raum. »Das bleibt hier unter uns, vorerst, klar?« Kiefer hielt der DNA-Expertin erneut seine Hand hin und dieses Mal griff sie gleich danach.

EINUNDZWANZIG

Er lief auf die Stahltür zu und klingelte. Kurz danach war das diskrete Schnarren zu hören, und er trat ein. Am Empfang stand eine ältere gepflegte Frau, die ihm aus gelben Augen einen prüfenden Blick zuwarf. »Ein neuer Kunde?«

Der Mann ließ seinen Blick durch den Raum gleiten. Fünf Türen gingen von hier ab. »Ja, ich …«

Die Frau lächelte wie eine Mutter, die die sündhaften Gedanken ihres Kindes lesen konnte. »Sie möchten erst mal unser Angebot kennen lernen.«

»Nein, ich möchte zu Vanessa.« Er wartete einem Moment, wartete die Reaktion ab und schob dann ein »Bitte, jetzt gleich« hinterher.

Wieder hatte die Liebespförtnerin gelächelt. »Das wollen viele. Vanessa ist gerade mitten in einer Behandlung. Möchten Sie warten?«

Der Mann schaute sich unsicher um und überlegte einen Moment. »Ja, dann, ich warte.«

Der ausgestreckte Arm der Frau wies auf eine Tür. »Machen Sie es sich bequem, ich rufe Sie dann auf.«

Weißer Bereich, stand da. Diese Tür ging schwer auf.

»Nur fest die Klinke runterdrücken, sie klemmt etwas«, rief die Frau ihm nach.

Beherzt packte er zu, ein Mann kriegt doch eine Türe auf. In der Sekunde, als sein Blick schon in das Zimmer fiel, als dieser mit Stahl ausgelegte Raum mit dem Sektionstisch sichtbar wurde, hörte er das Klicken der Mechanik. Verdammt, er selbst hatte das ausgelöst, er stolperte, fiel, rutschte in die Tiefe. Über seinem Kopf sah er das letzte Licht, den aufblitzenden Stahl, dann schloss sich die Falltür und es war Finsternis.

Das Telefon? Sollte sie etwa die Polizei anrufen? Trester und Katja waren schließlich auch beschäftigt. Sie lief in den Korridor, warf einen prüfenden Blick auf die Wohnungstür und griff nach ihrem Tomahawk. Die flache Hand strich über das Furnier, spürte der Beschaffenheit der Tür nach. Müsste gehen. Einfach rein in die Mitte. Beim dritten Schlag blieb der Tomahawk in der Tür stecken, nach dem fünften tat sich ein Loch auf. Danach schlug Squaw Hoffmann mehrfach mit dem Rücken ihres Lieblingswerkzeugs zu, bis sie schließlich den Durchbruch schaffte. Schnaufend schaute sie durch das Lochmuster ins Treppenhaus. Sie brauchte ein wenig, um das Bild zu ordnen, es einzurichten.

Von draußen, in sicherer Entfernung, starrte ihr Katja entgegen. »Was tust du?« Sie hob die Hände an den Kopf und versuchte die Situation zu verstehen.

»Ich weiß nicht, meine Liebe, ob wir diese Art von Dialog jetzt führen sollten. Ich werde jetzt diese Wohnung verlassen ...«, Squaw Hoffmann brach Furnierstücke heraus, arbeitete sich durch die gesplitterte Tür, blieb hängen, drückte mit aller Gewalt, bis ein weiteres Stück herausbrach und sie ins Treppenhaus stolperte. »Und jetzt werden wir gehen, sofort.«

Katja starrte auf das Beil, das Squaw Hoffmann immer noch hochhielt und stimmte ihr leise zu: »Das ist gut. Bärbel Kühn, die war nicht zu Hause, da dachte ich ...«

»Vanessa?« Und wieder. »Vanessa?« Da stimmte etwas nicht. Er konnte seine Stimme kaum hören. Dieser Raum schluckte alles, selbst wenn er schrie, hörte er sich kaum. Martin Kühn legte die Hände unter sein Hinterteil, der Stahlboden war eiskalt, fast wie in einem Kühlhaus. Immer wieder versuchte er etwas zu erkennen. Aber die Finsternis war absolut.

»Du bist verwirrt. Gleich steigt die Angst, warte.« Die Stimme kam über einen, nein, über mehrere Lautsprecher, aus allen Richtungen. »Die Reise ist lang, geht weit zurück. Erinnerst du dich? Am Anfang ist man blind und wehrlos, ganz schutzbedürftig.«

Die Infrarotkamera zeigte die Nahaufnahme eines Mannes, der auf dem Boden zusammengekauert saß und sich hektisch umschaute. »Was ist das?«

»Du meinst die Geräusche?« Ein sanftes wehmütiges Lächeln drang aus den Lautsprechern. »Löwen und Wölfe hatte sie gezähmt und zu Wächtern ihrer Wohnung bestellt, goldlockige Nymphen, Göttinnen wie sie, waren ihre Dienerinnen.«

Wieder vernahm Kühn dieses Brüllen, dieses Jaulen und Heulen, das gleich wieder abrupt vom Raum geschluckt wurde. Klar doch, da lief ein Band, eine Aufnahme. Vorsichtig tastete er sich nach links. Seine Finger gruben in etwas Warmes, Zotteliges, bewegte sich da etwas? Mit einem

Schrei, der ihm fast den Atem nahm, zog er seine Hand zurück. Sein Herz sprang unrhythmisch gegen den Körper. Er griff nach seiner Waffe und hielt sie zitternd vor seine Brust. »Was wollen Sie?«

Die Stimme wurde lauter, so als ob jemand das Mikro weiter aufgedreht hätte. »Ich diktiere, schreibe unsere Geschichte. Zu Ende. Er ist zu mir zurückgekommen, für immer. Mein Seefahrer. Eine kleine Reise wollte er noch tun und dann die Segel streichen ...«

Die Waffe in der Hand, rutschte Kühn ein wenig nach rechts, ertastete den Raum wie ein Flusskrebs, der am nächsten Stein Halt sucht gegen die Strömung. Auch hier hatte er plötzlich etwas Zotteliges, Haariges zwischen den Fingern. Er schreckte ruckartig zurück und feuerte mit seiner Waffe in die Richtung.

Jetzt war ein Knacken aus den Lautsprechern zu hören, dann blies jemand ins Mikro. Danach war es wieder still. Die Infrarotkamera zeigte Kühn, wie er sich hektisch drehte, immer die Waffe vor sich haltend.

Es war eine andere, eine sanftere, dennoch sehr beherrschende Stimme, die da jetzt zu ihm sprach. »Mein Name ist Monika Gütle.« Wieder gab es eine Pause, und man konnte die feinen Risse in dieser Stimme hören, die Lebenslänge messen. »Warum hast du Andreas erschossen ... nicht mich?«

Kühn drehte langsam seine Waffe, richtete sie auf sein Gesicht und schob dann den Lauf in den Mund. Seine Hände zitterten.

»Du dachtest, ich sei endlich tot?« Monika beobachtete ihn über einen Kontrollbildschirm in einer Art Regieraum. Von hier aus konnte man alle Zimmer kontrollieren, jede Behandlung aufzeichnen. »Wenn du die Kraft hättest, einen Fehler einzusehen, müsstest du nicht schon wieder türmen. Es ist schon seltsam, dass du am Ende auf der Flucht vor mir bist, Martin, nicht? Und glaube mir, der Tod ist kein Ausweg, ich war mit ihm auf du und du, immer wieder.«

Kühn entsicherte seine Heckler und Koch, legte beide Hände um die Dienstwaffe und schloss die Augen.

»Wir haben etwas gemeinsam, Martin. Beide haben wir etwas falsch gemacht. Wenn du dich jetzt so entziehst, machst du wieder einen Fehler. Dein Ende, also der Anfang, beginnt mit einem Fehler, wieder.« Monika stöhnte leise. »Weißt du, als ich Andreas ein paar Jahre nach der Schulzeit plötzlich wiederbegegnete, einfach so in der Stadt, ein Zufall ... Es war sofort wieder da. Das Gefühl: Ich habe ihn immer geliebt, und jetzt schlug sie wieder zu und verlangte, die Liebe. Dagegen kann man sich nicht stemmen. Romeo und Julia. Wenn man über Grenzen und über Konventionen hinweg liebt, endet es im Tod, nicht? Andreas und ich standen in verfeindeten Lagern. Für alle. Nur uns hat das nicht interessiert.«

Kühn lief der Schweiß in die Augen.

»Selbstmord, seltsam, diesen Schritt habe ich nie erwogen. Vielleicht, weil ich gegen eure Moral, aber bei allen Bedenken aus Liebe gehandelt habe? Und du?« Monika berührte Kühn auf dem Bildschirm. »Aus Neid und Gier und Eifersucht, zuerst, nicht? Andreas hatte doch schon alles, eine Frau, zwei süße Kinder. Und dann ich?«

Monika bedeckte jetzt mit ihren Händen den Bildschirm und schaute ins Nichts. »Dann kam Vanessa, und du hast dich überraschend liebestoll hineingestürzt, in dieses Abenteuer. Martin! Wolltest nicht mehr haben, was du dir einst blindwütig freigeschossen hattest, deine heile Welt. Diese bürgerliche Harmonie, die ich zerstört hatte, Andreas und seine Frau, die du wieder hergestellt hattest, du und Andreas' Frau, lange Zeit dieses Theater, bis die allesfressende, große Liebe kam?«

Kühn nahm den Pistolenlauf aus dem Mund. »Ist sie hier ... Vanessa?«

»Sie ist eine Illusion. Wie ein Fischer das Netz habe ich ihre schönen blonden Locken ausgelegt, ihre schlanken Beine, ihre Augen, damit du mir in die Falle gehst. Du hast dich verfangen, Martin, im gleichen unsichtbaren Netz wie ich. Im feinsten überhaupt.«

Kühn wischte sich den Schweiß von der Stirn. »Kann ich sie noch einmal sehen?«

»Was möchtest du sehen, deinen Traum, das, was ich für dich geschaffen habe, wirklich?«

»Vanessa, sie ...«

»Die gibt es nicht, deine Liebe gibt es nicht, alles Bühne, ein Spiel. Diese Frau ist verheiratet und hat jetzt ihr Geld zusammen, um mit ihrem Mann in Polen ein Haus zu kaufen. Ich habe ihr das ermöglicht, und sie hat mir uns ermöglicht, uns beide, Martin.«

Monika wirkte für einen Moment abwesend. Sie griff sich in ihr hochgestecktes Haar, das aufgebaut war wie das Haus einer Turmdeckelschnecke, und schaute dann nachdenklich auf ihr weißes Gewand. Wie eine Priesterin, eine Botschafterin, dachte sie und wunderte sich ein wenig. Monika tippte ein paar Sätze in ihren Internet-Blog, nickte und schaute über die Reihe der Bildschirme in ihrer Regie. Gleich neben Kühn, in einem weiteren Behandlungsraum, war Sandra bei der Arbeit. Ein nackter Mann lag da auf einer großen Gummimatte und ließ sich von Nanny Sandra eine Windel anlegen. War das nicht der bildungspolitische Sprecher der Landtagsgrünen? Dann der Bildschirm, der die Rezeption zeigte. Wie lächerlich. Ein stadtbekannter Bauunternehmer stand da, ganz anonym, mit Schirmmütze, Sonnenbrille und zahlte. Auch die anderen drei Behandlungszimmer, der weiße und der schwarze Bereich, waren belegt.

Monika drückte eine Taste, woraufhin die Töne und Geräusche aus allen Behandlungszimmern gleichzeitig bei Kühn ankamen. »Sodom und Gomorra«, flüsterte sie und schaltete die Lautsprecher wieder aus.

Kühn hatte sich jetzt flach auf den Rücken gelegt und starrte in die Dunkelheit. »Und jetzt?«, rief er.

Monika lehnte sich in ihren Stuhl zurück, korrigierte das Headset mit dem Mikrophon und betrachtete den Bildschirm. Klar zeichnete die Kamera Kühns Körper, hob ihn ab vom Rest des Raums. Er lag da wie der Gekreuzigte.

»Jetzt ist es gut, wenn wir ein wenig reden. Immerhin hast du über mein Leben entschieden. Dreißig Jahre, ... einunddreißig Jahre lang. Und ich dann auch über deines, nicht wahr, wenn auch ganz anders.«

»Was willst du?«

»Einsicht. Du hast aus deiner moralischen Weltsicht gehandelt, warst bereit, dafür zu töten, deinen Freund. Andreas war doch dein Freund? Du hast diese Moral, die eigene Lebensregel selbst gebrochen, bist so zu mir, zu Schmutz und Abschaum der Gesellschaft aufgerückt.« Ein tiefes Schnaufen verzerrte das Mikro. »Warum hast du Andreas umgebracht, kannst du das noch beantworten, jetzt und heute?«

Kühn nickte wütend: »Zuerst habe ich auf dich schießen wollen, Hexe, Teufel, hast ihm den Kopf verdreht. Gegner, Staatsfeinde, das war eine große Bedrohung für uns alle. Dann habe ich für einen kurzen Moment den Blick von Andreas gesehen, seine Augen, wie der dich angeschaut hat, begehrt hat. Besessen war er, nicht mehr zurechnungsfähig, das hat mir Angst gemacht. Auf einmal war ich so allein. Das war absurd, wir waren die Guten, ich war ...«

Kühn hatte abgebrochen, Tränen stahlen sich aus seinen Augen.

»Die Dunkelheit, sie ist ... tut gut, nicht?« Monika hauchte das. »Sag, würdest du es wieder tun, dafür töten, für deine Moral?«

»Es war Krieg, es war ein Kampf. Gut gegen Böse, unser Land war bedroht, ... ich wollte ...«

»Wie hast du das nur ausgehalten, diese Lebenslüge, Martin, mit seiner Frau und seinen Kindern, all die Jahre, sag? Seine Frau, seine Kinder! Hat dein Gewissen nie widersprochen?«

»Ich war ein anderer, ein ganz anderer mit viel Verantwortung, jetzt danach noch mehr, ein guter Ehemann und Vater, bis ...«

»Bis die blinde Liebeswut, die Leidenschaft kam, bis du bereit warst, deine Gesetze über Bord zu werfen, deinen Verstand gegen ein einfaches Gefühl, und schon konntest du nicht mehr standhalten. So fühlte Andreas damals. Wegen dieser Schlampe, wegen mir, nicht?«

»Verdammt, ja, ich bin der gleiche Dreck.« Kühn winselte wie ein geprügelter Hund.

»Nein, Martin, wir sind nicht das Gleiche. Keine Vergleiche, keine Herabsetzungen, auch keine Würdigungen, ich will Einsicht, nur das.«

»Ja, ich hätte dich erschießen müssen, nicht Andreas.« Kühn schrie jetzt wie ein Besessener. »Dich, dich, dich! Du bist schuld!«

»Ja, vielleicht, ja«, sagte Monika ganz leise. »Aber du bist jetzt nicht mehr allein mit deiner Lebenslüge. Martin Kühn, die Welt wird von dir im World Wide Web erfahren, jederzeit abrufbar. Dein Geständnis war live im Internet zu sehen, zu hören und zu lesen. Obwohl du jetzt ein Gefangener bist, fühlst du dich schon viel freier, ist es nicht so?« Monika war aufgestanden. »Sei nur ruhig, nun komme ich, dich zu befreien.«

ZWEIUNDZWANZIG

Trester hatte die Stahltür erreicht, war zügig und entschlossen darauf zugelaufen. Er hatte das Schnarren gehört und spürte dann etwas in seinem Rücken.

Die Frau sagte: »Halts Maul und geh rein.«

Trester befolgte die Anweisung und lief auf die Rezeption zu. Die Empfangsdame mit den gelben Augen lächelte, bis sie begriff.

Die Frau sagte: »Fessle sie.«

Trester sagte kein Wort, folgte aber den Anweisungen. Dann hielt ihm die Frau ein Paar Handschellen hin. Trester kannte die Marke, es waren die gleichen Handschellen, wie sie die baden-württembergische Polizei früher benutzt hatte.

»Hände auf den Rücken«, befahl sie Trester, und zum ersten Mal konnte er einen Blick auf die Frau werfen. Diese zierliche Person mit den großen braunen Augen, das war Kühns Frau.

Bärbel Kühn wandte sich nun wieder an die Rezeptionistin, die gefesselt auf dem Boden hinter der Empfangstheke lag, und hielt ihr die Waffe an den Kopf. »Wo ist mein Mann?«

Die Frau mit den gelben Augen zeigte einen ängstlichen Blick und presste diesen einen Satz heraus: »Weißes Kabinett, OP-Saal 3.«

Monika hatte noch einen Moment in der Regie gestanden und auf den Monitor geschaut. Dann spürte sie eine Leichtigkeit, sie wurde weggetragen, ihr Kopf wie eine aufgehende Blüte, sie hatte immer wieder dieses Bild auf der Netzhaut, jemand schraubte ihren Kopf ab, tauschte ihn einfach aus. Sie hörte das Rauschen der Ozeane, den Wind, wie er nach ihrem Geliebten brüllte, wie er nach den Segeln schlug, bis sie kenterte, in ein anderes anvertrautes Leben, auch das so gefüllt, dass daneben nichts anderes sein konnte.

Sekunden waren das, Zehntel, Hundertstel, doch dann starrte ein anderes Selbst durch dieselben Augen, brachte andere Bilder mit dem gleichem Sehwerk hervor, eine andere Welt. Ihr weißes Gewand hatte eine salzige Feuchte, so als ob die Brandung sie stetig mit ihrem herben Duft parfümierte. Sie rieb die Hände daran und roch. Immer dann, wenn sie am Strand auf ihn wartete und wusste, dass er nicht kommen konnte, weil ... der Wind ablandig war.

Die Finsternis in Kühns Verließ wurde von gleißendem Licht erschlagen. Links und rechts neben ihm waren sie aufgesprungen. Goldbraun gelockt und groß wie Kälber. Kühn hörte ihr Knurren, spürte die langen Zähne in seinen Unterarmen, fiel zu Boden, blinzelte, schloss die Augen vor dem beißenden Licht, riss sie wieder auf und schrie seinen Schmerz hinaus. Zwei irische Wolfshunde. Ohne Geräusch ging die Tür auf, und die Priesterin trat ein.

Als sie die Glastür öffnete, war das Bimmeln einer kleinen Glocke zu hören. Wie in einem Tante-Emma-Laden. War das neu, oder war ihr das einfach vorher nicht aufgefallen? Squaw Hoffmann hielt die Tür auf, bis Katja eingetreten war, und warf erneut einen Blick zur Türglocke.

Er lächelte, sein freundliches Lächeln, er strahlte diese Ruhe aus, die Squaw Hoffmann jetzt nicht hatte und auch nicht brauchen konnte. »Sie sind heute nicht alleine. Ihre andere Tochter?«

»Nein, ja, nein, quatsch.«

»Möchten Sie einen Cappuccino?«

»Nein, ja, oder doch.« Squaw Hoffmann zeigte auf den Fensterplatz. »Dürfen wir?«

»Sicher, er ist frei.«

Alfred brachte die Tassen, streute sanftes Lächeln. »Es ist da heute etwas Interessantes. Kommen Sie deshalb?«

Squaw Hoffmann saugte am Schaum. »Was meinen Sie? Bitte, ich bin heute nervös, unhöflich, nicht in der Lage, gepflegte Konversation mit Ihnen zu treiben. Also!«

Katja blickte erstaunt zwischen den beiden hin und her. »Ihr wirkt sehr vertraut.«

Squaw Hoffmann schüttelte den Kopf. »Was?«

»Nach Ihrem letzten Besuch bin ich auf die Homepage vom Circe-Club gegangen. Da ist für heute ein Live-Stream angekündigt.«

Squaw Hoffmann schaute fragend.

»Die haben da so eine Rubrik für die Kunden. Man kann für ein paar Minuten eine Göttin, eine Domina, live in Aktion sehen, so als Appetithappen. Also, Circe selber soll da heute auftreten, man kann sich das auch runterladen. Das ist der Hammer, nicht?«

Squaw Hoffmann griff nach dem Arm des jungen Mannes und zog ihn mit erstaunlicher Kraft zu sich. »Los, zeigen!«

Die Hunde hatten von ihm abgelassen. Verängstigt war er. Gleich hatte sie ihn auf dem Sektionstisch fixiert. Hals, Arme und Beine. Die Gurte saßen fest, er konnte sich kaum rühren. »Was willst du noch? Ich habe alles gesagt, die Wahrheit«, schnaufte er. Jetzt hasste sich Kühn, er hasste seine Angst und seine Bereitschaft, wieder alles zu opfern, plötzlich, für dieses lächerliche Leben, dieses Niedrige an sich, immer dieser Trieb.

Circes Blick war stumpf und abwesend. Sie nahm eine feierliche Haltung ein. Die Priesterin, die das Opfer bereitet. Vielleicht waren sie auf dem Olymp dann gnädig, vielleicht gefiel sie dem Rat der Götter. Sie hob den Kopf, atmete tief. Seeluft, der Wind nahm zu, ach, bald würde er wieder kreuzen, hier vor ihrer Insel, zum Greifen nah und doch ...

Der sichelförmige Dolch, die Schale für das Blut. Circe legte die rituellen Gegenstände auf die Ausziehplatte des Sektionstisches. Kühn atmete kurz und schnell. Die Luft war ihm knapp.

Sie legte das weiße Priestergewand ab. Darunter glänzte ein dünner weißer Latexoverall. Sie band den Mundschutz um, so dass nur noch ihre Augen fieberten. Sie wollte sein Blut nicht auf ihrer Haut. Circe beugte sich über Kühn und zog ihm die Schweinsmaske über das schwitzende Gesicht. Die Maske saugte sich fest.

»Wow, dass da jemand drauf steht.« Alfred hatte den beiden über die Schultern geschaut. Für ein paar Sekunden starrten Katja und Squaw Hoffmann wie eingefroren auf den Bildschirm. Dann sprangen sie gleichzeitig auf, rissen den Tisch mit sich, sahen dem Bildschirm nach, der zu Boden fiel, sich flackernd verabschiedete.

Katja rannte los. »Wir müssen da rein.«

Squaw Hoffmann stieß ihr hinterher und hielt sie fest. »Wir, ich meine Frauen, kommen da nicht rein.«

Beide drehten sich um und schauten zu Alfred, der am Boden kniete und gerade den Bildschirm aufhob. Katja nickte und lief auf den jungen Mann zu. »Wir brauchen Sie.«

Sie querten die Hasenbergstraße und schoben Alfred vor sich her.

Squaw Hoffmann hatte ihn am Arm gepackt. »Sie sagen, dass Sie zu Vanessa wollen, klar?«

Alfred nickte und drückte auf den Klingelknopf. Fast gleichzeitig sprang die Tür auf und ein Kunde verließ den Club. War das nicht der bildungspolitische Sprecher der Landtagsgrünen? Die beiden Frauen drängelten sich an ihm vorbei und Alfred blieb vor der Tür stehen.

Den Bruchteil einer Sekunde später flog die Tür zum Operationssaal 3 auf und Trester stolperte herein, die Hände auf dem Rücken gefesselt. Ihm folgte Bärbel Kühn, die Trester vor sich hertrieb.

Kühn spürte den kalten Dolch an seinem Hals, bei jedem Atemzug die Lust der Klinge. Circe drückte seinen Kopf mit der Linken auf den Sektionstisch, mit der Rechten umklammerte sie den Dolch. Bärbel Kühn stand mit Trester nun auf der anderen Seite des Sektionstisches, so dass sie das Gesicht dieser Frau gut sehen konnte.

Ohne von Martin Kühn abzulassen, hob Circe den Kopf. »Was wünscht ihr?« Das ruhige Fragen stimmte nicht überein mit ihrem Blick. Die Augen zuckten krampfartig.

Bärbel Kühn schlug Trester mit der Waffe auf die Schulter. »Knie dich hin!« Sie hielt die Waffe jetzt in beiden Händen und richtete sie auf Monika Gütle. »Du nimmst mir nichts mehr weg, gar nichts.«

Circe lachte.

Bärbel lachte ebenfalls. »Den ersten und nun auch den zweiten Mann. Glaubst du, das hält eine aus?« Dann wurde ihr Gesicht rot und ernst. »Meine Männer, meine ...« Ihr Lachen wurde von einer tiefgründigen, schwerverletzten Seele weggerissen, wandelte sich zu Zorn. »Glaubst du, das ist richtig?«

Circe schaute auf die Maske, tauchte nach seinen kleinen versunkenen Augen. »Er grunzt nicht mehr, vielleicht haben sie auf dem Olymp schon das Feuer geschürt. Hermes trägt seine Seele schon im Gepäck. Ein Viertel seiner Art stirbt schon auf dem Weg, die Angst vor dem Ungewissen ... Habt ihr das gewusst? Es sind die Nerven, Schweine sind sensibel – wenn es zum Altar geht, das Opfer ruft. Ihr Fleisch, es taugt dann nicht mehr. Bitter, nicht?«

Circe schüttelte sich angewidert. Ein leises Wimmern begleitete ihre letzten Worte. Es kam hinter der Maske hervor, hoch und dünn wie die Stimme eines Eunuchen.

Das Klicken. Trester glaubte zu hören, wie Bärbel Kühn die Pistole entsicherte. »Halt's Maul, Drecksschlampe!« Bärbel zielte auf Monikas Kopf.

Circe forschte interessiert in Bärbels Augen, hob die Brauen, wandte ihren Blick dann zu Trester, der kniend über die Schweinsmaske hinweglugte. »Du hast einen Gefangenen mitgebracht. Wie ist dein Name, junger Sklave?«

»Schluss jetzt, Schluss mit dem Laientheater«, brüllte Bärbel Kühn. »Nimm das Messer von Martins Kehle oder ich knalle dich sofort ab.«

»Sie weiß nicht, was das ist, abknallen«, wandte sich Trester an Bärbel Kühn. Trester versuchte Bärbel Kühns Augen zu erreichen. »Sie lebt in einer anderen Welt, das hier existiert nicht, jetzt nicht.«

Kleine Risse flossen über Circes Gesicht, der Schmerz verlangte nach einer Form, einem Ausdruck. »Ein Zauber, eine List, nein, ihr täuscht mich nicht.« Sie drückte den Dolch fester an Kühns Kehle, so dass ein paar Tropfen Blut über die Klinge kullerten.

DREIUNDZWANZIG

Sie standen in der Regie und starrten auf den Bildschirm.
Bei ihrer Suche hatten sie Sandra aufgegabelt, Squaw Hoffmann hatte nur ihren Tomahawk hochgehalten, das hatte genügt. Gerade jetzt legte Squaw Hoffmann die linke Hand
um Katjas Hals und hielt sie damit fest, wie ein Kind, das
Unsinn im Schilde führte. Was jetzt? Squaw Hoffmann deutete mit der freien Hand auf einen weiteren Bildschirm. Dort
war es dunkel, dennoch zeigte die Infrarotkamera einen
Mann, der nackt auf allen Vieren durch den Raum krabbelte,
gefolgt von einer Frau in einem langen Kleid aus Gummi
oder vielleicht auch Leder. »Kann man das Licht da bei Monika auch ausmachen?«

Sandra schaute fragend.

Squaw Hoffmann zog genervt die Mundwinkel nach unten. »Mach schon, los.«

Die Reaktion kam prompt. Schreie, Stöhnen, Lachen, für
einem Moment verknoteten sich die Geräusche zu einer
kleinen Hölle. Sekunden später waren die Töne zerplatzt,
wie Seifenblasen, und es war totenstill.

Sie spürte die Schwere, tiefhängende Wolken, die Migräne
des Lebens, Last und Erinnerung. Monika ertastete den
Körper unter sich, Schweiß und klebrige Feuchte, sie erschrak, trat vorsichtig zurück.

Squaw Hoffmann packte Katja reflexartig fester im Nacken
und zeigte auf Sandra. »Kannst du Monika ein Zeichen geben?«

Sandra nickte wieder, stellte sich vor das Mikro und sagte
mit ruhiger, lauter Stimme: »Geh den Weg der Wölfe.«

Squaw Hoffmann zog ihren Tomahawk. »Ich warne dich!«

Sandra sagte: »Klar.« Und schaute auf den Bildschirm.
Das Ganze erinnerte an ein Computerspiel, bei dem man sei-

nen Helden aus einem dunklen, lebensbedrohlichen Verlies befreien musste. Man wusste nicht, ob an der nächsten Ecke wieder eine Gefahr, ein Hinterhalt lauern würde. Monikas Umrisse ließen sich nieder auf alle viere. Wie ferngesteuert krabbelte sie vom Sektionstisch Richtung Wand, die Wand entlang, bis sie zu einer Klappe gelangte, sie aufstieß und darin verschwand.

Sandra nickte erneut und schaute zu Squaw Hoffmann und Katja. »Ihre Wolfshunde sind manchmal Teil des Spiels.«

»Licht an«, befahl Squaw Hoffmann und Sandra schob einen Regler hoch.

Bärbel Kühn zwinkerte, orientierte sich, schlug dem knienden Trester die Waffe ins Gesicht. »Pass auf«, sie legte ihre ganze Verachtung in das Wort, »du Held.«

Dann trat sie ganz nah an den Sektionstisch. Diese Schweinsmaske starrte sie an.

»Bärbel, Gott sei Dank, ich …«

Sie schwieg. Bärbel Kühn griff mit der linken Hand unter die Maske und riss sie ihrem Mann mit einem schmatzenden Geräusch vom Gesicht. Eine rot verquollene, verschwitzte Fratze mit kleinen flimmernden Schweinsaugen schaute sie erleichtert an. Bärbel betrachtete Martins aufgequollenes, gequetschtes Gesicht. Das da, das war ihr Mann.

»Babs, Schatz, bind mich los, ich spüre meine Arme kaum noch …«

Bärbel Kühn musterte das da unter sich, diese … Kreatur. Sachlich, wie eine Ärztin, die einen üblen, nässenden Hautausschlag bei einem Patienten untersucht. »Was sind das für Schmerzen, Martin?«

»Bärbel, was …«

»Druckstellen, Abschürfungen, Wunden?«

»Ja, es ist die Hölle.«

»Aha«, Bärbel musterte ihn weiter. »Was glaubst du, sollte ich jetzt tun, Martin?«

»Was meinst du? Ich weiß nicht. Mach mich los.«

»Aha.« Bärbel nickte, dann ging dieses Nicken in ein Kopfschütteln über, erst langsam, dann immer deutlicher. Bärbel legte ihre Finger auf die Wunde an Martins Hals und drückte fest zu.«

»Nein, Bärbel, bitte!«

»Ich weiß es schon lange, sehr, sehr lange.« Die zierliche Frau drückte noch fester zu.

»Ich weiß, dass du Andreas getötet hast. Deine Träume, die vielen unruhigen Nächte, es hat dir keine Ruhe gelassen. Selbst du hast ein Gewissen, es lebte und schrie um Hilfe, wenn du alleine warst, nachts.« Sie lächelte ihn an. »Jetzt hältst du mich für verrückt, ja? Weil ich mit dir zusammengelebt habe. Weiter, immer weiter. Trotz allem. Treue, mein lieber Mann, das war es.«

Martin Kühn schloss die Augen.

Bärbel machte eine Pause, leckte eine Träne, sie schmeckte scharf, wie schwarzer Pfeffer. »Andreas hat mich nicht geliebt. Zwei Kinder und dann wollte er mit dieser ... er wäre doch tatsächlich mit der durchgebrannt.«

Bärbel Kühn drehte die Pistole in der Hand und schlug mit dem Griff zu. Kühn wimmerte, auf der Stirn klaffte eine kleine Wunde. Bärbel biss die Zähne zusammen und presste die Sätze jetzt nur noch heraus. »Damals hast du richtig gehandelt. Er hat ihr ein Kind gemacht, man erschießt keine schwangere Frau, auch nicht, wenn es eine billige Hure ist. Richtig war das, dass du Andreas abgeknallt hast. Das hatte eine Ordnung. Ein unverantwortlicher Mann, dieser ...!«

Sie schlug wieder auf Kühn ein. Blut spritzte ihr auf die Hand, das Gesicht. »Richtig, verstehst du? Idiot! Du hast mich geliebt, mich und die Kinder, hast dich aufopferungsvoll um uns gekümmert, all die Jahre, warst ein guter Ehemann. Fürsorge und Sicherheit in unruhiger Zeit.« Sie beugte sich zu Martin hinunter, berührte ihn fast und schrie. Sie schrie es hinaus. Erst waren es nur Laute, dann brachen Worte heraus. »Dann hast DU es auch gemacht!«

Wieder schlug sie nach Kühn. Bärbel stöhnte vor Anstrengung. »Trottel.«

Sie betrachtete die Waffe in ihrer Hand. »Ich mache das jetzt, niemand, niemand sonst hat ein Recht dazu, ich muss das ...« Sie hielt die Waffe genau zwischen seine Augen. Noch immer hielt Kühn sie geschlossen, die Lider flimmerten wie die zarten Blätter der Robinie, wenn der Wind seine Schauergeschichten erzählt. »Los, zähl runter, bestimme dein Ende, los: zehn, neun, ... na, was ist ...?«

»O.K., gut, danke, das reicht, Schluss aus!« Die Stimme räusperte sich. Er hatte den Lautsprecher voll aufgedreht. »Kiefer hier, LKA. Frau Kühn, lassen Sie die Waffe fallen.« Kiefer drehte seinen Kopf in der Regie. Hinter Katja, Squaw Hoffmann und Sandra Baldini stand jeweils ein bewaffneter LKA-Mann, alle drei waren mit Handschellen gefesselt. »Ich schicke jetzt ein paar Beamte runter, Frau Kühn, die Ihnen, die Sie ... was, was ... ist?«

Martin Kühn fing plötzlich laut an zu zählen. »Acht, sieben, sechs ...«

»Kühn, das ist jetzt wirklich dumm ... hören Sie?

»Drei, zwei, eins ...«

»Kühn, Mann!«

Der Schuss stieg dumpf und verzerrt in die Regie hoch. Kiefer starrte auf den Bildschirm, gab den Kollegen ein Zeichen, die Tür zum Operationssaal 3 aufzubrechen.

»Trester«, Katja hatte das leise in den Raum geworfen.

Unten im weißen Kabinett hatte Trester Bärbel Kühn gegen die Beine getreten, so dass sie stürzte und der Schuss sein Ziel verfehlt hatte. Jetzt war sie wieder auf den Beinen und legte auf Trester an. Ein zweiter Schuss löste sich. Trester stöhnte, das Geschoss hatte seinen linken Oberarm gestreift. Er zappelte und drehte sich wie ein Lachs an Land, wollte dem nächsten Schuss ausweichen. Endlich gab die Tür nach, und das LKA-Kommando stürzte sich auf Bärbel Kühn.

VIERUNDZWANZIG

»Ein SM-Bordell als Terroristennest.« Kiefer warf einen Blick auf die Taubenheimstraße und schüttelte den Kopf. »Das ist großartig. Politiker, Wirtschaftsbosse, Richter, alle halten sie die Klappe. Aus Angst, erpresst zu werden.« Kiefer machte ein nachdenkliches Gesicht. »Wer weiß, wer alles wusste, was ich nicht wusste.« Kiefer schaute die drei an und war sich nicht sicher, ob man ihm noch folgen konnte.

»Also, ... was wir alle nicht wussten, oder ...?« Der LKA-Mann ging auf die drei zu, die wie Prüflinge aufgereiht vor seinem Schreibtisch saßen.

»Oder wussten Sie, Frau Gütle, dass der Polizeibeamte Andreas Kleemann, dass das Ihr Erzeuger war?«

»Ab einem bestimmten Zeitpunkt ... die Fotos ...«

»Fotos, was für ...?«

»Monika Gütle hat doch ihre Unschuld bewiesen, lass sie jetzt«, mischte sich Trester ein und blickte Kiefer müde an.

»Wirklich ganz großes Theater, Trester, Mann.« Er lächelte. »Gute Arbeit, privater Ermittler, wir werden dich beobachten, klar?«

Kiefer legte seinen Kopf ein wenig nach rechts. »Und, Kräuterfrau, was kommt von Ihnen noch?«

Squaw Hoffmann nickte entschlossen. »Ich habe Fehler gemacht, die ich beim nächsten Mal nicht mehr machen werde.«

»Beim nächsten Mal, so.« Kiefer stierte Squaw Hoffmann einen Moment in die Augen. »UND WO IST SIE?«

»Entschuldigung, ich weiß nicht, was Sie meinen, Herr Spurensucher.«

Kiefer lachte dreckig. »Ich meine Christoph Mohr ... er kommt bald frei. Höchststrafe abgesessen, den kann man nicht mehr halten.« Kiefer zögerte. »Und ich mache mir ... ich muss mir, na doch von Amts wegen, wirklich Sorgen um ihn machen. Wissen Sie?«

Trester war aufgestanden.

»Selbstverständlich, vollstes Verständnis. Herr Kiefer, wir kooperieren, rufen sofort an, wenn wir was von Monika Gütle hören.« Trester streckte ihm lächelnd die Hand entgegen.

»Der Käsekuchen ist ganz in Ordnung.« Ilse Gütle kaute zufrieden und nickte dann in die Runde.

Katja nahm die Hand ihrer Großmutter. »Mama, also Monika lebt, wir haben sie gesehen ...«

»Ich weiß, sie war hier ...«

»Sie hat dich besucht?« Katja wurde blass.

Ilse Gütle nickte und nahm ein weiteres Stück Käsekuchen. »Die Dame, die sich heute verkleidet hat, schöner Poncho übrigens, kenn ich ja schon. Aber Sie ...« Ilse Gütle betrachtete den Mann, der sie nachdenklich musterte, »Sie sind der Detektiv.«

Trester nickte. »Was hat Monika denn gesagt?«

»Wann meinen Sie? Alles? Monika kommt mich öfter besuchen.« Ilse Gütle ließ das linke Augenlid etwas hängen und den Mund halb offen stehen. »Ich kann mich nicht erinnern.« Sie grinste Trester an. »Irre, nicht?«

»Das ist, ja, wirklich.« Trester wechselte mit Katja und Squaw Hoffmann einen kurzen Blick.

Schlagartig wurde Ilse Gütles Gesicht wach und ernst. »Doch das: Monika hat gesagt, dass sie jetzt ein paar Tage Urlaub macht, auf einer griechischen Insel.« Ilse Gütle nahm einen Schluck Kaffee. »Dann will sie wohl noch jemanden besuchen, aus der Vergangenheit. Irre, nicht?« Nun lächelte die alte Frau wieder sanft. »Katja, danach kommt sie zu dir. Das ist sicher!«

DANACH

»Herr Trester, Sie haben am Dienstag Ihren Termin nicht wahrgenommen.«

»Ja.«

»Darf ich den Grund erfahren?«

»Ich hatte einen Auftrag, einen Fall.«

»Und haben Sie ihn gelöst?«

»Das kann ich so eindeutig nicht beantworten.«

»Versuchen Sie es.«

»Sagen wir, ich bin weitergekommen.«

»Wir! Ah, womit sind Sie weitergekommen? Haben Sie eine Hürde, eine Schwelle genommen?«

»Ja, das.«

»Ihre Arbeit, das ist keine Konfrontationstherapie. Meinen Sie, dass ich keine Nachrichten verfolge? Trester, Sie füttern da Ihr eigenes Trauma und ...«

»Kann ich mal telefonieren?«

»Trester, das Problem ist, dass Sie glauben, Sie könnten sich selbst therapieren.«

»Ja.«

Monika G.
Wir dachten, wir wären außergewöhnliche Sterbliche. Falsch! So nennt man in der griechischen Mythologie nur die Helden.

Zu diesem Buch

Die in diesem Roman handelnden Figuren sind frei erfunden. Ähnlichkeiten mit existierenden Menschen können deshalb nur Zufall sein. Auch die Geschichte ist meiner Fantasie entsprungen, freilich inspiriert durch die umfassend dokumentierte politische Geschichte der sogenannten bleiernen Zeit.

Das Thema bringt es mit sich, dass einige Menschen bei der Danksagung nicht namentlich genannt werden wollen. An erster Stelle danke ich einer Frau um die 60, die diese Zeit erlebt hat und mich auf die Idee für meine Geschichte gebracht hat.

Für die Einblicke in die Arbeit von verdeckten Ermittlern bedanke ich mich bei einigen Mitarbeitern des Stuttgarter Landeskriminalamts. Von ihnen habe ich viel über die Möglichkeiten bei der Bekämpfung des politischen Extremismus gelernt.

Ganz besonders danke ich Michael Raffel. Beim kritischen Lesen des Manuskripts, von der ersten bis zur letzten Fassung, waren seine klugen Kommentare ein großer Gewinn.

Außerdem gilt mein Dank Inge Landwehr, die meine schriftstellerische Arbeit seit Jahren unterstützt.

Ein Oberschwaben-Krimi

In Ihrer Buchhandlung

Helene Wiedergrün

Apollonia Katzenmaier und der Tote in der Grube

Ein Oberschwaben-Krimi

Mit Scharfsinn und Hartnäckigkeit gelingt es der alten Dorfhebamme, den Hintergrund eines Verbrechens aufzuspüren. Doch bevor sie sich ihrer Nichte Apollonia anvertrauen kann, sackt sie bewusstlos zusammen ... Helene Wiedergrün fesselt den Leser im Spannungsfeld zwischen Glaube und Aberglaube, zwischen Wahrheit und Lügen vor der Kulisse des ländlichen Oberschwabens.
208 Seiten. ISBN 978-3-87407-721-7

www.silberburg.de

Ein Schwäbischer-Wald-Krimi

In Ihrer Buchhandlung

Jürgen Seibold

Endlich still

Ein Schwäbischer-Wald-Krimi

In einem Maislabyrinth nahe Alfdorf wird die Leiche einer Bäuerin entdeckt: grausig zugerichtet und symbolträchtig in Szene gesetzt. Warum musste Margret Spengler sterben? Und warum auf diese Weise? Die Kommissare Schneider und Ernst treffen im Umfeld der Toten auf ein Klima aus Hass und Eifersucht, politischem Streit und ökonomischem Neid. War die Bäuerin durch ihr großes Engagement für den Naturschutz lästig geworden? War ihre vermeintlich perfekte Ehe am Ende? Fragen über Fragen, die sich den beiden Ermittlern stellen und die ihnen einiges Kopfzerbrechen bereiten ...

256 Seiten.
ISBN 978-3-87407-851-1

Silberburg·Verlag

www.silberburg.de

Ein Stuttgart-Krimi

In Ihrer Buchhandlung

Sigrid Ramge

Tod im Trollinger

Ein Stuttgart-Krimi

Wer hat den smarten Industriellen Rolf Ranberg so gehasst, dass er ihm tödliches Gift ins Viertele schüttete? Der abgeklärte Hauptkommissar Schmoll und seine engagierte junge Kollegin Irma Eichhorn stechen bei ihren Ermittlungen in ein Wespennest aus Hass und Intrigen. Und plötzlich erscheint der Saubermann Ranberg in einem völlig anderen Licht. Als dann noch Claire, die Ehefrau des Toten, und der Gärtner Max Busch, ein Jugendfreund von Rolf gleichzeitig wie vom Erdboden verschluckt sind, scheint der Fall klar zu sein: Der Täter ist immer der Gärtner! Doch Irma Eichhorn lässt nicht locker ...

208 Seiten.
ISBN 978-3-87407-854-2

Silberburg-Verlag

www.silberburg.de